经典与解释(45)

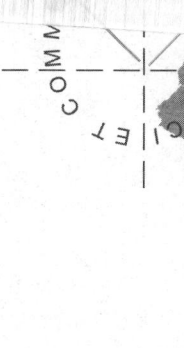

道伯与比较古典学

■古典文明研究工作坊 编
顾问/刘小枫 甘阳
主编/娄 林

华夏出版社

古典教育基金·"资龙"资助项目

目　　录

论题　道伯与比较古典学（徐戬　策划　黄江　等译）

- 2　道伯学述 …………………………………………… 福根
- 29　拉比式解经法与希腊化修辞术 …………………… 道伯
- 56　亚历山大里亚解经法与犹太拉比 ………………… 道伯
- 82　罗马法和犹太法中的文本与解释 ………………… 道伯
- 122　法垂千古：道伯著作及贡献 …………………… 罗杰勋爵

古典作品研究

- 148　《論六家要指》中的儒家、道家和形神問題 ………… 吳小鋒

思想史发微

- 166　泛神论之争与神学—政治批判
  ——阿尔特曼与施特劳斯关于门德尔松的理论分歧
  ……………………………… 雅法（高山奎　译）
- 189　现代性与历史主义 ……………………………… 李明坤

旧文新刊

232 《春秋》孟氏學 ………………………………… 柳詒生

242 朱子對於古籍訓釋之見解 ……………………… 胡楚生

评论

262 "汉译世界学术名著"的前生今世
　　——纪念"蓝皮书"诞生60周年 ……………… 刘训练

论题　道伯与比较古典学

道伯学述

福根（Marie Theres Fögen）著

雷巍巍 译

最后一次见到道伯（David Daube），是1995年3月。一如往常，他坐在位于伯克利罗宾斯典藏（Robbins Collection）[①] 的工作位置旁，身边环绕着一些学生和朋友。大家聊天闲谈虽如往常，在互相道别时却迥异于以往。大卫的嗓音已变得微弱，步态不再稳健，身形亦显得羸弱。几乎毫无疑问，这将是最后一次会面，那些曾在康斯坦茨、牛津、慕尼黑、伯克利进行过的长达数小时之久的谈话将不再复现；那些伴随着风趣的明信片、为正确印刷而担心的信件和亲切的问候而来的稿件，也将不再送达。1995年春，想道一声"再见，大卫"，却始终哽咽在喉。

---

① ［译注］指美国加利福尼亚大学伯克利分校法学院罗宾斯典藏，由Lloyd McCullough Robbins 于1952年为纪念其父母所建立，现为法学院比较法学和历史研究国际中心。

一、研究范围

道伯是法学家、语言学家和史学家,亦是罗马法学家、宗教和文化学家。一部分已出版的书目①被细致地划分为"罗马法"、"东方法律和历史神学"和"瓦里法(Varia)"。再版的编者同样将道伯作品进行了认真分类:罗马法、②塔木德法、③《新约》—犹太学研究、④圣经法、⑤瓦里法。⑥于是,道伯的研究界限就这样被划定了。但这不是道伯自己划定的界线,而是按照读者有限的兴趣和能力而划定。因为,在《新约》以及《旧约》之中,在希腊哲学之中,在罗马文献之中,在从《十二铜表法》直到《尤士丁尼民法大全》(Justinians Kodifikation)的罗马法之中,在从起初直到公元 7 世纪的塔木德之中,也就是在这所有产生于古代地中海地区的文本之中,有谁

---

① "所选书目"可参:《我们的道伯:纪念道伯法律史文集》(*Daube Noster: Essays in Legal History for David Daube*), A. Watson 编, Edinburgh/London, 1974;《犹太律法史研究:纪念道伯文集》(*Studies in Jewish Legal History*), B. S. Jackson 编, London, 1974;《道伯文集·卷一:塔木德法》(*Collected Works of David Daube vol.* Ⅰ: *Talmudic Law*), C. M. Carmichael 编, Berkeley, 1992;《法律与宗教文集:伯克利及牛津纪念道伯专题文集》(*Essays on Law and Religion: The Berkeley and Oxford Symposia in Honour of David Daube*), C. M. Carmichael 编, Berkeley, 1993。

② 道伯,《罗马法研究文集》(*Collected Studies in Roman Law*), David Cohen 与 Dieter Simon 编, 两卷本, Frankfurt am Main, 1991(普通法:欧洲法史研究系列,特刊,卷 54)。以下引用皆简称为《研究文集》

③ 《大卫·道伯文集·卷一:塔木德法》, 前揭。以下引用皆简称为《文集·卷一》。

④ 《新约犹太教》(*New Testament Judaism*), C. M. Carmichael 编, 印刷中。

⑤ 尚在编辑准备之中。

⑥ 尚在编辑准备之中。

能同样游刃有余呢？就这样，一项毕生的事业被拆分成数个书卷，亦被分割成多个领域，以便一卷书就能够恰当地表明一个领域。也就是说，法学家的归之于法学家，犹太学者的归之于犹太学者。这些妄自对全部作品发表意见的人，即使不是全部，其中的大部分人也应被指责为缺乏尊重或不够认真。

道伯应该不会对这种态度发表评论。但鉴于他终其一生都不理会研究的界限，他应该会认为，那种退回自己研究领域中毫无疑问之处的行为，不是一种谦逊，而是一种怯懦。能引起他强烈兴趣的应该是（事实上也一直是），他的读者，尤其也包括各个领域中的那些"非专业人士"，从他的文本中获得了哪些吸引他们、值得他们去认真思索的经验。我想在他逝世后告诉他这些经验。

二、神圣的文本

> 我欢快地收集着地上的花朵，
> 这些他人不经意掉落的花朵。①

道伯特别钟爱词汇，钟爱这些词汇的流传。不是这些词汇受到了损害、曲解或篡改，而是人们为了解密这些完整词汇的意义而显得过于天真，过于随意，过于缺乏想象力了。In dubio pro verbo［遇有疑义，即依词汇］这句话道出了道伯的基本态度。对他而言，文本就是神圣的，而不管这些文本本身是神圣的文本抑或世俗的文本。

---

① 语出摩根斯特恩（Christian Morgenstern［译按］1871—1914，德国诗人、作家、翻译家，以其诙谐诗出名），道伯在其文章 Damnum and Nezeq 中引用了这句话，该文载于《法史杂志》（*RJ*），第八期，1989，页285，注释39。

他的这种态度从一开始便是如此。

1936年,为了一个在所有文献中均出现过的词erit,① 道伯一直殚精竭虑,指出它的"将来时"形态,最终他讲述了一个有关Lex Aquilia［阿奎利亚法］②的全新而迷人的历史,③说明这个词从哈罗安德（Haloander）④时代开始,就为罗马法学家公会所质疑,并被订正为fuerit。⑤稍后的1938年,为了使一些词汇,如animus［灵魂］、affectio［情感］连同其所在的文本从当时流行的"拜占庭诗歌"（Byzantine poetry）式的怀疑和论断中摆脱出来,⑥他又一次站了出来。而其对手则是维亚克尔博士（Dr. F. Wieacker）。⑦他冒失地作了篡改（Interpolation）的推测,从而将societas［团体、共同性］一词考订成古典罗马法学领域中的诺成合同（Konsensualvertrag）,并因此将

---

① ［译按］拉丁语动词esse的第三人称单数第一将来时,意思为"他/她/它将是"。

② ［译按］罗马法中一部关于侵权制度的单行法,也为人类历史上第一部单行的侵权法。

③ 《论阿奎利亚法第三章》（On the Third Chapter of the Lex Aquilia）,1936,《罗马法研究文集》,前揭,页3-18。

④ ［译按］即Gregor Haloander（1500—1531）,德意志法学家,是第一位以Floranz手稿为本,发行人文主义版本的《学说汇纂》。参看维亚克尔,《近代私法史》,其中第八章"德意志世俗法律家"中的相关内容,上海三联书店出版,2006。

⑤ ［译按］拉丁语动词esse第三人称单数第二将来时,意思为"他/她/它将已是"。

⑥ 对Franz Wieacker所著《家族共同体和营利团体》（Hausgemeinschaft und Erwerbsgesellschaft, Weimar, 1936）一书的书评,原载于《英国历史评论》（The English Historical Review）,1938,页276。后经修改,以《作为诺成合同的团体》为题,收于《罗马法研究文集》,前揭,页37-59。

⑦ ［译按］即后文的维亚克尔（Franz Wieacker, 1908—1994）,德国罗马法学家、法史学家,前德国哥廷根大学法学教授、弗莱堡大学荣誉教授,主要著作有《近代私法史》（已有中译本）、《罗马法律史》。

其作为尤士丁尼的编纂者的一个发明而予以贬低。维亚克尔是普林斯海姆（Pringsheim）[①]的学生，道伯是勒内尔（Lenel）[②]的学生，二者早些年曾一同在弗莱堡大学求学。1938年道伯通过电报去信德国，称"consensus［一致、相符］一词在古典文献中的使用并无consensus之意"这种说法并使其信服（同时亦缺乏相应的文本）。于是，在这两个几乎同龄的弗莱堡人之间，出现了一条再也没有合拢过的学术壕沟。而使他们分道扬镳的不仅是英吉利海峡，更是稍后的大西洋。

道伯忠实于词汇，一直致力于更精确地聆听，培养（抑或生来如此）对细微的差别、音准、弦外之音的绝对音高感（das absolute Gehör）。在1956年出版的《罗马的立法形式》（*Form of Roman Legislation*）一书中，他分析了（法律）规范的语言：videtur[③]一词听起来很适当，它包括了错误的可能性，作为拥有权威性的直接命令形式，它享有较高的威望和较大的说服力，尽管这种权威性只能持续五年（lustrum）时间。此外，他于1969年出版的《罗马法》（*Roman Law*）一书在很大部分上亦由语言分析组成。罗马法史首先是词汇史，比如在由动词形成名词的变化趋势中显示了罗马法的演变。动词的名词化（Nomen actionis）显示了抽象化、系统化和制度化，[④]也就是通过使动词与名词隶属于一个词目的罗马法学词

[①]［译按］即Fritz（Robert）Pringsheim（1882—1967），德国法学家，曾为哥廷根大学及弗莱堡大学罗马法、民法教授。

[②]［译按］即Otto Lenel（1849—1935），德国罗马法史学家，曾为弗莱堡大学教授。

[③]［译按］拉丁语，动词videre［看见］的第三人称非人称被动语态，直译意为"他/她/它被看到"，但大多数情况表示"他/她/它好像或似乎"之意，可译作"视为""看作"。

[④]亦参《自杀》一文，收入《格罗索致敬文集》（*Studi in onore di Giuseppe Grosso*），卷四，Turin, 1971, 页117-127（尤参页119以下）。

汇（Vocabularium Iurisprudentiae Romanae）隐藏了一种法学思想本质上的移动。"很明显，现在所需的就是罗马法历史的彻底重写。"①除此之外，名词也"适合于正式的、权威的宣判"，因此19到20世纪"由于其对力量的赞赏"而偏爱damnatio memoriae［记录抹煞之刑］、② rescissio actorum［行为撤销］以及与之相类似的怪物——"这些都是瓦格纳式的景象（all Wagnerian images）"。③

道伯在美国的《圣经》翻译中发现了非常现代的"景象"。④ 他发现《马可福音》5：36（"不要怕，只要信！"⑤）被译作"害怕（Fear）是没用的，所需要的只是信任（Trust）"——"这让人震惊"。不仅是鲜活的动词被抽象冰冷的名词替换，而且还混入了一个关于有用性和必要性的恣意判断："对我们的先锋派（avant‑garde）来说，一个预期行动的有用抑或无用是需要遵守的首要准则。"此外"信任"（Trust）——代替了"相信"（to believe/glauben）——用"积极的思维"（positive thinking）和巨大的基本信任（Urvertrauen），而不是用信仰的个人理智表现的要求来服务现代读者。正如道伯所认为的，面对这些翻译诡计，令人欣慰而又沮丧，但同时也形成挑

---

① 《罗马法：语言、社会和哲学的方面》（*Roman Law: Linguistic, Social and Philosophical Aspects*），Edinburgh, 1969, 页29。

② ［译按］字面意思为"记忆上的惩罚"，又称"除忆诅咒"，意指将一个人的存在从公众的记忆中抹除，是罗马法中一种减损名誉的刑罚，通常经由元老院通过决议，消除特定已故公众人士（甚至可以是皇帝）的公共记录，如文献中的记载和钱币上的肖像等。

③ 《罗马法：语言、社会和哲学的方面》，前揭，页51。

④ 《"福音圣经研究所（E. B. I.）面向本地教会"之评注》（A Scholium on E. B. I.'s Towards an Indigenous Church），载于《法史杂志》（*RJ*），第九期，1990, 页159页及以下（尤参页160–162）。

⑤ ［译按］文中所引《圣经》中文译文皆据新标点和合本《圣经》，但因中德《圣经》译本多有出入，故会根据上下文略作改动，下同。

战的是，它们的来源自身，即《新约》和《旧约》，在很大程度上也是由翻译，并因此是由文化迁移（kulturelle Transfers）所组成。他早已着手致力于这项研究了。

三、词汇与世界观

道伯在词汇上的顽强工作源自这样的信念，即文本的彼岸无论如何也不存在任何可供研究之用的东西。道伯不断在追问着的，不是"其事实上曾是什么"，而是一个词、一个文本、一段历史在过去可能意味着什么。对于这样一个问题，即使神话和传说也不能给予相应的反驳："或许我应该在这儿插一句，这些事件是史实还是传说，抑或真假参半，我不能够下结论。但它们确实提供了有关古代社会中妇女角色的证据。"[1] 适用于妇女角色的，也同样适用于弗拉维乌斯（Gnaeus Flavius）[2]的故事：

> 这个故事的很多细节都被质疑，一些吹毛求疵的学者甚至将其全盘否定。无论一个人对其持有何种看法，这个故事都足以使我们见识到有关这种冒险的罗马思维，这对我们的讨论已十分有益。[3]

---

[1] 《古代公民不服从》（Civil Disobedience in Antiquity），Edinburgh，1972，页6。

[2] ［译按］格涅乌斯·弗拉维乌斯，约公元前4世纪人，古罗马法学家，有观点认为他将古罗马习惯法辑成了《十二铜表法》，亦有人认为《十二铜表法》是其杜撰之产物，并非公元前5世纪的产物。具体参见周枏，《罗马法原论》（上册），北京：商务印书馆，2001，页44。

[3] 《古代公民不服从》，页119及以下。

适用于妇女角色和弗拉维乌斯故事的,同样适用于上帝:"《圣经》展示了上帝是按照那些在古代社会中十分重要的法律和习俗而行动的。"(同上,页 127)这些一直由拉比们所"发明",并由中世纪圣徒们设法作出解释——"这些越来越天马行空的阐述至少展现了这些圣哲们关注的事务"。①

这是一种非常现代的处理文本的方法。道伯一直支持并实践这种方法,而丝毫不关心现代诠释学、语言学转向或者结构主义史学。当我们翻阅他的作品时,就能体会到其惊人的博学:首先,资料的来源可能遍及整个欧洲的文献,甚至还有《旧金山纪事报》(San Francisco Chronicle)。在专业文献的使用上,道伯则显得非常节制,甚至很少使用历史学理论和语言哲学的著作。我猜想,他这种对文本的尊重以及对解密其中信息的痴迷,是他在弗莱堡的青年时代,在人文中学和犹太会堂中所获得的。

他对"类型学"的阐述,因为独立于他人的理论作品——是从无数自己的经验和历史文献中搜集的——听起来简直就如同"家庭作坊"(hausgemacht)一般:"几乎没有任何经历独立于任何对过去的转述。"过去"在先展现"(präfigurieren)经历和描述,而后者又"重新展现"(retrofigurieren)了过去。② 从这个循环中所产生的就是之后别人所说的"文化记忆"。道伯终其一生都为重构文化记忆而

---

① 《医学与遗传伦理——三篇历史短文》(Medical and Genetic Ethics. Three Historical Vignettes),Oxford Centre for Postgraduate Hebrew Studies,1976,页 1。另外参看页 13:"毫无疑问,这位编年史作家所写的很多都是传说。但其所呈现的对中世纪思想的揭示是绝对不少的。"

② 《约瑟夫斯作品中的类型学》(Typologie im Werke des Flavius Josephus),Bayerische Akademie der Wissenschaften,哲学历史科,1977 年大会报告,第 6 册。

努力。

对于"文化记忆"的重构，有时候一个单独的词就足够了。比如"突然"（plötzlich）、"陡然"（jählings），希伯来语作 pith'om、petha'，希腊语作 αἰφνίδιος、εὐθύς、ἄφνω。从《旧约》文本好几百处段落的分析中可以得出，哪些事是突然地、出乎意料地发生的，它们几乎总是灾难性的、混乱的、不幸的。"因为灭命的要突然临到我们"（《耶利米书》6：26）；"（我）使恐惧惊吓突然临到她身上"（《耶利米书》15：8）；"所不知道的毁灭也必突然临到你身"（《以赛亚书》47：11）。对快速变化的恐惧和对稳定持久的渴望控制着《旧约》中的这个社会。在之后的基督教世界观中，出乎意料的事件则得到截然不同的处理。"突然（auf einmal），从天上有响声下来"（《使徒行传》2：2），在这里就没有表示灾祸，而是预示了圣灵的来临。"突然，有一大队天兵同那天使赞美神"（《路加福音》2：13）——"可以肯定，没有灾祸，但也没有甜美、舒服的事件，没有温暖小屋中惬意的圣诞前夜。"① 在所有的福音书作者中，唯有马可对"突然"（auf einmal，plötzlich）的使用有一种很强的倾向，并用以表示危险的事。但在马可那里，εὐθύς一词更多表示"不言而喻的"（selbstverstädliche）和"一贯的"（folgerichtige）事件。奇迹、灾难以及所有来自"晴朗天空"的事件都已在一个救赎计划之中作了安排，是预言，是有意义和目的之事件发生过程的自然、可预料的结果。"闺女，我吩咐你起来！那闺女突然（plötzlich）起来走。"（《马可福音》5：41 以下）一个词，一个单独的词，展现了世界。

---

① 《〈圣经〉中的"突然"》（*The Sudden in the Scriptures*），Leiden，1964，页 30。

四、文化的统一

我用古代一词意指犹太—希腊—希腊化—罗马世界。①

在摩西登上了尼波山之时,上帝向其展示了那片应许之地:"基列全地直到但,拿弗他利全地,以法莲、玛拿西的地,犹大全地直到西海……"并对他说:"现在我使你眼睛看见了……"但在进入这片地之前,摩西却死了(《申命记》34:1以下)。这里讲述的是一出著名的悲剧。摩西,这个以色列民族的拯救者,最后却为一个古老的罪而献身赎罪(至于这个罪形成于何处,却并不清楚)。

"当出卖人从我的塔楼中向我,也就是买受人,指示一片毗邻的土地,并表示他将土地的自由占有让与我,然后我即开始对这片土地的占有,就像我双脚已经越过边界跨入这片土地一般。"(克尔苏斯[Celsus], D. 41. 2. 18. 2)这一段论及了所谓的 traditio longa manu[长手交付],一种完全不具悲剧色彩的移转占有的形式。

但这两个故事仍然有一致之处:从一个高处(尼波山/塔楼)所有权人(上帝/出卖人)向受让人(摩西/买受人)展示了这片土地及其边界:罗马人称之为 fines demonstrare[边界展示];而在《申命记》34:1及以下,边界则按照所有的方位作了描述。因此,按照罗马人的观点,仅通过察看和眼睛的丈量而没有身体上的占有,占有(一般情况下所有权亦同)即已移转于受让人。因为摩西已经察看了以色列人的应许之地并因此成为其主人,所以摩西或许也达

---

① 《古代公民不服从》,前揭,页1。

到了他梦想的目的,并得以平静地逝去?①

　　这种对比可能显得非常轻率,但也同样说明道伯深切关注之事如此严肃。梅因(Henry Maine)爵士及其众多追随者主张,法(Recht)是在文明的进程中从宗教之中形成的,或者至少也是按照宗教形成的。道伯则怀疑,正如在产生《圣经》的"小型东方社会"(small Eastern community)里一般,法无论何时何地都理应如此。他开始从《旧约》的故事中推导出法理念和法结构。而这些法理念和法结构早已通过经文的作者、祭司和先知,被"神学化"到几乎无法辨识的地步了。就这样,他发现了摩西故事中的 traditio longa manu [长手交付],约瑟故事中(《创世记》37:31 以下)的 custodia [看管] 概念,利亚和拉结故事中(《创世记》30:14 以下)的 locatio conductio [租赁] 模式。

　　当大量相似和相同的法结构(彼此相互独立)出现在《旧约》和罗马法中时,对道伯而言随即产生了一个问题,即所谓"印欧的"(indo-europäisch)到底意味着什么。就如他所讲授的,Vestigii minatio [追踪脚印],也就是对盗窃的追踪和随后的"住宅搜查",应当是"古代印欧体系中特有的一种实践"。② 道伯回顾了一些欧洲法律,他们在事实上证明了这一法律形式的传播。然后他又从《旧约》之中为这一法律形式增加了一些例子。这最后一个例子也就是拉结的故事,她偷了家中的神像,"拉班摸遍了那帐篷"(《创世记》31:19、34)。这个故事几乎又能逐字逐句地出现在马克罗比乌斯(Mac-

---

① 《圣经法研究》(Studies in Biblical Law),Cambridge,1947,第一章"故事中的法"(Law in the Narratives),页 24 及以下。

② 《圣经法研究》,前揭,第五章"法愈严格则愈不公"(Summum Ius - Summa Iniuria),页 201 (此处所提到的这部分研究是以 1936 年已出版之成果为基础的)。

robius）那儿（*Sat.* 1.6.30）。①"这不是在说马克罗比乌斯讲的故事不是罗马人本来就有的故事"，②也不是说 vestigii minatio［追踪脚印］谈不上一种特殊的印欧法律制度，毋宁说，古代和中世纪的这些材料证明了这种跨文化的现象，对于这种现象，我们也能给予很实用性的解释："如果有个人曾和我在一起，在其离开之后我丢了一件贵重的物品，而不管我是印欧人抑或是闪米特人，接下来我要做的事自然是追踪这个人。"（同上，页201）

自此之后，使古代文化互相联结便成为道伯全神贯注的事情。其中的一个里程碑便是1949年的论文《拉比式解经法与希腊化修辞术》。③塔木德已经从少数几个《圣经》的法规中发展出了一套成熟的法体系。正统犹太学者将这一杰作归因于启示，自由派犹太学者则将其看作"纯粹逻辑"的产物。道伯对两者都不甚满意。以希勒尔（Hillel）拉比（约公元前30年）的著作为例，道伯展示了其中充满了希腊修辞术的形式、论证方式和主题。希勒尔讨论了"成文与不成文规范"、auctoritas versus ratio［权威与理性］这些传统主题，并运用了 argumentum a fortiori［当然论证］、argumentum a minori ad maius［举轻以明重］等论证方式。这很容易使熟悉希腊和犹太传统的内行，在托名西塞罗《致赫伦尼》（*ad Herennium*）的众多作者、盖尤斯的作品中，注意到这些传统在罗马修辞技艺中的延续。因此，道伯得出结论："哲学探讨在大体上总非常相似，不管这些探讨发生于罗马、耶路撒冷抑或亚历山大。"（同上，页349）

希腊化时期的共同性能很清楚地被认识，同样，《新约》思想和

---

① ［译按］即马克罗比乌斯《农神节》（*Saturnalia*，缩写为 *Sat.*）一书第一卷第6章第30节。

② 《圣经法研究》，前揭，页221。

③ 《文集·卷一》，前揭，页333–355。［编者按］参本集主题论文。

拉比思想之间（因基于相同的希腊基础）的亲缘关系因此也很紧密。1956年道伯出版了《新约和拉比犹太教》一书。这本书基础是1933年至1951年间的大量准备研究。本书致力于《圣经》母题（如童女生子以及众人得饱食）、传统主题（如"先知在本乡无人尊重"）、对偶人物形象（如撒母耳—耶稣或路得—马利亚）以及表面上看起来独立的犹太规范（如"以眼还眼"）的研究，是为了指明《新约》和《旧约》在拉比的解释中所呈现出的历史上、方法上、文化上的密切联系。"马利亚被刻画得与路得相像……马利亚，这个曾于中世纪激发了无数美妙祷文和诗篇的形象设计，其最终的原型在路得书中。"① 与此相反，《新约》时期的拉比学说则混合了希腊化—基督教的佐料。

乍一看，道伯所有这些以及后来的很多研究②都有一个共同之处：比较，即法、故事、思想结构之间的比较。道伯也确实以这些比较研究实践著称。对犹太、希腊、罗马文本进行比较研究，同样对法学、宗教、哲学文本进行比较解释——在这方面，道伯毫无疑问堪称本世纪的大师，一位孤独的大师。

但通过这些坚持不懈的比较研究能得到什么？细微的差别得以呈现——"鲁克蕾提亚③的故事在古雅典是不可想象的，而吕

---

① 《新约与拉比犹太教》（*The New Testament and Rabbinic Judaism*），London, 1956, 页27、36。

② 例如《希腊化世界中的犹太律法》（Jewish Law in the Hellenistic World），1980，收入《文集·卷一》，页213-229；《不公平的丰富：一件本应发生之事》（Unjust Enrichment: A Might-Have-been），载于《法史杂志》（*RJ*），1990 (9)，页291-300。

③ ［译按］即Lucretia，古罗马烈妇。罗马王政时代最后一个国王塔昆纽斯暴虐无道，民怨沸腾。公元前509年，因其子奸污鲁克蕾提亚，激起公愤，他和他的家族被放逐，王朝被推翻，罗马共和国成立。

西斯忒拉塔［Lysistrata］①的故事在古罗马同样不可想象"。②世界观之间的深刻差别也得以识别，就如对"突然"发生之事所持的各种态度。但在比较中变得更为清楚的则是所考察的文化之间的共同性：

> 近东杰出而深刻的洞察力开始崛起，他们通过希腊文化进行分析和总结并适应罗马社会现实。几乎无需赘言的是，我认为亚里士多德不是《圣经》经文的学生。③

道伯大量的比较研究，更多是按照古代文化之间的碰撞而非其分离进行的：基本的法结构、通过修辞术所塑造的思维模式以及无处不在的故事。一千多年的历史将地中海的人类结合了起来，亦将其文化融合在了一起。古代仿佛就是道伯毕生事业中唯一的伟大记忆。

五、一个正统德意志人

> 我是一个巴登人。④

只有以远远超出所涉地区文本与语言之知识的方式亲自参与其中之人，才能绘制出这样一个大记忆。在其青年时代，在布莱斯高地区的弗莱堡，道伯已经学习了希腊语、拉丁语、希伯来语和亚拉

---

① ［译按］古希腊剧作家阿里斯托芬同名喜剧中女主人公的名字，剧中女主人公为了促使战争早日结束，对雅典妇女鼓吹拒绝同丈夫同房，对男性实施"性罢工"。
② 《古代公民不服从》，前揭，页24。
③ 《不公平的丰富》，前揭，页300。
④ 《犹大》（Judas），载于《法史杂志》（RJ），第13期，1994年，页328。

姆语。勒内尔则以让其成为罗马法学家的打算来培养他。在通过弗莱堡候补文官考试①之后，道伯于1930年前往哥廷根。在那儿他师从孔克尔（W. Kunkel）②继续罗马学的研究，并经由亨普尔（J. Hempel）③的指导得以入门《圣经》批评学。④1932年，道伯以优秀（Auszeichnung）的成绩完成了博士学位学习。但博士论文《旧约中的血统主义》（Das Blutrecht des Alten Testaments）的印刷出版（据此才能被授予博士学位证书）却受到了阻碍。⑤

勒内尔立刻于1933年让道伯带上一封给约洛维奇（H. F. Jolowicz）的推荐信前往英国。约洛维奇又介绍道伯与伯克兰（W. W. Buckland）联系。⑥伯克兰非常关心这位年轻学者，并为其在剑桥大学冈维尔与凯斯学院（Gonville and Caius College）谋得职位（为此道伯曾一再地对其表示感谢⑦），但没有成为他的"老师"。自此，

---

① ［译按］Referendarexamen，即德国第一次国家司法考试旧称。
② ［译按］Wolfgang Kunkel（1902—1981），德国法学家、法史学家。
③ ［译按］Johannes Hempel（1891—1964），德国神学家。
④ 《圣经法研究》，前揭，前言，第八节。
⑤ 哈尔夫曼（F. Halfmann），《一个"纳粹法学家的温室"：法律学和国家学学院的法学部》（"Pflanzstätte nationalsozialistischer Rechtgelehrter"：Die Juristische Abteilung der Rechts - und Staatswissenschaftlichen Fackultät），收入《纳粹主义下的哥廷根大学》（Die Universität Göttingen unter dem Nationalszialismus），H. Becker等出版社编辑出版，第二版，München，1998，页102及以下（尤参页110）。
⑥ 《罗马财产法的论述方式和特质》（Fashion and Idiosyncracies in the Exposition of the Roman Law of Property），1979，收入《研究文集》，前揭，页1325及以下（尤参页1337，注释42）。
⑦ 《圣经法研究》，前揭，概述便是题献于他；另参《什么给平等定价》（What Price Equality?），载于《法史杂志》（RJ），第5期，1986年，页185及以下，其中除了伯克兰之外，道伯还对约洛维奇和祖鲁埃塔（F. De Zulueta）在其移民前几年中给予的帮助表示特别感谢；参看《罗马法中高级命令的抗辩》（The Defence of Superior Oders in Roman Law），Oxford，1956，页3。

二十四岁的道伯开始走上一条完全属于自己的道路。

他自然是在罗马法领域尽自己的职责。有些时候——并且总是当他给古老谜题做出解答之时——他是带着明显的乐趣克尽其职。正如他终其一身都喜爱纵横字谜一样,他全神贯注地献身于这些罗马法"谜语",推理出这些历史、哲学、法学的信息,直到得出出色的答案。[1] 在其他一些研究上,他和一个典型的德国罗马法学家并没有什么不同,同样是充满才智而又踏实,撰写那些使读者或听众绞尽脑汁的《学说汇纂》注解(Digestenexegesen)[2]。

但除了罗马法之外,自1933年起,他立刻开始了上述的古代文化研究。在1933年和1945年之间,在道伯的家乡,雅利安人和非雅利安人之间的界限变得比以往任何时候都更加清晰和残忍。在1933年和1945年之间,在道伯的家乡,数以百万计的犹太人遭到迫害和屠杀。在1933年和1945年之间,为了证明希腊人、犹太人、罗马人、基督徒在一个唯一的世界里互相交际往来,道伯不知疲倦地工作。"那些(拉比)中最伟大的人,在不牺牲自身宗教的本质的同时,又能不论出处地利用人类的成就。"[3] 这听起来像是自由主

---

[1] 例如《论阿奎利亚法第三章》,前揭,收入《研究文集》,页3及以下;《马克多真的谋杀了他父亲吗?》(Did Macedo Murder His Father?),1947,同上,页193以下;《哈德良给一些前司法官的敕令》(Hardian's Rescript to Some Ex-Praetors),1950,同上,页345以下。

[2] 例如《论 damnum 一词的使用》(On the Use of the Term Damnum),1948,收入《研究文集》,页279及以下;《一些经典片段的轮回》(Zur Palingenesie einiger Klassikerfragmente,1958年慕尼黑德国法史学家大会上的演讲),1959,同上,页789以下;或者《价钱的确定》(Certainty of Price),收入《罗马买卖法研究:祖鲁埃塔纪念文集》(Studies in Roman Law of Sale: Dedicated to Memory of Francis de Zulueta),道伯编,Oxford,1959,Aelen,1977年再版,页7及以下。

[3] 《新约与拉比犹太教》,前揭,前言,第九节。

义的、开明－人文主义的犹太教。

　　但是，在1933年和1945年间，道伯是且一直是信念和行为上皆正统的犹太人。"我看不起所谓'开明派'（progressives）……"① 同样，他也一直是信念和行为上皆正统的德意志人。他第一次婚姻所生的三个儿子都受到了他严格的犹太式和无情的德意志式的教育："早餐前的希伯来语课，且永远用德语，从不用英语"，"一个极其强势的父亲，在战时的剑桥街头还坚决要求我们用德语交谈"。②这一情况在战后直到60年代也没有改变。1951年道伯一家搬到了阿伯丁，因为他在那儿得到了第一个教席。他的大儿子回忆，也是在那儿，这位父亲，这位正统的犹太人，让他的孩子在60年代前的大不列颠感到难堪（同上）。1955年道伯就任牛津大学民法钦定教席一职，并且成为牛津大学万灵学院的成员。他的移民之路达到了一个目标，一个被认为不可能更英式的、更高的也不可能"更终极的"目标。

　　但恰恰是在这一目标之上，在60年代的牛津，产生了变化。三个儿子已长大成人，大卫"这位糟糕的丈夫"（乔纳森·道伯之语，同上），却和他的妻子赫塔（Herta）分开了，从孩子的生活中消失了数年之久，并作为客座教授前往伯克利，他于1970年最终被任命为罗宾斯希伯来律法和罗马法典藏主任一职。60年代，在伦敦开往牛津的火车上，道伯认识了海伦（Helen Smelser），他们最终于1986年结婚。

---

　　① 《两个犹太祷告者》（Two Jewish Prayers），载于《法史杂志》（*RJ*），第6期，1987，页201。
　　② 语出道伯两个儿子乔纳森（Jonathan）和迈克（Michael）的悼文，引自他们在道伯去世后于互联网上自己创建的纪念主页。难以想象，他那令人费解的幽默于实际中能派上什么用场！

似乎是在 1960 年前后，这个仅仅为其弟子所熟悉的道伯诞生了：这个世界主义的、开明的男人，他从来没有否认他的犹太人特性，但却不再展示了；他不仅不否认他的德意志出身，反而更加经常地引用。道伯仍然是一个德意志犹太人，更确切地说是一个来自巴登的犹太人。而且他也开始对自己的这一角色——公开地——进行反思。

当他讨论到公元 1 世纪效力于罗马的犹太历史学家约瑟夫斯（Flavius Josephus）①时，他讨论的其实是他作为外族统治政权的顾问，同时又是本民族宗教团体保护人时的身份问题，同时描述了《耶利米书》与《但以理书》中的那些榜样，以斯帖-末底改兄妹俩以及那些"后来人"——18 世纪时的宫廷犹太人（Hofjuden）。就道伯而言，这位历史学家成了"一种人类型的先驱"：

> 这种人在希特勒时代前的德国占据了一个并非不重要的位置，在今日英国也还能见到：不同于那些大部分选择完全同化的犹太人，那一个犹太大学教授坚持传统，并尝试让其传统受人尊重……我自己多年来就处于这种状态……在某种意义上，我作为宫廷犹太人的角色从小学时代就开始了。在一系列老师和同学中——包括坚定的种族主义理论追随者——我受到特别的宠爱。今日我很清楚，我为此付出了代价。（同上，页 25 以下）

我从来没有问他，这是什么代价。或许这个代价同样也存在于他毕生的工作之中。存在于一本接一本的书、一个接一个的研究当中，这些皆与犹太—希腊—希腊化—罗马的古代世界之文化一体

---

① 《弗拉维乌斯·约瑟夫斯作品中的类型学》，前揭。

性有关。这一毕生事业的言外之意说的是这样一个世界，在其中，一个犹太人，特别是一个受过高等教育又具人文主义思想的德国犹太人，拥有他不可动摇的位置，他也不必同化于其中，因为他总归源自这一个相同的世界。我相信，通过这种方式，通过他非常个人以及非常强烈的方式，道伯参与了他所绘制的古代的巨大记忆。

六、界限问题

别要求太多。[1]

在战争期间道伯写了一篇关于"共同责任"[2]的论文。用德语来表述，这一概念和集体罪责或集体责任几乎毫无二致。整个民族——一个城市或者一个群体必须为一个或者几个犯罪者的罪行负责的思想，在《旧约》中已经得到很好的展现。在等待索多玛和蛾摩拉被毁灭的时候，亚伯拉罕乞求上帝为城中五十个，或许是四十个，或者哪怕仅仅是十个义人而饶恕那地方的众人。但上帝仍向索多玛和蛾摩拉降下了硫磺和大火。只有罗得和他的女儿们得以逃脱（《创世记》18：20以下）。将个别无辜者区分出来的尝试没有成功。

与共同责任这一现象有所区别、与之又有所联系的，是对统治者的惩罚。一个统治者会因为他个人的、使其人民和财富有所损失

---

[1] 《犹太律法和传统中自我牺牲的限制》（Limitations on Self‑Sacrifice in Jewish Law and Tradtion），1969，收入《文集·卷一》，页45-62（尤参页61）。

[2] 见《社会学评论》（Sociological Review）第36期，1944，页24-42；另参《圣经法研究》，前揭，页154-189。

的过错而遭到惩罚。大卫王出于骄傲和自负而清点人民的数量。作为对其罪的惩罚，上帝向大卫提供了三种惩罚方式来让其选择：三年的饥荒、被敌人追杀三个月以及国中三日的瘟疫。大卫选择了最后一种灾祸。但就在天使将要怒降灾祸于人民之时，大卫就祷告上帝说："我犯了罪，行了恶。但这群羊作了什么呢？"（《撒母耳记下》24：16）。这一次上帝接受了大卫的祷告。

由人民来承担的共同责任和对统治者的惩罚这两个概念，会让《旧约》的现代读者感到极其不快。道伯却有足够的理由进行研究，将它们追溯到（古希腊亦有的）"具传染性的"败坏之思想，将它们与古老的家父责任（paterfamilias‑Haftung）联系起来，在莎士比亚的《麦克白》中发现它们，亦注意到它们在现代社会中的衰败。人们大多认为：当"人民"消解为个体时，"共同责任"也就消失了；当统治者虽然仍将其人民当作"羊群"，但不再将其作为没有生命的财产看待时，"对统治者的惩罚"也逐渐消失了。但道伯却不这么认为。他非常谨慎地认为，这一显得十分古老而又具犹太色彩的思想，亦即整个民族——包括其中可能有的十个无辜者——都要为其中的一些罪犯承担责任，尽管没有明确地表达出来，亦没有广泛地被思考过，却一直持续存在——德累斯顿大轰炸就给了他很好的论据："共同责任和对统治者的惩罚这两种现象，都如此接近那些对一个社会至关重要的利益，以至于不能过多地期待社会能十分明了，或者直言不讳地关注。"① 在我们这个时代仍然持续着的关于共同责任的讨论②也可以作为证据。

什么是人类和群体"要求太多"的东西，他们在哪里碰到了其

---

① 《圣经法研究》，前揭，页 185。
② 比如道伯的学生柯亨（David Cohen）的论文。

伦理能力的界限，又在哪里超过这些界限。这些从人类文明之开始就一直被研究的事务，道伯直到生命的最后几年都一直保持研究的热情。

他在牛津大学首次授课（1956年2月8日，恰是他四十七岁生日那天）的主题是关于"罗马法中高级命令的抗辩"（The Defence of Superior Orders）。"凡受命令而为不法者，因其必须服从之故，不为罪。"——《学说汇纂》50卷17章169款头段（D. 50. 17. 169 pr.）中精彩的文字如是说。道伯将这些文字追溯到处于统治者命令和宗教律法冲突之间的安提戈涅（Antigone），追溯到处于父王的命令与阿佛洛狄特（Aphrodite）的诫命冲突之间的达那伊得斯们（Danaiden），追溯到了处于阿波罗的命令和复仇女神（Eumenides）的复仇威胁冲突之间的俄瑞斯忒斯（Orestes）。"高级命令"也可能是"自然法"：

> 纽伦堡审判的政治环境并非完全不同。在其理论中有一种自然法的复兴运动，但也有一种些微的无政府主义要素，认为战争犯即使是奉命行事也有可能被处以刑罚。①

这里是唯一一处对现今德国正十分时髦的自然法命题的暗示。就如同所有可比较的情况一样，道伯返回古代，肯定不是因为胆小，可能也不是因为毫无兴趣，而是相信，这个问题若没有在历史的景深（Tiefenschärfe）中凸显，所有的日常事件都会且一直会引起无谓的争辩。

尽管如此，我们仍能得出另一个发人深省的认识：对罗马人来说，对西塞罗、昆体良和法学家来说，按高级命令行事不

---

① 《罗马法中高级命令的抗辩》，前揭，页6。

是一个高深的伦理学问题，而是一个修辞术的赛场。回到源头可能也意味着：回到地面。巨大的人类问题有时候在修辞术中消解了。若有某物离道伯甚远，那便是激情了。尽管他喜爱瓦格纳。①

对"按高级命令行事"的补充——也即关于"公民不服从"的讲座②——十六年之后才出版，1968年发生在美国校园的事件给道伯留下了深刻的印象。这一系列的讲座是关于古代伦理诫命和法律命令之间的界限处境（Grenzsituationen）——一个创造英雄的理想处境。但英雄对道伯来说与激情一样陌生。安提戈涅是作为一个高傲的女性，作为一个贵族家庭的典型女性代表③而被重构，这类女性不容许承认自己违反法律。与之相反，来自朴素阶层的妇女们，如《出埃及记》1：15及以下中的接生婆就会利用诡计来"公民不服从"。那在罗马呢？卢克蕾提亚没有反抗，而是坚守法律，自杀了："罗马妇女采用男性的方式来看待世界，这就是为何那里少有根本的

---

① "我爱戏剧，它伴随我成长。我兄弟曾说，在给他下葬前，我们应该仿照《诸神的黄昏》（Götterdämmerung）中齐格弗里德（Siegfried）之死的情节举行一场悼念游行；如果他还是没有醒过来，那他就是真的死了。"《弗洛伊德论希腊神谱》（Freud on Greek Theogony），载于《法史杂志》（RJ），第8期，1989，页287-294（尤参页292）。——大卫·道伯的兄弟本雅明1946年死于肺结核。

② 《古代公民不服从》（Civil Disobedience in Antiquity，1971年10月康奈尔大学的信使讲座），Edinbough，1972。其中一章的德文版本为《古代妇女的非暴力反抗》（Gewaltloser Frauenwiderstand im Altertum），Konstanz，1971。

③ "在第一幕中，当他请求她：'现在告诉我关于你父母的一些事吧。'她马上就说：'好吧，我的父亲是俄狄浦斯。'想象一下她的分析者的反应吧。"《古代公民不服从》，前揭，页9。道伯总喜欢调侃弗洛伊德。弗洛伊德的论断，即儿子对被父亲阉割的恐惧在希腊神话中已经得到证明，作为一种（弗洛伊德式的）篡改已被道伯揭穿，《弗洛伊德论希腊神谱》，前揭，页287-294。

不服从。"①毫无疑问，相较于"男性精神"，相较于那些罗马的男性作家所描述的他们的妇女形象，道伯更同情这些高傲的希腊妇女和狡猾的犹太妇女。同样，相较于那些严格恪守法律的人，道伯更同情那些在忍受刑罚之中进行反抗的人。"阿尔特巴登（Altbaden），我出生和成长的地方，采用法律手段抗争，然后失败了……"（同上，页123，注释1）这种不服从和英雄行为毫无关系。《旧约·民数记》22：21以下中的母驴，在明知为此要遭三次鞭打的情况下，仍然为了服从最高之主而三次偏离道路，三次反抗世俗主人巴兰的命令。"因此在这里你能找到甘愿接受惩罚的最早先例，远远早于苏格拉底——一头驴子！"（同上，页67）对人类本性之"伟大"、超乎寻常的勇气，甚至英雄主义的要求，都没有让道伯将这些特征归诸这些人身上。那些故事和历史于英雄之上所高高建立和维持的一切，他都将之拉回到文化行为模范和社会规范的地面。

"别要求太多。"② 对道伯而言，这一座右铭是自己一直信守的特殊犹太思想的表达。不论是在与暴政合作的事件上③——一个让拉比们一百多年来都难以平静的问题，还是在现代器官移植的事件上，④或是在禁止付小费的事件上，⑤或是在殉教的事件上，正如道伯所观察到的，在所有地方都适用的是，conditio humana［人类的境况］总是不倾向于自我毁灭和英雄主义。毫无疑问，阿尔克斯提斯

---

① 《古代公民不服从》，前揭，页25。
② 《自我牺牲的限制》，1969，收入《文集·卷一》，前揭，页61。
③ 《拉比律法中的与暴政合作》（Collaboration with Tyranny in Rabbinic Law），Oxford，1965，收入《文集·卷一》，页63-135。
④ 《自我牺牲的限制》，前揭，页55以下。
⑤ 《对不付小费者的保护》（The Protection of the non-tipper），见于《罗马法：语言、社会和哲学的方面》，前揭，页117以下。

（Alkestis）、里戈莱托（Rigoletto）、耶稣、摩西（在这一顺序上！）都是"道德上的巨人"。①但恰恰是这一标新立异的、"超人的"行为在犹太人看来则近乎是一种自负和傲慢。社会有很好的理由不去褒奖过多的自我牺牲，而是在必要时予以禁止。

不仅仅是在历史中，包括在自己的日常生活中，道伯都对英雄和殉道者持怀疑的态度。对他而言，对人的地位、收入、名声的歧视都是陌生的。其他人可能感到惊奇，究竟是哪些人出席了道伯在康斯坦茨小岛旅馆中以古代的 liberalitas［慷慨］之名而举办的著名午餐，但对东道主而言，他们所有人都是客人和朋友，而不论他们有名望、默默无闻、聪明、谦虚、令人激动抑或令人厌烦。我从来没有从道伯那儿听到他说过任何关于某人或某同事的恶毒的或者哪怕是鄙夷的词。相反他更喜欢夸奖别人——"难道他不了不起吗?！"而这些人的卓越尚未被任何人注意到。他在旧金山臭名昭著的城区漫步，他与公车司机的友谊，他在特里斯特咖啡馆（Café Trieste）——"这个能替代我在弗莱堡学生时代的比尔林根（Birlinger）咖啡馆"②——与任何一个人的会面，都成了传奇。他对英雄的恐惧与一种对人类的爱一致。这种爱寻找着与其自身相同，但也许再也找不到的事。所以我很怀念那些信件，那些以"我最最亲爱的玛丽·特蕾斯"这种老巴登式开头的信件。

七、犹大

八十年代末的某一天，当我告诉道伯，现在已经发现，史末林

---

① 《自我牺牲的限制》，前揭，页58。
② 《约瑟夫斯作品中的类型学》，前揭，页7及以下。

（Claudius Freiherr von Schwerin）①曾决定性地参与了绍尔兄妹（Geschwister Scholl）在慕尼黑的被捕。道伯的反应是不信和吃惊。按他的说法，在弗莱堡时，他曾参加过史未林的研讨课，也和同学一起去其家中做过客，以及不管我信还是不信，其夫人还特意为他准备了符合犹太洁净戒律的小面包。如果我所转述的仍然正确，那这将是非常可怕的——对史未林而言！是的，他就是这么认为的，完全没错。对一个分裂的、不幸的、受折磨的人，他一定会这样。对犯罪者的怜悯让我产生的惊愕甚至愤怒在道伯那儿找不到共鸣，我简单的异议也没有一次引起反驳。这次的谈话在不解之中结束。

几年之后，我收到道伯的一份稿件。他写到，那次谈话还没结束，但是因为他的力气急剧衰退了（他多年前，甚至十多年前就这么声称了，但这一次才确实如此），尽快将之付诸文字对他来说就变得非常重要。这是道伯为《法史杂志》（*Rechtshistorische Journal*）所写的最后一篇文章，也就是他的《犹大》一文（*RJ* 13，1994）。犹大做了最糟糕的事情，他背叛了自己的犹太同胞并将其出卖给了邪恶的罗马人和犹太人联盟。他想悔改，想将这卖主得来的银钱还回去。但祭司长没有接受。"犹大就把那银钱丢在殿里，出去吊死了。"（《马太福音》27：5）不像他《旧约》中的兄弟该隐，②《新约》中的犹大没有得到饶恕。他的自杀，尽管仍被《旧约》、早期基督徒以及俄里根（Origenes）解释为一种救赎，但之后的教

---

① ［译按］史未林（1880—1944），德国法史学家，曾任教于柏林大学（1914）、斯特拉斯堡大学（1917）、弗莱堡大学（1919）、慕尼黑大学（1935），亦是巴伐利亚州科学院成员，1944 年 6 月 13 日丧生于盟军对慕尼黑的一次空袭之中。

② 《两个犹太祷告者》，前揭，页 185 以下。

父（Kirchenväter）很快就将其重新解释为他的不可饶恕之罪的明证。犹大成为最受憎恶的人——尤其是《使徒行传》（1∶18），甚至不允许他自杀：犹大"用他作恶的工价买了一块田，以后身子仆倒，肚腹崩裂，肠子都流出来"。一个非自愿的、由自然之力所引起的死亡在没有主动的懊悔和退换银钱之前就发生了。《使徒行传》毫无怜悯地排除了饶恕的所有希望，排除了犯罪者所有的人之自决和自我救赎。

很少能看到比道伯笔下描述的犹大更加孤独和遭弃的罪人了。我们不禁要问，为何这位在这世界上毫无罪恶又快乐的人会产生这样一种怜悯。然后我开始有点理解那次关于史未林泄密的谈话了。这个马太笔下自我救赎的犹大，是我在道伯作品中遇见的唯一一个英雄："我所欣赏的这一英雄，没错，这一英雄，便是'犹大'。"①

《犹大》一文发表后不久我就收到一封来自道伯的长信。他被欧坦的雕塑作品《犹大》②"征服"了。这一作品我们曾作为插图附在他的文章中。他感到悲观的是，他关于犹大的解释很快就被接受（"在一个正常的过程中，在大约五十年时间里，解释都是很自然的事，以至于原作者已经被遗忘了——这也正是作者的希望"）；他忧虑的是，犹太同胞会重新指责他的"主罪"（Hauptsünde）：

> 我赞同《撒母耳记上》12章中的非犹太先驱，③就像《马太福音》27∶3及以下中的犹太先驱。为什么不呢？不要阻止我

---

① 《犹大》，前揭，页318。
② ［译按］指法国欧坦（Autun）圣拉扎尔大教堂（cathedral of Saint-Lazare）中的雕塑作品《犹大自尽》，由欧洲中世纪雕刻家吉斯勒贝尔（Gislebertus）创作完成。
③ 《迷雾中的先驱》（Ancestors in the Mist），载于《法史杂志》，1988，页131–139。

找出其伟大……为什么要忽视，甚或是隐瞒，早在撒母耳之前，这一原则就受到一个美索不达米亚的统治者以及他的异教神学家所赞同……

又是这个世界，这个古代的东方—希腊—犹太—罗马—基督教世界。恐怕道伯是最后一位居住其中的人。

拉比式解经法与希腊化修辞术

道伯（David Daube）著
黄江 译 林凡 校

拉比们对《圣经》中相对较少的条例进行注疏，由此建立起庞大的塔木德律法体系，但他们如何做到这一点，这仍然是个谜。① 在外人看来，整个发展过程显得随意，拉比们得出的大量诡谲复杂的推论，并不来自具有一致性的基本原则，这些推论也不能有效地服务于族群的需求。正统犹太教徒们认定，拉比们使用的方法和通过这些方法得出的结论皆属于西奈山传统：上帝在摩西（Moses）与之同在的四十天当中向摩西尽数揭示，摩西虽然没有将它们写下，却传授与约书亚（Joshua），约书亚再传与长老们，以此类推。这条教义追溯到塔木德本身，并且如我们将会看到的那样，它在那个时代

---

① 1948年9月冬季，我在伦敦大学亚非学院递交的四篇关于塔木德律法的演讲，本文是其中一篇。

意义重大；但是，今天重提这一点，就相当于承认我们无法在理性的基础上论证演变的正当性。另外，一些自由派犹太学者们曾试图表明，拉比们只是为纯粹逻辑所引导。①但那并不更具说服力。然而，到目前为止，依靠塔木德律法的历史背景来理解其发展，并且研究它与诸如希腊法或罗马法等其他希腊化律法体系的关系，都没有过真正的尝试。这一失误的原因并不难找。除了一些就若干研究领域而言的常见困难之外，希腊法和罗马法的现代解释者往往完全忽视了一些它们体系的主要动因，即古代法学家们之间关于允许或不被允许的讨论类型，讨论的相对权重等等所形成的惯例。但恰恰是在这个"法学"领域内，我们也许能够找到塔木德与其他希腊化产物之间联系的真正要点。

我在此提出的论点是，拉比式解经法源于希腊化修辞术。② 拉比们从中着手的基本理念与前提，以及应用中的主要细节和将这些理念转化为实践的方式，皆以希腊化修辞术为基础。这并没有降低拉比们工作的价值。相反，重要的是，我们要注意到，拉比们首次接受希腊化方法大约在公元前 100 年至前 25 年，拉比律法的"古典"塔纳赫（Tannaitic）时代才刚刚开启。也就是说，借用发生在塔木德法理学的最繁盛时期，此时拉比们是新影响力的主人而非奴隶。被接受的方法在精神和形式上都完全希伯来化，适应于本族素材，以便有助于犹太律法的自然发展。这是发生在同时代罗马的那种 mutatis mutandis［已作了必要修正］之事。之后，从公元 200 年开始，在"后古典"的阿莫拉律法（Amoraic law）当中，这一发展在

---

① 施瓦茨（Adolf Schwarz）的著作是此类中的杰出范例。
② 笔者的某些一得之见，可参《法学季评》（Law Quarterly Review, 1936），页 265 以下，《罗马研究期刊》（Journal of Roman Studies, 1948），页 115 以下，《剑桥法学期刊》（Cambridge Law Journal, 1949），页 215。

某些方面变得更加自主，更少接受外部启发，但同时在活力和原创性上明显不足，而最显著的趋势则是更强的专业化特征。然而在其伊始，拉比式的诠释学体系就是希腊化文明的产物，紧接着又支配了整个地中海世界。

让我们通过回顾几个与年代和地理相关的事件开始。与被 nidhrasheth［解读］的经文相符的最初规则，应归功于伟大的法利赛人希勒尔（Hillel），他的盛年在公元前 30 年。他自称师从示玛雅（Shemaiah）和亚达利荣（Abtalion）学习；① 的确，他们是最初被称为 darshanim［解经者］② 的拉比。塔木德表明了他们是改宗者。这一特征的历史真实曾受质疑；但普遍认为，他们即便不是亚历山大里亚本地人，也在那里学习和教学了足够长的时间，所以，他们才会在定居巴勒斯坦后仍然沿用埃及的度量方式。③ 因此，prima facie［初步看法］认为，希勒尔的解经七则与希腊化学术中心亚历山大里亚存在直接联系。

我们接着考察希勒尔发现自己身处其中的历史背景。在他之前的几个世纪里，经文曾受到了最细致的语文学分析，每一个词句都以一种确立其准确含义和语法位置的视角而得到检视。④ 但经由这种

---

① 《巴勒斯坦塔木德·逾越节》（*Palestinian Pes.*）33a，《巴比伦塔木德·逾越节》（*Babylonian Pes.*）66a。

② 《巴比伦塔木德·逾越节》70b，一条关于这一点更可靠的记载来自一位撒都该人，他大致以一种嘲讽的口吻描述他们："奇怪的是，这些绝妙的解经者居然没有意识到……"

③ Graetz，《犹太史》（*Geschichte der Juden*），第五版，Brann 译，第三章，第 2 节，页 711 以下。

④ 《巴比伦塔木德·订婚》（*Bab. Kid.*）30a 提到 sopher［文士］原指"计数员"：古代抄经者会计数出《圣经》中的所有字母。不论这个词的原始含义是什么，都没有理由去质疑那些关于早期学者们活动的记载。我们还能更进一步。大部分——如果不是全部——早期 gezeroth shawoth［类比推断，依照希勒尔解经

保守方式的处理，《圣经》只衍生出相当少的律法；而大量经文外的宗教法和世俗法逐渐产生就毫不奇怪了。这种非经文法（non-Scriptural law）由多种要素构成。其中一些的确仍旧几乎是经文：确定一节晦涩经文的含义、某句相当难解的箴言被解释为相对更为恰当的含义、对那些迥然不同的条例的主张进行裁决。但大部分是公然的新说，《圣经》条例的引申旨在处理新的情况，或用被归为大会堂（Great Synagogue）中人的话来说，"为托拉（Torah）设立屏障"（《密释纳·先贤》[Mishnah ab] 1：1）。在任一情况下，这大量非经文法获得承认的基础是什么呢？是颁布者的权威。一个决议的正确性由提出者的品性学识来担保。意味深长的是，dibhere sopherim［文士云］从未被任何讨论所援引。智者们仅认为，《圣经》诫命或是恰当的补充才具有真正的重要性。

这些非经文法被恰切地称为"受之于或传自长老们的传统"，希腊文即 πατέρων διαδοχή 或者 παράδσις τῶν πατέρων，希伯来文就是 qabbalath ha'abhoth 或 masoreth ha'abhoth。① 公元 120 年阿基巴

准则第二条］基于只产生于两段相关信息且仅在《圣经》中的表述（Schwarz,《诠释学类比法》[Die Hermeneutische Analogie]，页 61 以下）。因此 Mekhiltha 告诉我们从《出埃及记》22：15（16）和《申命记》22：28 中 'asher lo' 和 'orasa 的用法推断出对诱奸（《出埃及记》）同强奸（《申命记》）一样处以 50 舍客勒（shekels）的罚金。短语 'asher lo' 和 'orasa 仅出现在这两节中。由此我们可以稳妥地得出结论，在希勒尔之前就汇聚了 ἅπαξ λεγόμενα, δίς λεγόμενα 等说法。Gezera shawa［类比推断］准则离开它们就会行不通。我们无需在此判定这个古老、严格的语辞编纂学的分析统计在多大程度上受到希腊观念的影响。在罗马，瓦罗（Varro）在大约公元前 100 年写了关于普劳图斯（Plautus）作品中同义词、构词及生僻词的专著。他遵循了希腊模式。

① Josephus,《犹太古史》13. 10. 6,《塔古姆》（Targum）版《约伯记》15：18。一个同义词是 παράδσις τῶν πρεσβυτέρων，出现在《马太福音》15：2,《马可福音》7：3, 5；它与《马所拉·历代》（Masoreth Hazzeqenim）相符（对比《历代志》[dibhere hazzeqenim]，例如在《巴勒斯坦塔木德·祝福》[pal. berakhoth] 3b 中）。

（Akiba）曾经声言："传统乃托拉的屏障。"我们由这个说法可以推断，为了确保最严格地遵守圣经律法而引申出的内容，可以视为非圣经法的主要成分；① 顺便可以提及，这句格言必定得益于——虽非直接受益于——柏拉图的颂词："祖传的习俗若得以完善确立，将为成文法提供全面的防护。"（《法义》[*Laws*]，卷七，793B）麻烦的是，重要的族群拒绝考虑传统约束，尤其是撒都该人（也包括撒马利亚人）。对他们来说，《圣经》文本来自上帝，但也仅此而已。他们拒绝乃至于嘲笑法利赛人的"屏障"。当圣殿中的金烛台被不洁之物污染而法利赛人坚持净化时，撒都该人评论说："瞧他们是如何净化月光的！"②

约瑟夫斯（Josephus）有个趣评：他说，撒都该人把同老师争论视为美德（《犹太古史》18.1.4）。显然，他们曾经从希腊化的哲学流派那里接受了一个理想，即用无拘束的正反论证来解决任

---

① 《密释纳·先贤》3：14。当然，对阿基巴来说，《马所拉》更为具体地意味着"有关圣典的准确表述的传统"（参见 Bacher，《古代术语》[*Alteste Terminologie*]，页108，《传统与传统主义者》[*Tradition und Tradenten*]，页3）。但首先不应忘记，这个特殊分支对他如此重要恰恰是因为，与以实玛利（Ishmael）相反，他使用了诸如省略或呈现可选宾格（optional accusative）这种源于新律法的技术；因此"有关典籍表述的传统"可以说吞没了一般意义上的长老传统，它或多或少地代表了整个口传律法（oral law）。其次，格言"传统乃托拉之屏障"无疑比阿基巴古老，它可以追溯到《马所拉》具有其最初更广含义的时刻。《先贤集》（*Abhoth*）3：14的要点便是将此格言与"什一税乃财富之屏障"结合在一起，等等。

② 《补遗·节庆》（*Tosephtha Hag.*）3.35，《巴勒斯坦塔木德·节庆》（*Pal. Hag.*）79d。由于不允许任何"阐释"，撒马利亚人发现，继续以字面形式坚守文本是不可能的，只能被迫做出唯一的选择——修订；参见笔者在《旧约学术期刊》（*Zeitschrift für die Alttestamentliche Wissenschaft*，1932）页152中的讨论。拉比们看穿了这一点：对比例如《巴比伦塔木德·通奸》（*Bab. Sota*）33b。

何问题。他们面对《新约》中耶稣的方式也可作为佐证：他们试图削弱信仰肉身复活所带来的荒谬，而且，他们很可能把这一点纳入当时的哲学对话中。① 我们还应记住那些以"辩难"（treasers）形式出现的非常类似的论辩，塔木德把这些论辩归之于亚历山大里亚市民，② 或者归之于（导致同样结果的）克莉奥佩特拉女王（Queen Cleopatra）。③

当时有两种截然相反的观点：法利赛人认为必须无条件地接受长老的权威，撒都该人则认为经文具有独立的约束力，任何经文没有回答的问题都可以自由地用哲学方式来处理。在这种情况下，希勒尔④宣称，经文自身便包含了长老传统；而希勒尔这样做，是从别

---

① 《马太福音》22：23 以下，《马可福音》12：18 以下，《路加福音》20：27 以下。

② 《巴比伦塔木德·不洁》（Bab. Nid.）69b 以下：罗德（Lot）的妻子，一根盐柱，传承了不洁吗？（严格来说她是一具尸体。）被以利沙（Elisha）起死回生的孩子传承了不洁吗？当死者复活时，因与尸体接触而需在第三日和第七日被洒水净化吗？塔木德将这类惹人耻笑的问题称为 dibhere boruth［庸俗语录］。

③ 《巴比伦塔木德·公议会》（Bab. Sanh.）90b。女王承认死者会复活，但她感到困惑的是，他们是裸体还是着装呢？Bacher 在《哈加达的坦拿》（Agada der Tannaiten，卷二，页 68，以及 Strack 和 Billerbeck，《新约评注》［Kommentar sum Neuen Testament］，卷一，页 897）一书中，认为那个"克莉奥佩特拉"一定是篡改过的，因为根据这个记载，她与公元 150 年的米耳（Meir）交谈，但他们并不是同时代的人。但塔木德传说从不担心年代错误，任何想要表明米耳的对手是沉迷于希腊哲学的亚历山大里亚人的人都会发现，出于这个问题的恶劣趣味，克莉奥佩特拉是最适合的人选。关于她，最令人厌恶的故事出自《巴比伦塔木德·不洁》（Bab. Nid.）30b。

④ 他在塔木德传统中起到了决定性的作用；在《巴比伦塔木德·摊位》（Bab. Suk.）20a、《通奸》（Sota）48b 中，他被比作以斯拉（Ezra）。《巴比伦塔木德·安息日》（Bab. Shab.）30b 以下的四个传说是为了阐明（inter alia［特别是］）他的四个基本教义：(1) 每个问题都应得到充分回答；(2) 传统必须不

派著作中抽取的看法，这就与用最新哲学流派的原则解读法典的做法如出一辙。他声称存在一系列合理的注疏准则，能清晰地阐明或引申法规。若将这些准则应用于经文，长老们表达的观点就可以得到维护，被证明为合乎逻辑而非武断；事实上，他主张，在一些传统标准上，拉比的权威一直都不可或缺——并非人人都能评判这些行家批准的教条的优劣。① 然而希勒尔计划中的这部分内容是对撒都该人的言说，对他自己的族群，他却指出，若他们维护长老传统，他的诠释学本身就必须享有神圣地位，并得到更进一步的运用：（他推动的）长老传统显然一直以来按照这些方针进行改进。

可避免地指导某些权威；（3）通过应用解经准则，整个律法可从单一的伦理原则中推导出来；（4）长老传统仅包括通过恰当的注疏而从经文中得出的事物。例（1）：某人问希勒尔如"为何巴比伦人有如此圆的脑袋"这样的问题，对此他答道："一个沉重的问题——因为他们没有娴熟的产婆。"例（2）：若一个异教徒仅当其只需服从成文法时才试图成为皈依者。严厉的沙迈（Shammai）拒绝了他，而希勒尔接受了他。第一天，希勒尔教他希伯来字母表；第二天，希勒尔颠倒了字母的顺序。改宗者对此表示抗议，于是希勒尔告诉他，若其如信任字母表那般信任他，其也当如此对待口传托拉。例（3）：若一个异教徒要在单腿站立时被教授全部托拉才试图成为皈依者。沙迈拒绝了他，而希勒尔接受了他。希勒尔教其"己所不欲，勿施于人"：剩下的一切，他说，都是对此的解释。例（4）：若一个异教徒要做高级祭司才试图成为皈依者。沙迈拒绝了他，而希勒尔接受了他。在其传授的过程中，《民数记》1：15 提到："近前来的外人必被治死。"希勒尔解释说甚至大卫王为此也是一个"外人"。于是他的学生，通过一个 qal wahomer, a minori ad maius［举轻以明重］推断出改宗者完全不适合。接着他便返回到沙迈那儿，去问其为何如此武断，而不是将他引向《民数记》1：15：一旦他（皈依者）知道了那一节和 qal wahomer［举轻以明重］法，由于他自己（皈依者）赞同传统意见，他自己都会对其原先的要求感到不安。

① 参见上一注释中的传说（2）和（4）。依据《巴勒斯坦塔木德》33a，希勒尔从巴比伦去往巴勒斯坦，是为了确认他的解经结论合乎传统。耶稣关于复活问题的回答（参加上文页243）是双重的：他不仅提出了一个神学论证——也许对此会有反驳，而且从经文中引用了被认为是暗示死者复苏的一节。

在法利赛官员们面前的第一次公开辩论时，他讨论的问题是，若逾越节恰逢安息日，逾越节羔羊（paschal lamb）是否应被宰杀，在这场论辩中，他运用与传统律令相一致的解经体系，从《圣经》中推导证明的方法达到了顶峰。于是，法利赛人让他成为他们的领袖并接受他的革新（《巴勒斯坦塔木德》33a，《巴比伦塔木德》66a）。我们需要注意的是，这场历史性辩论的特定场景是 disputatio fori［辩论会］。①

希勒尔通过将此体系引入塔木德法理学，完成了两件事情。他不仅同时有序且无拘束地为律法发展创造了基础，② 还搭建了一条弥合法利赛人与撒都该人之间鸿沟的桥梁。一方面，他支持传统的权威。在某种意义上，他实际还增强了传统的权威，因为对他来说，传统决议都是来自《圣经》的合理而必要的推断，它们在级别上与后者相等。他甚至谈到了两类托拉，成文的与口传的，③ 这个观念统率了后来所有的思想。另外，他时新、科学的技法和尤其是口传托拉源自而且本质地内在于经文的独特构想，蕴含了对撒都该人立场的深刻认同，他一定也说服了很多人接受自己的看法。显然，他在此领域内致力于统一与和平所取得的功绩非同小可。

---

① 古罗马人的"解释"假定公共辩论的形式被规定于《学说汇纂》1.2.2.5。一个生动的例证也许是西塞罗，《论演说家》1.56.240；参见后文页246，注24。

② 新方法的可行性从一开始就可以清楚地看到，如同从传说（3）中所显现的那样，上文页34，注3：在紧要关头，所有律法都应从一个原则中推导出来。

③ 《巴比伦塔木德·安息日》（Bab. Shab.）31a 沙迈也使用了这些术语：在这方面，他和希勒尔之间并无不同。口传托拉的平等性在如下事实中体现得尤为明显：根据希勒尔的观点，整个律法都应从中推出的原则"己所不欲……"（参见传说（3），上文页34，注3）不但属于经文，也属于传统伦理学。

现在我们便可以来考察希勒尔计划中的基本主旨了。

第一，他试图克服的是，依靠传统权威和对某位伟大人物的敬重的律法，同依靠理性明智的思考的律法之间的根本对立。这一对立普遍存在于当时的修辞术著作中。他的同时代人西塞罗区分了来自案例本性的论证和来自外部证据也即是权威的论证。后一种类型中的一例是如下决议："因斯凯沃拉（Scaevola）如此这般说过，这便必被当作律法。"① 公元前137年，西塞罗写到，克拉苏（P. Crassus）首次"向权威寻求庇护"后，不得不承认伽尔巴（Galba）的"辩论"导向了一个更为合理的结论，此辩论基于来自类推与公平的论证。②

第二，希勒尔宣称，经文法中的任何缺口都能借助某些推理方式而得以填补，即通过一种好的修辞理论。西塞罗从"成文法中推导出未成文法的进一步要点"出发，③ 对"推理"还是有不少看法的，而《致赫伦尼》的作者（Auctor ad Herennium）④ 则将"推理"定义为一种方法，可运用于"法官必须处理一个不在某条法规本身范围内，却鉴于某一类比而被其他法规所涵盖的案件"。⑤

第三，如此解读出的结论将具有与经文本身同等的地位，与原

---

① 《论题术》，2.8.4, 24。对比亚里士多德，《修辞术》，2.23.12；昆体良，《演说术原理》，5.11.36。

② 西塞罗，《论演说家》，1.56.240。当然，它也可能是"辩论"，"解释一条法规"，以便与公平发生抵触时得出结论；D. 50.16.177, D. 50. 17.65。

③ 《论开题》，1.13.17；对比2.50.148以下。

④ ［译按］《致赫伦尼》（Ad Herennium）的作者在古典学界并无定论，有以为是西塞罗，有以为否。此处道伯出于严谨和学界惯例，称这本书的作者为《致赫伦尼》的作者。

⑤ 1.13.23；对比亚里士多德，《修辞术》，2.23.1以下；昆体良，《演说术原理》，7.8.7以下。

初立法者直接颁布的律法无异。这个观点也可以类比。盖尤斯（Gaius）告诉我们，某一制度之所以是"法定的"，是因为"虽然在法规（十二铜表法）中没有明文规定，但还是可以通过解释而被接受，仿佛法规曾采用了这一制度"。① 在另一处，他甚至省略了"仿佛"一词，将其描绘为实际上由解释者从法典中推出的由《十二铜表法》所设定的规则。② 众所周知，术语 ius civile［民法］偶尔被用来充当经过解释而演化了的法律体系（《学说汇纂》1.2.2.5，12）。这体现出一个阶段，在这个阶段里，经解释而演化了的律法与成文法非常不同，而且更加丰富，它实际上埋葬了成文法并夺取了它的地位。

第四，希勒尔关于"成文托拉与口传托拉"的设想，很容易让人联想起那对 νόμοι ἔγγραφοι 和 νόμοι ἄγραφοι，或是 ius scriptum［成文法］和 ius non scriptum［未成文法］（或是 per manus traditum［通过手写传统］）的区分。虽然无需引证文献，但我们应该注意，考虑到术语 νόμοι ἄγραφοι 和 ius non scriptum［未成文法］并不总是意味着适用于所有人的自然法，它们往往意味着一个特定社会的传统习惯法，与其成文法相对。③ 柏拉图在将祖传习俗描绘为成文法的防护性屏障

---

① 1.165；对比 3.218。术语 iura condere［制定法律］也许源于描述古代解经者的活动：参见《盖尤斯法学阶梯》，4.30。

② 2.42："土地和建筑两年，《十二铜表法》中的一条律法是这样规定的。"盖尤斯无疑知道，《十二铜表法》仅提到了 fundus［农场］，而解释者根据类比进行推论，增加了 aedes［房屋］；西塞罗，《论题术》，4.23；《为凯基纳辩护》（Pro Caec.），19.54。

③ 亚里士多德，《修辞术》，1.13.2："特殊的法律是指各个民族为自己制定的法律，又可以分为成文法和不成文法；共同的法律指依照自然本性制定的法律。"亦见 D.1.1.6.1，1.3.32 pr.，1.2.3.9。在 Digest［汇纂］中来理解的 ius scriptum［成文法］与现代意义上的成文法不完全相同，这一点几乎无需提及。当然，术语 per manus traditum［通过手写传统］总是限定在某个特定民族的习俗中；对比李维，《罗马自建城以来的历史》，5.51.4；《学说汇纂》，29.7.10。

的同一章里明确说道："人们称其为祖传习俗者，除未成文法之集合外别无他物。"① 他们甚至使用由法规解释者所创造的律法。② 另外，既然希勒尔的"口传托拉"仍然更广泛地包含了狭义上的伦理和律法，那么，他对希腊化哲学的依赖看起来便无可置疑了。

第五，下列观点起初看来是拉比们的专有观点，因为对他们而言，《圣经》因神启而写就：立法者预见到了对他法规的解释，审慎地将自己限定到最低限度，这个最低限度以［最低限度之外的］其余部分能够以恰当的释经方式推导而出为基础。（正是这个观点逐步导向了一条原则，即口传法和成文法同样属于西奈山源头：上帝通过口头文字，向摩西揭示了两者，即从经文中推导出新诫命的方法，以及实际上将会被推导出的所有诫命。）但是，甚至这也不过是辩经者的老生常谈。西塞罗注意到，在某案的审判中，虽未提及某种法规，但还是有辩解的理由：当初立法者之所以对这种案件略而不谈，"原因在于，他已经写过了与之同类的另一则法规，他便认为，无人能对此有任何怀疑"；或者，"很多律法都会省略颇多要点，然而，这并不是真正的省略，因为记载下的其他要点可以推导出那些被省略的要点。"③《致赫伦尼》的作者建议，希望超越律法字面含义的人应该"颂扬作者风格的得体④与简洁，因为他只记下必要之辞，作者认为没必要记下那些即便不记也能理解的内容；"只有超越字面含义，我们才能

---

① 《法义》卷七，793A。在《治邦者》（*Statesman*）中，ἀγράμματα 或 ἄγραφα 有规律地与 πατριά 形成对比；例如 295A，298D 以下。

② 西塞罗，《论开题》，1.13.17，2.50.148；昆体良，《演说术原理》，卷7，节8，页3，《学说汇纂》1.2.2.5，12；参前文页36，注3；页37，注1，2；页38，注释2。

③ 《论开题》，2.50.150 以下；对比 2.47.39 以下，2.50.152，《论法律》（*De Leg.*），2.7.18。

④ 对比西塞罗，《论开题》，2.50.152 中的 Commodissime［有序］，前揭。

令"作者的意图"① 生效。阿奎利亚法（Lex Aquilia）首章规定了某种评估方式，萨比努斯（Sabinus）将其引申至未作此规定的第三章，这么做的时候，他主张的是，"立法者认为有充分的理由来使用首章的相关词句。"② 罗马人是从希腊人那里继承了这个观点。例如，吕西阿斯（Lysias）声称，立法者颁布了对某些无礼言辞行为的惩罚，这意味着包括了所有同类情况。③ 谁要是对希腊、罗马人如何能以这种"宗教的"方式来交谈感到奇怪，他就应谨记，曾有一个时期，他们的古代法规也享有一种半神圣的地位，一如《圣经》在犹太人中的地位。

第六，立法者的任务是制定基本原则，任何细则都可从中推出。正因如此，西塞罗以一个立法者的虚构角色宣布，"法规将由我提出，不是以完整的形式，否则将永无止境，而是以普遍化的问题及其决议作为形式；"据苏维托尼乌斯（Suetonius）说，恺撒曾计划用"少量包含了最佳必要内容的规定"④ 代替这些令人尴尬

---

① 2.10.14；对比 2.12.18。

② 《盖尤斯法学阶梯》，3.218。注意《致赫伦尼》2.10.14 和 2.12.18 处相似的表达，前揭。《尤士丁尼法学阶梯》4.3.15 说到，"罗马平民根据阿奎利亚提议通过该法律时，认为只需在第一节中使用该词即可"。也许，特里波尼安（Tribonian）不再理解萨比努斯的评论下面的解释原则，而认为第三章中的省略能通过阿奎利亚法是民众表决法这个特征来解释，因为 plebs [民众] 是粗心、懒惰的立法者。

③ 《驳忒俄墨涅德斯》（Contra Theomn.）1.8（通过提到一个人，他表明了他对他们全体的看法）；亦可对比（尽管十分不同）亚里士多德，《修辞术》1.13.13，以及 1.13.17，相关的还有柏拉图，《治邦者》294a 以下。

④ 西塞罗，《论法律》，2.7.18，参见上文页 249，注 33；对比 2.19.47 以下，亚里士多德，《修辞术》，1.13.12 以下；《尼各马可伦理学》，5.10.4 以下；柏拉图，《治邦者》，294a 以下；苏维托尼乌斯，《罗马十二帝王传》，44.2；对比《致赫伦尼》2.10.14 中关于 necessarius [必要的] 的用法。引自上文页 249，注 35。

的繁冗法规。

第七，若立法者想要规范一系列同类案件，他的任务便是挑选出最常见者，并将其余在类比的基础上留待推论。① 因此，西塞罗论证说，针对因"纠集"民众之力而产生的暴行的法令，包含如下情形，即民众不期而会，继而被迫参与某些暴行；以这种方式制定法令是因为，"通常，在需要人的地方，民众总会纠集而来"，但是"虽然文辞可能不同，而实质却相同，那么，同样的法律便能在同样的平等原则明显受到威胁时适用所有的案件"。② 在尤利安（Julian）《汇纂》前半部的开篇处，他讨论了 leges［法律］和 senatusconsulta［决议］，他解释说，二者皆不"能以程式化的方式处理，以便囊括所有可能发生在任何时候的案件，但最常发生的事件应有相应的规范，则是有充分理由的"。③

那么，希勒尔的法理学，也即他对成文法、传统和解释之间关系的理论，就此而言完全符合流行的希腊化观点。对于执行的细节，以及他所提出的运用理论的方法，也都同样有效。他根据经文尚待解读［的原则］而宣称著名的解经七则，这七条规则至今仍被看作拉比法学（Rabbinism）最典型的产物，它们全都超越了他所处时代的修辞教学的影响。

七则的第一条准则是 a fortiori［强推论］或 a minori ad maius，希伯来文为 qal wahomer［举轻以明重］。《出埃及记》20：25 准许用

---

① 无法确定这个观点能否追溯至希勒尔的时代，但也不会太晚：参见《密释纳·证据》（*Mishnah Edhuyoth*）1：12，在那里，沙迈学派对他们希望引申的传统律令做出解释，通过宣称其谈论"通常发生的事情"，也就是只给出首要的案例。以实玛利的时代已完全确立了这个观点。

② 《为凯基纳辩护》，21.59。

③ 《学说汇纂》，1.3.10；参 Lenel，《复兴》（*Palingenesia*），1.464。

石头、砖块或任何其他东西建造祭坛。① 通过 qal wahomer［举轻以明重］的准则，既然祭坛材料可以从神殿中最重要的事物里挑选，通过 a fortiori［强推论］，也就能从其他不那么重要的事物中挑选。希勒尔计划中的第二、第三和第四准则是由类比而来的各种推论。例如，正如经文所言，应"在其指定时间"带来的日常献祭，即便在安息日也应献出，因此，即使逾越节恰逢安息日，依据经文的要求，逾越节羔羊"在其指定时间"必须被宰杀。② 这是丰富的修辞类比。"适用于 maius［多］者，"西塞罗说，"也必须适用于 minus［少］，vice versa［反之亦然］。此外，适用于一物者必须适用于对等之物。"③ 为了弄清一个有疑问的短语的含义，其"标准用法"、"语言用法"及"类比和那些使用过这个短语的人的例证"都应纳入考虑；④ 此外，定义不应"与他人作品中的用法冲突，也绝不能与同一作者的其他作品中的用法冲突"。⑤

我们也许会遇到反对的说法，认为通过 a fortiori［强推论］或类比进行推论，就会自然得出一个论证：平行的比较并不能证明希勒尔有任何的借用。我们暂且搁置这个问题，先注意希勒尔准则的前

---

① 至少在《〈出埃及记〉经解》（Mekhiltha）中的"你若为我筑一座石坛"处，拉比们赋予"若"以此效力。就当前的目的而言，这一观点是否站得住脚并不重要。

② 《巴勒斯坦塔木德·逾越节》33a，《巴比伦塔木德·逾越节》66a，《民数记》28：2，9：2。笔者避免对希勒尔第二、第三和第四原则作更进一步的表态，这是因为它们的本质和历史到目前为止尚未得到鉴别，而在此探究它们将会走得太远。第二原则 gezeroth shawoth［类比推断］的某一方面，参见上文页241，注7。

③ 《论题术》，4.23。作为对后一论证的说明，他引证了涉及 fundus［农场］之财产权的《十二铜表法》之引申；参见上文页274，注28。

④ 《论演讲术的分类》（Part. Or.），36.123；36.126。

⑤ 《论演讲术的分类》，37.132。

后顺序：首先是 a fortiori［强推论］，然后是类比。我们也可以设想相反的顺序。但有趣的是，这也是亚里士多德的排列顺序（《修辞术》，2.23.4）——任何一本修辞著作都以这种列举方式提出解释方法。我们业已引用了西塞罗："适用于 maius［多］者也必须适用于 minus［少］, vice versa［反之亦然］；适用于一物者必须适用于对等之物。"①《致赫伦尼》的作者宣称，当通过"推理"来填补律法的空缺时，首先要问的是"涉及较大、较小或相等的事物时，是否任何可比较的事物都需要确定下来"（2.3.18）。这里有一个标准顺序，而希勒尔的名单遵守了这一顺序。

我们继续悬隔关于希勒尔前四条准则的本质的问题，转入第五条更为复杂的规则：kelal upherat［普遍与特殊］。它说的是，若一条法规的范围同时由一个广义的和一个狭义的语词来表达，则以后来者为准；即，如果狭义词后出，它就限定了广义词，而如果广义后出，它便包括并补充了狭义词。《利未记》1：2 命令，"你们要从牲畜，牛群羊群中献为供物"；通项"牲畜"被随后更为具体的"牛群羊群"所限定——因此野兽被排除在外（尤参《隐秘之书》［Siphra］）。经过对比，《出埃及记》22：9（10）确定了看守"驴，或牛，或羊，或别的牲畜"而被他人控告者的责任；这里的特称"驴，或牛，或羊"被随后更为普泛的"别的牲畜"所涵盖并补充——因此这条规定也便引申至野兽（尤参《〈出埃及记〉经解》［Mekhiltha］）。

对于这一准则的后半部分，有关特殊—普遍的顺序，对诠释学

---

① 《论题术》，4.23；参见上文页 251 页，注 44。对比 18.68，《论演说家》，2.40.172，《论开题》，1.28.41，2.17.55；或是昆体良，《演说术原理》，5.10.86 以下。这个规则有一二特例，但它们可以被视为是次要的。

尤感兴趣的克尔苏斯（Celsus）有完整的说法："这并不特别。"他告诉我们："一条法规先枚举少数个案，接着增加一个宽泛的语词，由此而囊括了任何个案。"① 这个规则成了某些更为古老的决议的基础，例如穆西乌斯（Q. Mucius）所举的例子。一份遗嘱规定，"X将是我的继承人，如果他升入议会；X将是我的继承人"；而穆西乌斯认为："第二条款应当更有效，因为它比第一条款更加充分。"② 然而，这个解经准则的另一部分，即关于普遍—具体的顺序，似乎也为先前的古典罗马法学家们所熟知。一个转让土地的人，作了一个保证："这是头等土地（免缴地租），而且，他也不允许这块土地的法律地位得到削弱（不允许任何强加的地租）。"普罗库鲁斯（Proculus）认为，只有括号里的狭义条款才具有约束力："虽然不加上第二条款，第一条款本身就意味着完全没有任何地租，但我认为，第二条款还是令他完全不受限制，不必受限于强加给他的地租之责。"③ 后半句的 perat［特殊］语词，限定了先前的 kelal［普遍］语词。

---

① 《学说汇纂》9.2.27.16。克尔苏斯正在讨论阿奎利亚法时，如我们在前文页39所见，萨比努斯也在经过验证的修辞方式上探讨过。在非正式的散文中，一个巨细无遗的总结当然是一个公认的体裁设计。西塞罗在《论开题》2.5.18中使用了与克尔苏斯几乎相同的话：denique, ut omnia generatim amplectamur…［最终，包含了所有种类的……］

② 《学说汇纂》28.5.68，出自波尼乌斯（Pomponius）对穆西乌斯的讨论，但此处引用无疑可追溯到穆西乌斯本人。［译按］第一条款指"X将是我的继承人"，第二条款指"X将是我的继承人，如果他升入议会"，后者的要求更加细致丰富。

③ 《学说汇纂》50.16.126。关于 mancipio［财产权］，参见 Lenel，《复兴》，2.164。笔者改变了当前文本的标点，不考虑其背后的解释原则。它不同于由一些现代学者所提出的，用此原则来说明大量的删除和修订。［译按］此处第二条款指括号内的更细致的说法，第一条款则是括号之前的内容。

现在转向我们先前悬隔的问题：能否认为，根据希勒尔的前四条准则，就可以自然得出一个论证，认为修辞性的平行类比无法成为具有内在关联的证据？首先，这个论证因第五条准原则中更加微妙的平行比对——即"普遍与特殊"——而极大地弱化了（更不用说作为整体的希勒尔准则在解经过程中具有的希腊化色彩）。但即使是前四条准则也并非如此简单。以 a fortiori［强推论］为例——的确，任何外行都可以如此推论："这是一个不碰苹果酒的禁酒者；他必然会拒绝威士忌。"然而，有三点不容忽视。第一，并不总能以这样直接的、近乎专业的方式进行推论；更常见的情况是，某些地方总会有所扭曲。第二，普通人很少会察觉到他的推论的确切本性。仅仅运用各种推论模式，与意识到正确地运用这些模式、定义、区分并进行排列，毕竟相当不同。第三，选择一系列这种推论模式作为工具——或实际上作为仅有的令人满意的工具——并凭借它建立起一套完整的法学或神学体系，显然还包含更深远的步骤。中世纪冰岛法具有很高的水准；如果我们这里讨论的注疏非常合乎自然，我们应该期望，可以在冰岛法中发现这些推论工具，但却毫无踪迹。实际上，我们现代法学家在何种程度上自觉地运用一种融贯的诠释学体系，这一点绝非清晰的。

《旧约》和《新约》之间的一个对比颇具启发性。两者都包含了 a fortiori［强推论］；塔木德拉比们已经汇集了《旧约》案例（的确，他们的眼光偶尔过于敏锐）。但有一点不同。《旧约》案例是普遍的，《新约》案例则是具体的。一个恰当的《旧约》例子是约瑟［Joseph］的兄弟们的回应，当他们被指控盗窃约瑟的杯子时，他们回应："我们从前在口袋里所见的银子，尚且从迦南地带来还给你，我们怎能从你主人家里偷窃金银呢？"（《创世记》44：8）除去论证结构中的些许不规则——行为"尚且从迦南地带来"作为前提，略语"我们不曾偷窃"作为结论①——与此处相关的是，我们需要注意争论过程中的陈述所涉及的事实，即约瑟的兄弟们有罪还是清白。在这里，法学有条不紊的详细阐述与凭借 a minori ad maius［举轻以明重］原则的神学有很大不同。然而，这个阶段在《新约》时代到来了。在《马太福音》中，耶稣被问及在安息日治病时答道："你们中间谁有一只羊，当安息日掉在坑里，不把它抓住拉上来呢？人比羊何等贵重呢！所以，在安息日做善事是可以的。"（《马太福音》12：10以下）在《路加福音》中，耶稣论证道："难道你们各人在安息日不解开槽上的牛、驴，牵去饮吗？况且这女人本是亚伯拉罕的后裔，被撒但捆绑了这十八年，不当在安息日解开她的绑吗？"② 这些是希勒尔第一注疏规则的学院式，即"希伯来式"应用。同样重要的例子，也许出现在保罗的神学论述中："唯有基督在我们还作罪人的时候为我们死；现在，我们既靠着他的血称义，就更要藉着他免去神的忿怒。"③

---

① 一个完美直接的 a fortiori［强推论］，要么是"我们不曾保留所见的银子，更何况偷窃"，要么是"我们所见的银子尚且从迦南地带来，更加不会偷窃。"

② 《路加福音》13：14 以下。有趣的是，这一推理模式与《马太福音》12：10 以下相同，*qal wahomer*［举轻以明重］，尽管论证的内容一点也不同。另外，《路加福音》14：3 以下的论证在内容上非常接近《马太福音》12：10 以下，但却不再有一个明显的 *qal wahomer*［举轻以明重］。若我们不知道《马太福音》12：10 以下与《路加福音》13：14 以下的内容，我们也许会在《路加福音》14：5 中看到一个来自类比的推理：因人会帮助牲畜，因此人就会帮助人。

③ 《罗马书》5：8 以下；更多，即 πολλῷ μᾶλλον，multo magis。《约翰福音》13：14 却非常奇怪。依照流行的解读，耶稣，作为主，他作了一个榜样，ὑπόδειγμα，为他的信徒们所模仿；这个观念在《新约》的许多章节中反复出现。但将 πόσῳ μᾶλλον 插入 καὶ ὑμεῖς ὀφείλετε 之前，因此便将论证转入专门的 *qal wahomer*［举轻以明重］：若主行这谦卑之事，便可 a fortiori［强推论］出，信徒们也必须如此。

这一技法恰好与罗马法学家相同，他们的"推理"遵照盖尤斯所记录的艾里亚·森提亚法（lex Aelia Sentia）。这一法规主张，对某位归降者（dediticii）死后财产的处理，应该和公民及自由民一样。然而，法学家们裁定，归降者并不因此而被授予了公民及自由民的立遗嘱权：鉴于甚至是在地位上高于归降者的朱尼安拉丁人（Junian Latins）也不能立遗嘱，将这项职能授予"极低层之人"便绝非立法者的意图。①

关键在于，在"经由智性的观察而产生"的意义上，在"连贯而又有效"的意义上，希勒尔的体系——不仅是前四条准则②——是"自然的"。（想来，这便是相对论吧。）但是，（和相对论一样）在"显白的，易于为任何思考这些问题的学者所想到"的意义上，希勒尔的体系——不仅是前四条准则——又是不"自然的"。在前一种意义中，希勒尔的体系是修辞范畴和方法的自然呈现，这些修辞

---

① 3.75，pessimae condicionis huminibus［非常可怕的情况］。注意立法者意愿的结论之归属；对比上文页38以下，术语 incredibile［难以置信的］在修辞性诠释学中是专门术语：考虑到所有的情况或者根据"推理"，verisimile 或 credibile［可信的］指定了什么可以被设想为论证序列或法律的入口，而 incerdibile［难以置信的］则指定了什么不能如此。参见例如西塞罗，《论开题》，2.40.117，《学说汇纂》12.4.6. pr., 15.1.9.4, 15.1.57.2, 18.1.39.1, 19.1.13.22, 20.1.6, 20.4.13, 28.6.41.5, 30.1.47 pr., 34.2.8, 34.5.24, 35.l.25, 35.1.36.1, 48.19.41, 50.16.142, 50.17.114。之后，归降者的排除并不基于一个 a minori ad maius［举轻以明重］，而是基于一个完全不同的论证：《乌尔比安》（Ulp），20.14。

② 第五点，"普遍与特殊"，或多或少有意地应用于现代法律的无数案例中。《旅客指南》（Travellers' Guide）要交给那些在国外度假的人，禁止你"以现金账户兑现支票，借贷货币或达成任何其他协议以获得外币"——这明显是前文的规则："先枚举少数个案，接着增加一个宽泛的语词，由此而囊括了任何个案。"

范畴和方法作为原则是合理的,在实践中也是如此,因为在实践中可以解释具体的选择,这种合理性还以这种或那种形式体现,以希腊化世界太多的可能形式体现。最近的研究表明,斐洛(Philo)也熟知这些范畴和方法,学者们已经得出结论,他受到了巴勒斯坦拉比法学的影响。但更为可能的是,他在亚历山大里亚广泛的求学过程中偶然有所接触。我们面前的这门科学,其开端可以追溯到柏拉图,亚里士多德以及他们的同代人。它又在西塞罗、希勒尔和斐洛那里重生,虽然细节上有着巨大差异,但 au fond [本质上] 是一致的。西塞罗与希勒尔皆非对方的信徒;斐洛亦无需去巴勒斯坦人那里寻求这种教诲。正如我们所见,的确有迹象表明,希勒尔的观念部分来自埃及。真正的解释在于共同的希腊化背景。不论在罗马、耶路撒冷还是亚历山大里亚,哲学教导大体都十分相似。

我们没有必要详述余下的希勒尔准则,除了关于第七则的一个明显类比,即律法中的含糊之处可通过引证上下文来确定的规则,dabhar hallamedh me'inyano [由上下文推论]。诫命"不可偷盗"被解释为针对个人的盗窃问题,而非针对财产,因为它与别的针对个人的死罪一同出现,即杀人与奸淫(尤参《〈出埃及记〉经解》,《巴比伦塔木德·公议会》86a)。西塞罗写道:"应当指出,含糊的段落因之前和之后的段落而变得明晰可辨。"(《论开题》,2.40.117)克尔苏斯讨论嫁妆法(leges dotis)时宣称:"它不可依据民法学的原则,因为后者基于一些法律片段,而非检视整体,由此而进行审判或给出看法。"① 这时,他想到的也许恰好是这一解释准则。

---

① 《学说汇纂》1.3.24; Lenel,《复兴》,1.46。关于克尔苏斯,参见上文页44。

关于术语方面，我们还可以略加陈述。我们已经指出，正如罗马人成功地拉丁化他们使用的修辞术概念，因而"古典"塔纳赫时代的拉比们也成功地希伯来化了这些修辞概念。这不是屈服性的字面翻译。实际上，当希腊化概念自由地为犹太语境接受时，观察这些概念的转化过程倒也十分有趣。兹举一例，我们在上文提到，希勒尔引入了"成文托拉与口传托拉"的对立，这个对立极大地受益于ἔγγραφοι和ἄγραφοι，或者 ius scriptum［成文法］和 ius non scriptum［未成文法］，或 per manus traditum［通过手写传统］。但注意一下"口传托拉"的希伯来术语：torah shebbe'al pe［通过口传的托拉］。词组'al pe［通过口传］时常意味着"凭着内心"、"来自记忆"，这个含义当然很重要。但是，对塔木德拉比们而言，还有许多其他的观念因这个词组而出现。我们只需考虑下面的段落："他们遵耶和华的吩咐安营，也遵耶和华的吩咐起行。他们守耶和华所吩咐的，都是凭耶和华吩咐摩西的"；① "你口中的托拉与我有益，胜于千万的金银；求你赐我悟性，可以学习你的命令"（《诗篇》119：72 以下）；或者，"这律法书不可离开你的口，总要昼夜思想，好使你谨守遵行这书上所写的一切话"（《约书亚记》1：8）。尤其最后一段，当希勒尔编撰那个处于争论之中的对立时，这段经文必定萦绕于希勒尔的脑海之中（或那时某位如此编撰者的脑海中）。这段经文主张持续地研习、解读《圣经》，② 这样才能谨慎地履行所有戒

---

① 《民数记》9：23；对比《约书亚记》22：9，《出埃及记》17：1，《民数记》3：51，《以斯拉记》1：1，《历代记》36：22。

② 在此原作者究竟何意并无所谓。拉比们理解这一节时参考了他们践行的研究类型。值得注意的是，动词 hagha［去沉思］实际上表示的是，"从现成的律法中推出进一步的律法"。参见《巴勒斯坦塔木德·以斯帖滚轮》(*Pal. Meg.*) 72b。

律。我们不妨想想，在希勒尔的年代，《圣经》律法的"屏障"职能被归之于长老传统，我们还可以再考虑一下，前引经文以"托拉不可离开你的口"而要求一种持续的解读，并以保存一切"写在其中"的内容为目标，当我们回忆或思考这些内容的时候，几乎无法怀疑，这是希勒尔对比"成文托拉"与"口传托拉"的一个主要根据。希腊化的考虑已经完全犹太化了。

不过，一些希伯来语中的希腊或拉丁术语仍然值得注意。在某些情况下，这几乎不可避免。与类推相关的规则，自然会与希腊语中的 ὅμοιον 之类概念一起使用，比如亚里士多德将这个方法解释为"类似之物间的比较，当它们二者被归为同一类，但一者比另一者更常见时"（《修辞术》，1.2.19），用拉丁语表达就是 simile［相似］或 par［相等］，比如西塞罗曾说过，"要推断的可疑之事必需明显与确然之事相似"（《论开题》，2.50.150），或者"类与类相比"（《论题术》，10.43），希伯来语中的表达则是 shawe［类］。① 此外，涉及普遍法与特殊法的规则几乎不能避免此类措辞：καϑόου — κατὰ μέρος（καϑ' ἕκαστον），γενικόν（περιέχειν περιλαμβάνειν）—γενικόν，generale（complecli）［普遍］——speciale（singula）［特殊］，kelal［普遍］——peral［特殊］。然而，我们寻找的可能有价值的希腊语或拉丁语样本，偶尔也出现在拉比们采用的看起来不怎么恰切的语词身上。希勒尔的第六原则被称为 keyotse' bo bemaqom' aher，字面意思是"依据在另一段经文中与它共同出现之物"。经文"摩西何时举手，以色列人就得胜"（《出埃及记》17：11）的用意是指，当以色列人高扬他们的思想时，他们就会得胜；"若与之共同出现时汝当说，制造一条火蛇，挂在杆子上，一望这蛇，就必得

---

① 出现在希勒尔的第二原则和一些其他塔纳赫拉比的解经法则中。

活"(《民数记》21∶8),这也意指他们高扬自己的思想时,他们便得治愈"(《密释纳》R. H. 3.8)。短语 yotse'bo (在阿拉姆语 [Aramaic] 中为 naphiq be)[与之同出]表示"与之相符"这个意义是很少见的。yotse'bo 用于正在讨论的这个准则中,很可能是由于 περιέχειν περιλαμβάνειν [同意],不仅表示"相符",也意指"遵循推理。"①

另一例似乎是常见的 (shen) ne'emar [(如)其所言]。② 与"(如)其所写"相似的是,它仅仅从经文中引证——绝非口传。用修辞术作品中 ίδιον [言说内容] 的影响来解释这个现象是诱人的,尽管 συμβαίνω 的字面意是"言说内容",但还有专门的意义,意指"受到解读的书面记载"。③ 罗马演说家们则用 scriptum [成文]④ 翻译

---

① 参见柏拉图,《高尔吉亚》479C ("言辞的一致"),《斐多》74A ("这一切例子说明,回忆可以由相像事物引起……"),亚里士多德,《尼各马可伦理学》,7.12.1 ("上述不能同意[或表明]"[译按]即 1152b25),德摩斯提尼 (Demosthenes),《驳阿里斯托格通》(Contra Aristog.),1.792A (这是来自被告的主张——这包含了得出的结论,但如果认识到潜在的修辞安排,则更富意义)。其他与此相关并值得考虑的术语是 διεξέρχομαι περί τινος [阐明] (例如柏拉图,《法义》,卷9,857E),还有拉丁文 (per) venire [(通过)得出] (如西塞罗,《论开题》,2.50.148 以下,2.50.152——参见上文页37,注5)。

② 它未被计入希勒尔的准则中,但其能追溯到他的时代,这可以从以下经文中看出。《马太福音》5∶21,31,《罗马书》9∶12 中的 ἐρρέθη [说];对比《希伯来书》4∶3 中的 εἴρηκεν [说],《马太福音》1∶22,2∶17,23,4∶14,8∶17,12∶17,13∶35,22∶31,24∶15 中的 (ἐρρέθη [说]) 与《路加福音》2∶24,《使徒行传》2∶16,《罗马书》4∶18 中的 εἰρημένον [说]。

③ 后来的注疏者强调口语也可具有 ῥητόν [言说内容],这一事实仅仅证实了原初的限制。亦可参见下一脚注。

④ 他们很快就注意到,scriptum [成文] 在这个专门意义上也许存在于一个纯粹口头的表达之中。参昆体良,《演说术原理》,7.5.6。对比前注。

ἐητόν。拉比们，除了 kathubh（阿拉姆语 kethibhl）［据记载］以外，还演化出了一个更忠实地翻译此希腊文的术语：ne'emar［据说］。

总之，我们在更详细地探究这些问题时，应牢记四点。

第一，希腊化哲学的影响并不局限于希勒尔的时代。这种影响在这个时代之前就开始了；其后还以一种不断扩大的态势延续甚久。大约150年后，以实玛利与阿基巴提倡的解经体系只有以那时的修辞术教诲为背景才得到理解。以实玛利的弟子约西亚（Josiah），大致生活于公元2世纪中叶，喜好分割法（seres）：一条初看之下不合逻辑的经文，可以通过重新排列其各个部分而使之合乎逻辑。在《民数记》9：6以下，我们知道，几个人带着一个问题"到摩西、亚伦（Aaron）面前"，摩西将这些问题传达给上帝，从而获得了正确的解答。约西亚解释（尤参《隐秘之书》）说，引用的段落必须重新排列：那些人显然先到不知答案的亚伦面前，然后才到接近上帝的摩西面前。这个方法的名称很古怪，seres 的字面意思是"阉割"。然而，当我们想起τέμνειν也表示"阉割"、"逻辑地划分"、"区分"，τόμη表示"阉割"、"逻辑划分"、"区分"、"表达的准确性"、"句读"时，这就变得可理解了。甚至，初看起来（prima facie），某些观念很容易归为拉比们专有的观念，但最终却证明，这些观念至少受到修辞术的支撑或者帮助——如果不是明确借用了修辞术的话。在拉比们眼中，口传托拉是以色列人独有的荣耀；异教徒们无法掌握解读经文的秘法（关于《创世记》18：17的《塔乎玛·显现》［Tanhuma Wayyera］第6部分）。西塞罗的说法也可以作为论据，支持遵循法规的精神而非字句这种"解读"方式，比如，他提到立法者的法令，即法官们必须来自特定的阶层，有特定的年龄限制，任何一位法官都应该能够背诵法规，还能挖掘其中的意图："若法规的制定者将他的工作交付给小人物和初级法官，他便会勤奋地写下每个细节，但因为他知道法官们资质甚佳，他便不会添加他视为显而易见的内容。"（《论开题》，2.47.139）罗马服饰中也是如此。①

第二，希腊化哲学的影响并不局限于解经领域。有些根本问题，比如 mishpatim［典章］和 huqqoth［法令］的区分，也不属于纯粹的犹太传统。前者意味着理性的自然法，"虽未定下而必被定下的诫命"，所谓法令，则是难以解释的律法，"邪恶的冲动和异教徒反对的诫命"（关于《利未记》18：4 的《隐秘之书》，《巴比伦塔木德·赎罪日》［Bab. Yoma］67b）；再比如，"你无权评论 huqqoth［法令］"（同上）的教诲，也可能是柏拉图之前的老生常谈。关于"试图比律法更明智"（《治邦者》299c）在多大程度上是合宜的，柏拉图有一个深刻的讨论，这看似是柏拉图引用了一个早前的谚语。亚里士多德则向我们建议，在关于我们的案例中，如果某条法规有助于进行判决，但是这条法规尽管在技术上来说仍然有效，但已被明确废弃，那么，在这种情形下，亚里士多德认为，

> 试图比医生更明智是不利的，因为后者的一个失误比习惯于不服从权威所带来的损害要少；而谁要试图比律法更明智，这在各种深受赞许的法律中都会严加禁止。②

罗马法学者们熟知尤利安的声明，"把我们的前辈们制定的一切都进行解释是不可能的"（《学说汇纂》1.3.20），奈拉提乌斯（Ner-

---

① 不用说，一个运用西塞罗论证的提倡者同时也会赞扬法官。即使拉比们几乎不会厌恶这一点：人们将会更愿意肩负起口传托拉的重任，如果那赋予了他们一种优越感的话。

② 《修辞术》，1.15.12。这个论证深受柏拉图影响，甚至与医生的对比都出现在柏拉图《治邦者》294 以下。

atius）也说过，"因此，探究它们制定下来的原因是不对的，否则很多确定之事都会遭到损害"（D. 1.3.21）。

第三，如果罗马与希腊的源头能帮助我们阐明犹太一方，那么，反之亦然。在某些范围内，这已经变得很明显了。我们举一个新例子，大约在公元前200年，埃利乌斯·帕图斯（Aelius Paetus）写了一部《三分法》（Tripertita），书中认为，"最早出现的是《十二铜表法》，然后，[对法条的]解释被整合其中，最后又加上 legis actio [法律诉讼]"。① 对于是否有这三大部分，学者们依然有分歧：或者首先是完整的《十二铜表法》，接着是解释的所有结论，然后是一系列所有的 legis actiones [法律诉讼]；或者是，《十二铜表法》的每一项规定（或每一组规定）都伴随着它的解释和 legis actio [法律诉讼]。如果人们把这与拉比使用材料相比的话，就会倾向于认为后一种说法更加恰当。埃利乌斯·帕图斯写过一部《密德拉释》（Midrash）。古代的评注式（有别于传道式）《密德拉释》采用的形式是，对经文的疏解形成一个连续有序的整体。② 但是，重要的是，犹太人没有对应 legis actio [法律诉讼] 之物。因此，即使在这里，我们一

---

① 《学说汇纂》1.2.2.38。同样的三分法更早地出现在同一段中，在1.2.2.12 的前半部分（直到"陆地"的部分与剩下的相比可追溯至更古老的源头，这为如下事实所揭示，即后半部分始于 aut plebiscitum [或平民表决] 而非 aut est plebiscitum [或是平民表决]），而它再次出现在1.3.13。

② 诚然，在《三分法》之后的很长一段时期里，《密德拉释》都没有被记录下来。但它的口传形式可以确切地追溯到公元前1世纪。（最新发现的一部可能写于公元前1世纪的关于《哈巴谷书》[Habakkuk] 首卷以下的传道式《密德拉释》在这一点上具有重大意义：通向《哈拉卡密德拉释》[Halakhic Midrash] 的第一步不会更晚。）此外，《塔古姆》将经文意翻为方言以用于礼拜，这与埃利乌斯一样古老，而且，它的翻译规则是，经文每一节翻译之后都紧接着对该节经文的释义。

旦注意到这个类比，就会被两大律法体系间的深刻差异所震惊。

这带领我们进入第四点也即是最后一点。未来的任务，当然是对塔木德法学从希腊化修辞术中的受益之处进行彻底探究。当前的研究只是一个初步开始，旨在开启主题并展示出某些受益之处，但尚未更进一步。我们仅仅触及边缘。然而我十分希望，一旦这项研究即刻展开，而且与这项研究相关的一切都渐渐呈现（比如，必须回答那些相关问题，诸如在不同的时代或不同的学派里影响是否更大或是更小，以及对希腊化修辞的主要运用采取了何种途径），那么，我们应该记住，随后更加精妙难解的任务便是：找出希腊和罗马的修辞术与塔木德修辞术之间的差异，发现决定拉比们选择某些概念并舍弃余者的因素，辨明希腊化概念在转化进入一种异质土壤的过程中经受的改变——某种单一的改变或作为一个系统的改变。

亚历山大里亚解经法与犹太拉比

道伯（David Daube）著
黄江 译 林凡 校

一、ἀναστροφή［重组］与 seres［分割］——或集句（Cento）的源头

在一项先前的研究中，[①] 我试图表明，拉比式解经体系源于希腊化修辞术。在我的论证链条中，有一环是，某些拉比术语给人以翻译的印象。这绝非一个必要环节。在为他们所接受的概念发现或铸造良好的本族表达方式上，拉比们并不逊于罗马人。我们无法从 notatio［计数法］这个词本身（西塞罗，《论题术》，8.35）猜出它对

[①]《拉比式解经法与希腊化修辞术》（Rabbinic Methods of Interpretation and Hellenistic Rhetoric），载于 *Hebrew Union College Annual*，22，1949，页 239 以下。［译按］参本辑主题论文。

应的希腊词是 ἐτυμολογία。不过，在那些明显能够发现翻译的地方，的确会暗示某种借用。［拉丁语］词汇 constitutio［布置、命令、状态等］和 status［站立、形势、问题等］明显借自希腊语 στάσις［站立、地位、内乱］，① 这证明了关于 issues［问题、命令等］的含义已从希腊传至罗马。

大约在公元 2 世纪中叶，以实玛利（Ishmael）的弟子约西亚（Josiah）善于使用通常被称为 seres［分割］的方法：一条初看之下不合逻辑的经文，可以通过重新排列其各个部分而使之合乎逻辑。《圣经》记载了（《民数记》9：6 以下）几个人带着一个问题到"摩西（Moses）、亚伦（Aaron）面前"，摩西将这个问题传达给上帝，上帝便告知他解决方法。约西亚解释说（尤参《隐秘之书》［Siphra］），这一段需要重新排列。他宣称那些人必定先去亚伦那儿，当他不知道答案时，他们继而前往亲近上帝的摩西那儿。因此，在约西亚看来，真正的意思是问题被带到"亚伦、摩西面前"。

我先前那篇文章谈到了一般意指"阉割"的 seres［分割］，它对于文中讨论的方法来说是个古怪的名称；我当时推断，选用这个词语大概是受到 τέμνειν［切割］和 τόμη［切口］的影响，它们尤其意指"阉割"及"逻辑划分"。然而，与此同时，我发现这个方法的源头——我曾经假定这个源头出现在亚历山大里亚——和这种方法的希腊语专名，与我曾经的发现不同，此即 ἀναστροφή。

我从未见过有词典收录 ἀναστροφή 的这一意项："通过重新排列进行解释"。我们发现，最接近的是"通过变调进行写作"：比如，用 ἄπο 代替 ἀπό，或者"通过改变既定词序进行写作"；比如，将 enim［的确］置于句首。拉丁文法家称此为 transmutatio［变形］和 inver-

---

① 西塞罗，《论开题》，1.8.10。《论题术》，23.93。

sio［倒置］。① 但是显然，作者给某个音调或语词不同寻常的位置是一回事，一个文本的解读者将其分成各个部分，并着眼于避免其初看之下（prima facie）的意思而重新组合，并据此提出一个他认为更合理的意思，那就是另一回事了。这种音调或既定词序的置换现象，可能在任何语言和任何时代里发生，尽管相较于《末日审判书》，② 人们公认华丽的辞藻有更多的用处。相比之下，通过重新排列进行解读就绝非普遍的做法。它假定了一个信念，即这篇相关文献拥有超自然的属性；它是完美的，但只对于那些拥有钥匙的人而言如此；它是一个"既没有说出，也没有隐藏，但却有所暗示"③ 的谜题。

下文将要讨论，拉比们如何把ἀναστροφή描述为 seres［分割］。首先我们将检视它在亚历山大里亚的用法。

荷马告诉我们："别人只能勉强举起那个杯子，然而涅斯托尔（Nestor），这个老人，却能轻易将它举起。"（《伊利亚特》，卷二，行636以下）亚历山大里亚的注疏者们主张，从字面意义出发，这些诗行表明，涅斯托尔比狄俄墨得斯（Diomedes）、埃阿斯（Ajax）甚至阿喀琉斯（Achilles）都要强壮；但他们认为，这不是荷马的意

---

① 昆体良，《演说术原理》，1.5.39以下，9.4.89。后世增补文字的学者比较关注他关于 gitur［庆祝］的说法。

② ［校按］《末日审判书》（*Domesday Book*），书名只是借用了基督教"末日审判"的名称，因为在成书的1086年，信仰基督教的英国人普遍相信最后的末日审判。但实际上，诺曼底公爵威廉成功征服了英格兰并统治近二十年之后，为了进一步了解自己统治的土地，并开征税捐，于是派遣大批税吏详细记载了英格兰各地贵族、士绅、平民的姓名与财产，从而编成此书。此处的比较意在说明《末日审判书》的文字机械干涩。

③ 对比赫拉克利特，参 Diels 编，《前苏格拉底哲学辑语》（*Fragmente der Vorsokratiker*），卷一，第二版，1910，页86。

思。我们应该注意到，即便这种字面解释，出发点还是在于把绝对无误的表述精确性归于荷马。但事实是，荷马当然不会把涅斯托尔与其他伟大的英雄们进行比较。荷马的意思不过是，涅斯托尔尽管年迈，也比许多年轻人更加孔武有力。然而，荷马的崇拜者们无法承认这样的含混。因此，这些诗行就产生一个问题：它们似乎令涅斯托尔甚至比阿喀琉斯强壮；但这当然不可能。

这个问题偶尔会由反荷马派（anti-Homeric party）提出，也许是佐伊卢斯（Zoilus）本人。① 他们很愿意坚持诗文的字面意思，但目的是发现矛盾和荒谬之处——正如某些希望使《圣经》去魅的现代无神论者，他们采取的解释甚至比最坚定的基要主义者（fundamentalist）还要严格。

关于这个含混的问题，历史上有三个解决方案。② 一个学派宣称涅斯托尔是个豪饮之人，很习惯举起他的杯子，所以在这个特殊方面他的确胜过其他人。显然，这个解决方案是基于 $ἁπλῶς$［仅仅］和 $μὴ\ ἁπλῶς$［不仅］之间的区分，即绝对为真的命题和仅在由情境、参考系、规则、何时及如何等限定的特定情形下为真的命题之间的区分——$κατὰ\ τί$［根据什么］，$πρός\ τί$［为了什么］，$πῇ$［以何种方式］，$πότε$［何时］，$πῶς$［如何］。③ 荷马没有提到涅斯托尔一般而言的力量，但提到了他在酒宴上的力量，他举杯时的力量。

---

① ［译按］佐伊卢斯（Zoilus），公元前 4 世纪的学者，以诋毁荷马史诗闻名。

② 参阿忒奈乌斯（Athenaeus），《智者的欢宴》（*Deipnosophistae*），2.492 以下。

③ 亚里士多德，《修辞术》，2.24.9 以下；另参亚里士多德，《辨谬篇》5.3 以下，25.1 以下。

第二种理论是，首词 ἄλλος［别人］应读作两个词 ἀλλ' ὅς［但他］。荷马的意思是："但他——即曾经痛苦负伤的玛卡翁（Machaon，《伊利亚特》，卷2，行506以下）——只能勉强举起那个杯子，然而涅斯托尔，这个老人，却能轻易将它举起。"诗人声称涅斯托尔并非胜过全体其他英雄，而是仅胜过不幸的玛卡翁。显然，这里将 ἄλλος［别人］替换为 ἀλλ' ὅς［但他］，这就是使用了 ἀλλ' ὅς, divisio, 即分割法。① 在奥德修斯使用双关语 Οὖτις［没人］和 οὔτις［无人］时，他就远在语文学家之前看到了这种方法的可能性。②

第三种解释引起了我们的兴趣。在托勒密·费拉德尔甫斯（Ptolemy Philadelphus）——委命了七十士译本的统治者——的宫廷学者中，有一位拉刻代蒙的索西比乌斯（Sosibius of Lacedaemon）。他主张，我们应当依靠 τῇ ἀναστροφῇ χρησάμενοι［经过重新排列的解释］来为此段辩护。更准确地说，"老人"这个词应当立即被置于首词"别人"之后，而单词"这个"则应被置于"涅斯托尔"之前而非其后。③ 结果便是："别的老人只能勉强举起那个杯子，然而这个涅斯托尔却能轻易将它举起。"在此基础上，荷马所言的一切便是涅斯托尔比他的同辈老人保养得更好。

这便是 ἀναστροφή 或 seres［分割法］。索西比乌斯很可能是这种方法的发明者。因为他有个 λυτικός［解决者］的绰号。因为在阿忒奈乌斯（Athenaeus）的著作中，两次用这个特征描述他。④ 但解决

---

① 阿忒奈乌斯，《智者的欢宴》，2.492以下。昆体良，《演说术原理》，7.9.4以下；对比亚里士多德，《修辞术》，3.11.6。

② ［译按］指奥德修斯智斗独目巨人的故事，参《奥德赛》卷九，行366。

③ 在希腊语中，必须有更进一步的变化，即我们被要求将 ὁ δέ 读成 δ' ὁ。

④ 《智者的欢宴》，卷11，493a，494a，对比494b中的 λύσις［解决］。

者的说法通常并不用于普通人。因此它必定是授予他的某个头衔，如同法比乌斯（Fabius）被称为延误者（cunctator），或者"施洗者"约翰。很有可能，这个称号并不涉及他在解决任何类型的问题方面的技艺，而是指他在驳斥荷马的批评者和亵渎者方面的技艺。亚里士多德的《论诗术》中有一整章（即第 25 章），περί προβλημάτων καί λύσεων [论疑难和辩驳]，致力于为荷马辩护。我们可以设想，索西比乌斯设计了新的方法来克服前述的荷马困境，而 ἀναστροφή 便是其成果之一。

这个观点的证据还在于，这一方法令人惊讶乃至不快。实际上，学者们认为它是不协调的，即所谓 ἀπροσδιόνυσος λύσις [不成功的辩驳]。如同许多创新者一样，索西比乌斯获得了"极不审慎，十分讽刺"的名声。

索西比乌斯是王室津贴的接受者。一天，当一份款项到期，他照例前去领取。但司库们在国王托勒密的教唆下，告知他已领取了。他表示抗议，但他们根据国王的命令重申此句，且别无他话："你已经领取了。"最终，索西比乌斯要求国王的接见。当他提出了申诉，国王命令取来工资单，并且，经过仔细核查后，判定司库们是对的，而索西比乌斯已领取了津贴。他向索西比乌斯指出，下列学者们已经收到了属于他们的金额：索特尔（Soter），索西吉尼斯（Sosigenes），比昂（Bion）和阿波罗尼乌斯（Apollonius）。"若你从 Soter 中取出索（so），"国王争辩说，"从 Sosigenes 中取出西（si），从 Bion 中取出比（bi），从 Apollonius 中取出乌斯（us），你就会发现你已经领取了。"

索西比乌斯因此而作茧自缚。然而，2200 年之后，我们可以足够超然，看出国王对他并不十分公平。的确，通过重新排列来解读是一种特别武断的方法。一旦荷马的任何表述都可以当作几近于那种Sator‐square［圣方］① 的密文，那么，只有极少数敏锐的语言学家才不会曲解荷马史诗。你能证明普里阿摩斯（Priam）屠戮了奥德修斯，也能证明宙斯忠于赫拉。但还有两种方法可为索西比乌斯辩护。

首先，我们不能责备托勒密国王未能重视这种方法，虽然他看到了某种重要性。索西比乌斯凭借其新的方法，为一整类文献准备了基础：集句（cento），一篇由来自一位或多位先前作者的片段所组成的文字。到目前为止，文献史家们尚未认识到索西比乌斯工作的重要性，原因仅仅在于，他的ἀναστροφή方法一直不受重视。结果，集句被看作以一些晦涩的风格进行戏仿，② 这是非常不充分的解释。一旦我们领会了索西比乌斯的发明的本质，就会有一个更好的解释。ἀναστροφή是对荷马史诗中的词组与从句顺序所做的变更，以便深入诗人更深的含义。这仅仅是这个词组与从句的顺序变更过程中的一步，目的是达到一个全新的意义，一种公认为诗人从未考虑过的意义，此之谓集句。

在某种程度上，托勒密国王本人也可以说采取了这一步。当他从工资单的其他名字里组成"索（So）—西（si）—比（bi）—乌斯（us）"时，他仅仅装作解释表单，仅仅装作探索它们真实的、内在的含义。实际上，他知道他的所为并非如此，但他的重新排列引入了与最初打算完全不同的意义。我们可以略带夸张地将他的行为称作世界文学上的第一次集句。无论如何，若非索西比乌斯，就没有ὁμηροκέντρωνες［荷马集句］，就没有尤多西娅皇后（Empress Eud-

---

① 在其中句子SATOR AREPO TENET OPERA ROTAS由两个PATER NOSTER所组成，并且加上字母A和R，排列成十字形。

② 例如Crusius，载于*Pauly‐Wissowas Realenzyklopaedie* 3，1899，集句（cento）条目。

oxia）的《基督生平》（*Life of Christ*），就没有奥索尼乌斯（Ausonius）的《婚宴集句》（*Cento Nuptialis*），就没有泰根湖的梅特鲁斯（Metellus of Tegernsee）僧侣所作的圣歌，以及中世纪犹太人以"镶嵌（musive）风格"写下的诗集和祷文。

我们可以顺便注意到，针对 ἀναστροφή 的敌意极有可能最先延伸至集句。κέντρων 的名称，"补丁布"或是"小丑的补丁服"，似乎表示出对以此命名之物的鄙视。

其次，适用于《伊利亚特》这类作品的注疏模式未必适用于工资单。对其仰慕者而言，荷马是一位鼓舞人心且永不犯错的先知。采取寓意解经法，并让荷马的话语传达出异于寻常的含义，从而得出某种智慧，这是合理的做法。那么，以不同于史诗文本顺序的方法阅读荷马言辞，为什么不可以呢？但是，对于工资单，一份普通的、旨在传达法律意图的日常公文，作同样的解读便毫无根据了。无疑，托勒密国王意识到了差别。我们只能希望，在面谈结束回家时，索西比乌斯发现一条便笺正等待着他，便笺告诉他勿将玩笑当真——而他的津贴将会提高。

在此我们回到拉比。他们可分为不同的学派，其中一派允许更多的解经自由——或如怀疑者所言，有更多的武断——而另一派则较少自由。但他们都区分了 halakha［哈拉卡］和 haggadha［哈加达］，前者涉及律法及仪式的问题，后者涉及信仰、伦理、智慧、历史等问题；并且，相较于 haggadhic［哈加达的］部分，在处理 *halakhic*［哈拉卡的］部分以及经文的各个方面时，需要更加严谨的节制。原因显而易见。一位拉比曾得出结论，在经文"早晨传扬你的慈爱"（《诗篇》92：2［3］）当中，语词"早晨"意味着"即将到来的世界"（《先贤集》［*Ab.*］de R. N. I.），这样的解释不会造成损害——实际上，更多的是补益。这便是关于信仰的 *haggadha*［哈加达］的一例。但它不会用于将此解读转向下述诫命："雇工人的工价，不可在你那里过夜留到早晨。"（《利末记》19：13）这涉及 halakha［哈拉卡］律法。

Seres［分割］法很少，若有的话，也出现在 halakha［哈拉卡］的领域。① 不用说，拉比们从未用于解读诸如工资单这样的日常公文。托勒密国王极不恰当的运用会令他们震惊。

事实上，seres［分割］主要的——尽管不是唯一的——功能，是确立一个合理的《圣经》事件的顺序。在这篇文章的开头，我们提到了一个案子，根据《圣经》的字面文本，被提交到"摩西、亚伦面前"；但约西亚凭借 seres［分割］推断，它的提交顺序是"先至亚伦而后至摩西"。应当注意的是，早在约西亚之前，拉比们就已经意识到，不可能把《圣经》事件的顺序当作必然反映了它们曾经发生的顺序。的确，他们规定了一项原则，"经文之中无先后"，接着，他们自由地认定，一件《民数记》第九章记载的事件［在时间顺序上］先于首章记载的事件。② 偶尔，抄经者们插入标点或括号——尤其是所谓的 Nun inversum［倒转］——到手稿中，以此来表达根据其内容本不应在那儿的经文或章节。③ 约书亚，或是任何首先引入 seres［分割］观念的人所做的，是将这种注疏方式置于一个更大的名目之下，同时加入一些新变化。

---

① 一个可能的例外是关于《出埃及记》20：24 的《巴比伦塔木德·通奸》（Bab. Sota）38a 与关于《民数记》6：23 的《隐秘之书》中的处理方法。

② 关于《民数记》9：1 的《隐秘之书》。对比帕皮亚（Papias），引自优西比乌斯，《教会史》，3.39.15："马可成了彼得的解读者，并准确写下了他记得的主的言行，尽管不以它们的顺序。"

③ 关于《民数记》10：35 的《隐秘之书》。那些符号是否一度曾有过不同的含义与此无关。

《创世记》中有一段在某种程度上受到了 seres［分割］的影响，从而导致了实际的文本变更。在其现存的形式中，《圣经》告诉我们，亚伯拉罕的天使客人是如何离开他的，"但亚伯拉罕仍旧站在耶和华面前"（《创世记》18：22）。从若干拉比资料（尤参《创世记拉巴》[Gn Rabba]）中，我们得知，真正的读法是"但耶和华仍旧站在亚伯拉罕面前"。（《创世记》从"亚伯拉罕近前来说"［译按：即《创世记》18：23 以下经文］之后的文字，证明了拉比们的解释传统。以上帝与亚伯拉罕同在来描述会比亚伯拉罕与上帝同在更加自然：如果经文中说亚伯拉罕与上帝同在，那么，"他近前"一语就没有什么必要了。①）然而，抄经者们将耶和华与亚伯拉罕调换了位置，因为"站在某人面前"的表述常指"侍立某人"（例如《创世记》41：46）。一位原始文本的抄经学者或许担心，这一刻或许会形成上帝侍立亚伯拉罕的观点，这是一种不惜任何代价都要避免的危险。

关键点在于，他们无法在 seres［分割］法尚不存在的情况下移动文本的位置。② 因此，尽管他们写下的是"但亚伯拉罕仍旧站在耶和华面前"，他们却想要经文以它的原初含义"但耶和华仍旧站在亚伯拉罕面前"进行理解：他们没有让意义产生含混的意图，而是希望消除一个虽然短暂却可能由原初措辞引起的亵渎想法的可能性。但这显示出，他们信任 seres［分割］或 ἀναστροφή 的解读方法。顺便提一

---

① 我父亲向我指出，进一步的支持可能来自 18：33，我们可以读到，与亚伯拉罕说完话之后，"耶和华就走了"。这暗示了上帝并未与天使们一同离开，而是留下来讨论；因此，18：22 应读作"但耶和华仍旧站在亚伯拉罕面前"。

② 另外一个要点在于，抄经者们所做的其他类型的文本变更早于这里的改动。关于《出埃及记》15：7 的《〈出埃及记〉经解》（Mekhiltha）中，列举其余大部分这样的改动，《创世记》18：22 的重写则未被提及。另一方面，它是出现在七十子译本中的重写文本；这便提出了一个复杂的问题——不过我们此处无法深究。

下，这件事明显具有 haggadhic［哈加达的］特征。有趣的是，我们的现代翻译依然采取了倒叙："但亚伯拉罕仍旧站在耶和华面前"。

seres［分割］这一概念无疑来自亚历山大里亚的 ἀναστροφή。问题在于，这个希伯来术语是否是希腊语的译文，答案是肯定的。seres［分割］，虽然原意是"阉割"，但也可以表示"倒置"，"回转"，"将某物从其位置上移开"。① 它是 ἀναστροφή 的一个合理的对应词语。

还有更多的证据证明了这一联系。动词 seres［分割］没有出现在《圣经》用语当中。然而，后来的拉比们有时会把 Haphakh［倒转］当成 seres［分割］的同义词（例如关于《创世记》49：4 的《塔乎玛》［Tanhuma］）而使用；在《士师记》中，七十子译本两次借助 ἀναστρέφειν［翻转］提到它。② 我们可以追问，约西亚（或引入了 seres［分割］的任何人）为什么更偏向于 seres［分割］，尽管它与 Haphakh［倒转］相比是一个不太常见的词。对此最可能的答案是，他偏爱它正因为它不太常见，最重要的理由是，它还未像 Haphakh［倒转］那样专门用于另一种解经法。

二、σύνδεσις［组合］、διαίρεσις［区分］
以及 hekhrea［断句］的问题

拉比们——或是他们当中的一些人——声称，《圣经》中有几个

---

① 《密释纳·不洁》（Mishnah Nid.）3：5，"若胎儿颠倒地（脚先出来）出生"；《利未记拉巴》（Lv Rabba）10：9，"拔示巴，生所罗门的气，以这样或那样的方式拒绝他"；关于《出埃及记》23：16 的《〈出埃及记〉经解》，"这三个节日甚至在安息年也不可去除"。

② 7：13："一个大麦饼将帐幕翻转倾覆了。"以及20：39（41）："以色列人临退阵。"

词语与语法规则不合，这些词语与它们的前后文联系起来才能理解。

比如，上帝警告该隐时的语词"宽恕"（或"抬举"或"悦纳"）(《创世记》4：7)。在英语中，我们必须替换整个短语："岂不蒙宽恕"。① 这一警告合乎语法的翻译是："你若行得好，岂不蒙宽恕（抬举，悦纳）；你若行得不好，罪就伏在门前。它必恋慕你，你却要制伏它。"拉比们这样理解经文："你若行得好，岂不蒙宽恕；岂不蒙宽恕，你若行得不好；罪就伏在门前"等等。就是说，上帝告诉该隐，若他得体地对待亚伯，他的邪念就会得到原谅；但即便他杀害了他的兄弟，他依然保有被原谅的机会——即便在这个时候，通过悔改来战胜罪孽也是可能的。

这种解读至少可以追溯到公元2世纪中叶。也许更早。以西·本·犹大（Issi ben Judah）知道这种解释（关于《出埃及记》17：9的经文解释，参《〈出埃及记〉经解》[Mekhiltha]）。《昂克洛斯》（Onkelos）的阿拉姆语（Aramaic）译本显然接受了这一解释。这个译本如此翻译：

> 你若行事得好，岂不蒙宽恕；但你若行事得不好，在审判日罪便伏下，准备向你复仇，你若不悔改；但你若悔改，岂不蒙宽恕。

摩西五经（《申命记》31：16）末尾的表述"要起来"（在希伯来语中是一个词）是另一个例证。从语法上讲，显然我们必须翻译为："耶和华又对摩西说：你必和你列祖同睡。这百姓要起来，随从外邦神行邪淫。"但是遵照拉比们的解释，我们应把"要起来"与

---

① 为了突显出要点，在英语中需要若干更多的变化；但因其意义不大，我在此未将它们尽数列出。

它的前后文相联系："你必和你列祖同睡而要起来；这百姓要起来而行邪淫"等等。关键是，在这个基础上，上帝不仅预见了以色列人的不忠，"这百姓要起来，随从外邦神行邪淫"，也预见了摩西的复兴，"你必和你列祖同睡而要起来"。

既然如此，我们便能将这一解读追溯至公元1世纪末，迦玛列二世（Gamaliel II）用其向撒都该人证明死者的复活，还有约书亚·本·哈拿尼雅（Joshua ben Hananiah），他向罗马人证明了这个论点（《巴比伦塔木德·公议会》[*Bab. Sanh.*] 90b）。《新约》学者们都知道，当时对复活教义的经文证据的质疑何其急迫。①

上文引用的两个例子都涉及 haggadha [哈加达]，即关于伦理、信仰、历史或诸如此类的问题。实际上，无论任何一种拉比文献都 ex professo [公开地] 考虑过这种解经模式，但拉比们只在 haggadhic [哈加达] 相关的应用时提到这种模式。然而，至少偶尔有些决议——甚至 halakhic [哈拉卡的] 决议，即关于律法或仪式的决议——的制定，也需要这种解经模式的帮助。

若一人身故无后而其弟拒娶遗孀，那么，根据一条《圣经》法规，那妇人"要脱了他的鞋，吐唾沫在他脸上说：凡不为哥哥建立家室的，都要这样待他"。② 拉比们认为"都要这样（thus）"之类表达式必须以希伯来语言说；拉比犹大·本·艾莱（Judah ben Elai）——盛年大约在公元2世纪中叶——支持这一观点，他的具体

---

① 《马太福音》22：31以下，《马可福音》12：26以下，《路加福音》20：37以下。

② 《申命记》25：9。我已在别处讨论过（《罗马法和希伯来法中的联合》[Consortium in Roman and Hebrew Law]，载于 *Juridical Review* 62，1950，页71以下），这一最初被《圣经》条款所思忖的案例，是共同继承人的联合（consortium）问题。

做法是将小品词"这样"解析为属于它之前或之后的从句:"她要这样说,都要这样"等。更准确地说,对他而言,法规定下"她要这样说",便意味着她必须使用准确的希伯来表达式。而语词"这样"也便是表达式的开头:"这样待他"等(《密释纳·通奸》[Mishnah Sot.] 7:4)。

在处理逾越节祭品能否为某人被宰杀的问题时,犹大·本·艾莱采用了同一种方法。他判定必然有若干参与者,他援引诫命:"在各城中,你不可献逾越节的祭……只当在耶和华你的神所选择的居所,献逾越节的祭。"(《申命记》16:5)显然,他把 b'hdh[献祭]读了两次。他用这个词语连接了前后两句,即在"为某人"的意义上和在"在各中"的意义上。因此他得出结论:"在各城中,你不可为某人献逾越节的祭……只当在",等等(《密释纳·逾越节》[Mishnah Pes.] 8:7,《巴比伦塔木德·逾越节》[Bab. Pes.] 91a)。

也许并不意外的是,我偶然发现,在与 halakhic[哈拉卡有关]的解释时采用这种方法的,只有犹大·本·艾莱的儿子,约瑟(Jose)拉比(《密释纳·肉祭》[Mishnah men] 8:7)。他在解释时,将条律中的短语"同献的素祭用"(希伯来语中是一个词)重复了一次:"当献公牛犊两只,都要没有残疾的,同献的素祭用调油的细面。"(《民数记》28:19)换言之,他解读为:"当献公牛犊两只,都要没有残疾的,同献的素祭亦是;同献的素祭用调油的细面。"结果是,若我们按一般理解,对于瑕疵的要求只适用于动物,而现在它就延伸到了同献的素祭。素祭也会因任何一种瑕疵——例如腐臭的膏油——而失效。

一个可能涉及前后文的语词,通常的专门描述是"未 hekhrea[断句]的词"——英语译为:"无倾向的词"或是"未断句的词"。

这个观点似乎是说，在确定一个语词的含义关系时，各个从句都在争夺它，而我们的任务就是去权衡这些从句的诉求，并在其中做出选择。然而，这几则案例并不能或应该作出这样的决定。hekhrea［断句］并不存在；那么，成问题的语词就应解读为附属于双方。

我们可以回想起动词 hekhrea［断句］出现在拉比以实玛利处理悖论的第 13 个诠释学准则当中："两段经文也许会互相矛盾，直至第三方出现来打破它们之间的均衡，做出断句。"（《隐秘之书入门》）一百年前，斐洛再现了摩西的情形，即如何面对两个意义相反的例子（《论摩西的生平》，2.41.221 以下）。在谈到第一个例子时，斐洛认为，悖论之处在于法律中怜悯与公正的冲突，① 他曾将摩西的情形比为"在天平之上 ἀντιρρέπων［摇摆］，一端以怜悯与公正作为砝码 ἐταλάντευεν［进行称量］，在另一端，以献祭法作为秤锤（ἀντέβριϑεν）"。在阐明第二例时，② 他使用了诸如"倾向于双方的心灵"（ἀμφικλινῶς）之类的表达方式。上帝会解决这些分歧，他利用这次绝无过错的考验（κριτήρια），来宣告他的断句（κρίσις）。

然而，我们有时还会发现另一个术语 hesse'a［分心］（《巴勒斯坦塔木德·先贤》，41c）。很难说它是一般意义上的"分心"——在几种情况下还可以视为诱人兴致的谜题，③ 或者，在一个明确的语

---

① 这一引用涉及记录在《民数记》9：6 以下中的事件。一方面，一个被尸体污染的人不可参加逾越节庆典。另一方面，一个埋葬近亲的人仅仅是履行责任。如何对待一个在逾越节因埋葬而不洁的人？

② 这取自《民数记》27：1 节以下。一方面，一份遗产只能传承于男系。另一方面，孩子应保有好父亲的名誉和财产。当一位好父亲只留下女儿时该怎么办呢？

③ 关于《巴勒斯坦塔木德·先贤》41c 的《密释纳·先贤》2：5 是一个注释，声称赞成这一选择："拉比约书亚·本·哈拿尼雅（Joshua ben Hananiah）使拉比以实玛利转向另一主题"，即 bissi'o。

文学意义上，它是意思是"将一个短语从一个［语法］关联转向另一个［语法关联］"。后一个意项恰当地描述了这个特别的注疏方法：一个语法上属于某一从句的词也属于另一个从句。

这一方法的背景是什么？抄经者最早的一项职责是在句子以及句子和语词之间断句。这并非易事，因为古代文献没有什么明确的标点。莱瓦尔德（Lewald）教授在这方面的贡献无人能及：这些文献都要归功于他，他对这些艰涩的纸莎草的编辑工作令学界钦佩。

但是，即使我们在某种程度上厘清了句读、从句和语词的关联，它们之间以怎样的确切方式产生关联，依旧是悬而未决的问题。添加若干名词、代词或动词的做法可能会引起怀疑。人若任凭他的牲畜上别人的田里吃食，那么，根据《圣经》的命令，他就必须"拿他田间上好的赔还"（《出埃及记》22：4［5］）。这意味着"依据侵犯者田间上好的"还是"依据受害者田间上好的"（尤参《〈出埃及记〉经解》）？此外，一个属格可能具有主格、宾格、形容词及连词的作用。Amor Dei［上帝之爱］的例子十分有名。在陈述"被挂的人是在神面前受咒诅的"（《申命记》21：23）当中，一些解经者将属格当作主格。七十子译本考虑到"在神面前受咒诅的"，而将其译为 κεκατηραμένος ὑπό τοῦ Θεοῦ πᾶς κερμάμενος。拉比迈尔（Meir）假定"神有的诅咒"意为，当某人受难时，神与之同受（《密释纳·公议会》[Mishnah Sanh.] 6：5）。然而，对其他学者而言，属格是宾格：被挂的人意味着"对神的诅咒"，因为这涉及对以神的形象创造之物的蔑视）。① 保罗对此含糊其辞。他引用经文为 ἐπικατάρατος ὁ κερμάμενος ［凡挂在木头上都是被诅咒的］（《加拉太

---

① 尤参《塔古姆（Targum）·耶利米书》，《补遗·公议会》（Tosephta Sanh.）9：7。

书》3∶13),略去了"属神的"(Θεοῦ)一词,因而令问题悬而未决。

另外两个因素更有关联。首先,虽然释经允许语词之间的点读,但是,从句与句子间的断句作为经文的一种整体特征从未得到完全的承认。实际上,在拉比律法的要求之下,一卷将从句或句子进行断句的解释,对于正式的礼拜目的而言,是——并且依然是——无效的(《文士》[Sopherim]3∶7)。这种态度的基础在于,言辞的最初概念仅仅包含了语词。即使今天,英国法规中的此类标点——当然非常少——在原则上,不能算作法规的固有成分;自然也没有必要取出插入印本中的标点。英国此类法规中的旁注和标点是"附属物,尽管它作为一种指引,对于草率的询问者是有用的,但是不应该依靠它来分析议会法案"。[①] 布罗斯(Roland Burrows)爵士的断言更为彻底,"标点和其他着重号不是英语的一部分"。[②]

现代文献学者的语言概念要更宽泛些;但我们也不应当认为拉比文献中没有它的前兆。现代概念包含了标点、音高以及许多其他东西:我们意识到,根据其语境和语调,俚语"流氓"或笨蛋(Lump)可能表示喜爱或鄙视之意。实际上,在我们当代理论所达到的这个阶段里,言辞中那些非词汇成分已经附加了过多分量。

其次,在拉比们眼中,《圣经》因其铭刻了上帝的智慧而包括了多层含义(不必说,《圣经》经常如此)。一个词可能同时有一个普通含义和一两个寓意。一份叙述可能既是过去事件的记录又是未来

[①] Claydon 诉 Green 案(1868),L. R. 3 C. P. 511,见于页 522;37 L. J. C. P. 226,见于页 232,J. Willes 之语。

[②]《文献解读》(Interpretation of Documents),第二版,1946,页 53。

事件的预言。① 毫不奇怪的是，从某个时期开始，人们假定这些意义的层次不仅是纵向的，也是横向的。也就是说，人们发现，如果没有以某种方式来反对文本约定俗成的自然断句，便会从不同的断句中提取出附加的意义。

《圣经》告诉我们，当雅各想获得本属于他兄长的祝福时，他失明的父亲问他："你是谁？"于是雅各答道："我（是）以扫你的长子。"（《创世记》27：19）大约公元300年的拉比利未（Levi）认为，首词后有一个停顿："我，以扫（是）你的长子。"② 若照这样读，那回答便不是一个直接的谎言。然而，我们不能得出推论，认为拉比利未想要攻击此句的传统结构。他指出，虽然根据本意雅各撒了谎，但他可以通过这种断句方式而得到宽宥，指明这一点，利未就已经满足了。

另一个例子非常接近我们谈论的特殊解经法。《圣经》说，赎罪日被设立为"脱尽你们一切的罪愆，你们要在耶和华面前得以洁净"（《利未记》16：30）。约公元100年的以利亚撒·本·亚撒利雅（Eleazar ben Azariah），这样解释经文："在耶和华面前脱尽你们一切的罪愆，你们要得以洁净。"（《密释纳·赎罪日》[*Mishnah Yom.*] 8：9）他将"在耶和华面前"与"你们的罪愆"相连，而非"你们要得以洁净"。他希望传达的教诲是，赎罪日精心安排的仪式，要确保对上帝犯下罪愆能够得到宽恕；而至于对同类犯下的罪愆，只要某人尽力安抚，就可清除这些罪愆。同样，拉比不见得要推翻公认的断句："脱尽你们一切的罪愆，你们要在耶和华面前得以洁净。"

---

① 参见关于《出埃及记》15：1 的《〈出埃及记〉经解》，"那时摩西唱"，也可以译为"那时摩西将唱"——另一个关于死者复活的经文证明。

② 《创世记拉巴》（*Gn Rabba*）这里用作"我"的希伯来语 'anokhi，也开启了十诫。因此拉比利未认为，雅各将来会接受摩西律法。

他仅仅指出，根据一种不同的断句，我们可以发现一种更深远的含义。一个神圣的表达，除了纵向层次上包括若干含义，也可以横向包括若干含义。严格来说，以利亚撒的解读确实关系到某种 hekhrea［断句］的缺失。语词"在耶和华面前"倾向于前后两种可能，我们几乎可以读成"在耶和华面前脱尽你们一切的罪愆，你们要在耶和华面前得以洁净"。

在希腊语的句法中，一个词属于先于它还是后于它的部分，是 σύνδεσις［组合］和 διαίρεσις［区分］问题。亚里士多德举了一项宣言为例：ἐγώ σ᾽ ἔθηκα δοῦλον ὄντ᾽ ἐλεύθερον（《辨谬篇》，4.7）。若 ὄντα［是］与 δοῦλον［奴隶］连读，意思便是"我让是奴隶的你变得自由"；若与 ἐλεύθερον［自由］连读，意思就反了过来，"我让自由的你变为奴隶"。（这个难句的英译就很为难，或译为"我使你自由，奴隶"，或是"自由人，我使你成为奴隶"。）理论上，两种解释都说得通。但实际情况之下，只有一个正确，尽管亚里士多德尽力反驳的智术师们立刻就会主张，要么难以恰当划分，要么甚至是两者皆可。若是两者皆可的情形，将会由于——若我们使用拉比术语——缺少 hekhrea［断句］的缘故而导致悖论。同样的例子是，如果句子 ἔσται ἀγαθός σκυτεύς μοχθηρός 的意思是"一个好工匠也许是个坏工匠"，那么 σκυτεύς［工匠］便与它前后的两个定语都有关联；但是合理的意思要么是"一个好人也许是个坏工匠"，要么是"一个好工匠也许是个坏人"（《辨谬篇》，20.7）。

另一个亚里士多德的例证是 πεντήκοντ᾽ ἀνδρῶν ἑκατόν λίπε δῖος Ἀχιλλεύς："在一百人中，（只有）五十人，阿喀琉斯留了活口。"（《辨谬篇》，4.7）然而，智术师们偏向于这个解释："除了五十人外，还有一百人被阿喀琉斯留了活口。"昆体良翻译成：Quinquaginta ubi erant centum inde occidit Achilles（《演说术原理》，7.9.8）。意思究竟是"在那有一百人，他杀了五十人"，还是"那五十人［之外］，他杀了一百人？"顺便提一下，"他留了活口"替换成"他杀了"，这不应该归咎为误记或任何此类原因。这句话被讨论了几个世纪。这是个广为流传的谜题，而且，即便有人指出λίπε［留下］可以被它的反义词κτάνε［杀］替代，但这里的意义——或无意义——也会保持不变。人们可以想象古代逻辑学家们的争论，以"他留了活口"或是"他杀了"为主导，宾语是否不同：在两种情况下，宾语都是πεντήκοντα［五十］，但能肯定的是，那些活下来的与那些被杀的并不相同。

昆体良也提到一个围绕 collocatio［排列］的"争论"。某人在其遗嘱中规定 poni statuam auream hastam tenentem。或者，Auream［金的］从属于 statuam［雕像］，那么雕像必须是金子做的，或者从属于 hastam［长矛］，那么只需长矛是金子做的，二者对于他的继承者来说有极大的差别。

在亚里士多德和其他人看来，赫拉克利特的作品遍布这种难以厘清的划分（《修辞术》，3.5.6）。在柏拉图笔下，苏格拉底模仿智术师并且戏谑地主张西蒙尼德斯（Simonides）一首诗中的某个错误划分（《普罗塔戈拉》345d 以下）。关于阿卡迪亚（Arcadia）的著名神谕这样开始："你向我询问阿卡迪亚。Too great a thing thou askest not to thee shall I give it."我依稀记得，一些古代的注释者们发现这里的断句是模棱两可的：我们可以解读为"你没有询问太重大的事情，我应给你答案"，或是"你询问太重大的事情，我不应给你答案"。但我的记忆也许欺骗了我。在通常列举的资料中，[1] 只有神谕中随后涉及泰格阿（Tegea）的部分，才是公认的模棱两可。首句

---

[1] 例如，Parke，《德尔斐神谕史》（*History of the Delphic Oracle*），Oxford，1939，页110，注1。

总是被看作一个直截了当的拒绝："你询问太重大的事情——我不应给你答案"。

荷马派与反荷马派都注意到了 σύνθεσις ［组合］ 和 διαίρεσις ［区分］。在《论诗术》致力于为荷马辩护的章节中，亚里士多德提到，可以通过采用更好的划分来反驳某些批评（25.19）。奇怪的是，他不是从荷马那儿引证，而是引用了恩培多克勒（Empedocles）：τὰ πρὶν μάθον ἀθάνατ᾽ εἶναι ζωρά τε πρὶν κέκρητο。问题是，该读作"那些先前纯粹的事物混合在一起"还是"纯粹的事物先前混合在一起"。

荷马的例子保存在阿忒奈乌斯的作品中。古代专家们认为——且不论对错，在荷马的时代，桌子被搬出餐厅的时刻，不是在用餐立刻结束之后，而是仅仅在用餐者离开时。然而，《伊利亚特》中（卷24，行475以下）有一段被荷马的反对者如此解释："阿喀琉斯才停止吃肉，他却依然在吃喝；桌子立在他身旁。"他们争辩道，这句诗意味着，一旦吃喝结束，桌子将会被拿走——这是荷马的一个失误。①

我们知道三种应对攻击的方式。一是宣称这令人不快的诗行出自伪造（篡改主义［Interpolationism］有一个漫长且可观的历史）。阿里斯塔克斯（Aristarchus）令托勒密（Ptolemy Philopator）的宫廷变得风雅，他摒弃了词组"他依然在吃喝；桌子立在他身旁"。的确，他主要以韵律为根据。其他人则认为这是一例诡辩。他们认为荷马此处下笔微妙。阿喀琉斯正在服丧。所以，若非绝对必需他不再想要桌子，他不想房间看起来像是正在进行一场宴会。此处，我

---

① 《智者的欢宴》，卷1，12a以下。Gulick 译，Athenaeus（Loeb 丛书）卷1，1951，页53，翻译为："桌子被移走的见解似乎被诗文所驳斥。"但是正确的翻译是："桌子未被移走的见解"等等。希腊语中有 μὴ αἴρεσθαι ［不要移走］。古利克（Gulick）的译作通常是卓越的，但在这里延续了一个阿忒奈乌斯早期的拉丁译本中的错误。

们只对第三种辩护有直接的兴趣。一些学者在"依然"前而非其后做了一个停顿。他们读作:"阿喀琉斯刚刚停止吃肉,停止吃喝;桌子依然立在他身旁。"若以这种方式断句,这一段便无可指摘了。食物吃完了,而桌子留下了:荷马没有犯错。当代权威们似乎偶尔遵循这种断句,尽管他们立论的根基不同。

维吉尔的研究者们提出了同样的问题,也使用了与对待荷马同样的解决方法。维吉尔告诉我们,特洛伊罗斯(Troilus)如何从他的战车上向后跌下,"抓着缰绳,而他的脖子和头发被拖过地面"(《埃涅阿斯纪》卷一,行477以下)。我们根据昆体良(《演说术原理》,7.9.7)的看法得知,这句诗行也有问题。它是指"他仍然抓着缰绳(即无生命地),但他的脖子和头发被拖拽着",还是指"他抓着缰绳(即他还有足够的力量这样做)——而他的脖子和头发被拖拽着?"

若我们比较一下希伯来语的例子与希腊语及拉丁语的例子,会发现两点不同。首先,以正式的观点来看,在希腊语及拉丁语的例子中,有问题的语词很容易与之前或者之后的成分结合,而在大多数希伯来语的例子中,只有一种划分符合正确的语法。在遗嘱说明 poni statuam auream hastam tenentem 中,根据正式语法,读作 statuam auream—hastam tenentem[金制雕像—持长矛]与读作 statuam—auream hastam tenentem[雕像—持金制长矛]都是正确的。相比之下,在经文"你必和你列祖同睡。这百姓要起来,随从外邦神行邪淫"中,只有一种划分在语法上可行:"你必睡——这百姓要起来行邪淫。"不能读作:"你必睡并起来——这百姓要行邪淫。"

其次,不考虑智术师,希腊或拉丁文法家通常会二选一。他要么赞成 statuam auream—hastam tenentem[金制像—持长矛]要么赞成 statuam—auream hastam tenentem[雕像—持金制长矛]。在多数未

hekhrea［断句］的情况下，拉比们会将单词与其前后的从句进行关联。刚才引用的经文被宣称意味着："你必和你列祖同睡并起来——这百姓要起来行邪淫"。

简而言之，在希腊语及拉丁语的例子中，我们必须决定，用昆体良的话说，quid quo referri oporteat［某个短语应附属于哪个从句］，尽管"一个中间的短语可能属于前面部分，也可能属于后面部分"，这也许很难决定。但是，无论如何，我们必须给出结论。在大部分希伯来语的例子中，不能说"短语可能属于前面部分，也可能属于后面部分"；语法本身没有留给我们选择。尽管它看起来出现了两次。

希腊语或拉丁语中［和希伯来语］类似的 *ἀπό κοινοῦ*［共同］结构，不会和希伯来语中缺少 hekhrea［断句］的情况那样极端。的确，它们有些接近——倘若我们依靠某些现代语言学家们的解释的话。①

拿赫拉克利特的描述来说："这道永恒常在，无人理解（Of this reason constant forever without understanding men come into being）。"一些现代权威们相信"永恒"（forever）既描述了"常在"（constant），又描述了"没有理解它的人存在"（Without understanding men come into being），所以我们应当意译为："这道永恒常在，永远没有理解它的人存在。"此外，贺拉斯写道：Optat ephippia bos piger optat arare caballus［马儿的矫健向往公牛，公牛因为懒惰去耕地时向往马匹］（《书简》，1.14.43）。有评论家认为"因为懒惰"同时修饰了牛和马的行为特征。同样，在贺拉斯向船舰致辞的地方：quae tibi creditum debes Vergilium finibus Atticis reddas incolumem［维吉尔已经托

---

① 例如，Stanford，《希腊文学中的歧义》（*Ambiguity in Greek Literature*），Oxford，1939，页59。我十分感激我的朋友，都柏林大学三一学院的 Wormell 教授，他让我注意到这项富于价值的研究。

付，求你平安返回阿提卡海岸］，① finibus Atticis［阿提卡海岸］被认为是 debes［托付］和 reddas［返回］的宾语。

如果我们必须以这种方式理解上述段落，那么，在拉比的解释框架里，我们还是很难发现确切的对应——首先，因为无论上述希腊还是拉丁文本，两种深思熟虑的断句都完全符合语法规则。但至少我们应该可以在拉比的解释中发现比较接近的对应。问题还在于，上述希腊和拉丁的例子实际并未得到确定的解释。比如赫拉克利特，亚里士多德论曰，"［我们］不能确定 ἀεί［永恒］的标点应当断在哪一处"（《修辞术》，3.5.6）。上述贺拉斯的第二段文字中，波菲利（Porphyrio）注意道："我们无法确定，应当读作 debes finibus Atticis［托付阿提卡海岸］还是 finibus Atticis reddas［返回阿提卡海岸］"。于是，亚里士多德和波菲利尽管意识到了含糊之处，却假定，难以决断的词或短语必须要么与其前面的成分结合，要么与其后面的成分结合。他们都没有意识到与其前后成分共同结合（ἀπό κοινοῦ）的解决方案。若我们不仅将这种方法看作一种可能性，［还认为它某种程度现实存在，］那将会非常轻率。

我们应该特别注意一个例子。保罗向罗马人保证，他会"不住地提到你们；在祷告之间，常常恳求……往你们那里去"（《罗马书》1∶9 以下）。短语"常常在祷告之间"通常被认为与前面部分相关，虽然一些学者认为与后面部分相关。但是，考虑到保罗太容易在形成第一个想法时就陷入第二个想法，我们就无法排除某些 ἀπό κοινοῦ［共同］的方案。因此，这与其说是精致的风格，倒不如说是因仓促和情绪之故，因此，这对亚历山大里亚和拉比的句法和

---

① 《颂诗集》1.3.5 以下。［译按］采用李永毅译文，《贺拉斯诗选》，北京：中国青年出版社，2015，页9。略有修改。

阐释概念问题所产生的影响也就微不足道。

如果只论经文的句点、从句及词汇等方面的问题，那么，假定《圣经》的拉比解释受到了希腊的影响就是错误的看法。这种句、词划分方法的起源与《圣经》最古老的部分一样久远。无论经文如何古老，但没有一个文本不需要划分，以努力遵循作者的观念，厘清这些观念之间的关系。以斯拉（Ezra）之前的文士，只能以一种更彻底的方式，继续数百年前最早受到摩西启示的人所必须完成的事情。

但是，这并不能排除亚历山大里亚学者对文士或拉比所使用的命名法的影响。很有可能——尽管无法确定，术语 peseq（或 pissuq）teamim［从句划分］，或更字面地理解为"推理、论证的划分"，其实是 διαίρεσις λόγων 或 λόγοι διῃρημένοι 的译文。①

然而，当我们思考这个高度成熟的解经法，比如，用术语没有 hekhrea 表示没有"天平倾斜"或没有"断句"，用 hesse'a 表示"分心"，这种方法从希腊化的源头进行借鉴的可能性就很大。我们看到，这个方法在公元头两个世纪里进入拉比解经实践中。先前提到的拙文②已经论证了，整个拉比注疏体系由希勒尔（Hillel）在大约公元前 30 年开创，随后的世代又令其细致丰富，就其本质而言，这种注疏体系是希腊化的；前文关于 ἀναστροφή 和 seres［分割］的第一部分主要关注的是，那种特别的拉比方法具有的亚历山大里亚解释模式。我们可以确定，以没有 hekhrea［断句］或 hesse'a［分心］的方法来解经，这种方法得益于希腊人关于 σύνθεσις［组合］和 διαίρεσις［区分］的思索。

---

① 《巴比伦塔木德》，以斯帖滚轮（Meg.）3a，誓言（Ned.）37b，亚里士多德，《辩谬篇》，4.7。一个概念如 siddur shennehelaq［（被一个分离的读音）所中断的语境］，也应在这点上得到重视。

② 《拉比式解经法与希腊化修辞术》，前揭。

到目前为止，我没能发现任何与 hekhrea［断句］或 hesse'a［分心］对译的希腊术语。或许没有这样的术语：拉比们能够完全将独立的意义附加于他们的词汇。"缺少 hekhrea［断句］"这样的表达，有点儿让人想起希腊语 ἀμφιρρεπής［两可］，ἀρρεπής［不可称量］，διαρρεπής［通过度量］，ἰσορρεπής［等重］，ἀντιρρέπειν［不平衡］，① ταλαντεύειν［平衡］，ἀντιβρίθειν［不重］，καταβρίθειν［重］，ἀμφικλινής［不稳定］，ἀδιάκριτος［难以区分］，ἀδιάληπτος［不可区分］。② 至于 hesse'a［分心］，我们也许能通过深入研究下列语词的应用从而发现一条线索，比如 ἀπάγειν［带来］，③ διάγειν［带过去］，περιάγειν［引导］，④ παρατρέπειν［转变方向］，⑤ ἕλκειν［拉］，⑥ περιέλκειν［拉拽］，ἀντισπᾶν［向相反的方向拉］，⑦ προστιθέναι［交给］，⑧ στρέφειν［转动］，ἐπιστρέφειν［转变］和 μεταστρέφειν［转向］等。⑨

---

① 对于这个和接下来的三言两语，可以参见斐洛关于摩西服从上帝的两个悖论的讨论。

② 参见柏拉图，《普罗塔戈拉》346e。

③ 在七十子译本中 hissi' 译为 ἐπάγειν［带来］（《利未记》22：16，《箴言》26：11，《西拉书》4：21）或是 λαμβάνειν［拿来］（《撒母耳记下》17：13），但意思与此处的讨论十分不同。

④ 对比普鲁塔克，《伦语》，407. 26c 中的 περιαγωγή［环绕］。

⑤ 参见普鲁塔克，《伦语》，407. 26e。

⑥ 在《希腊文选》，7. 128 中，赫拉克利特抱怨道："为何你们将我牵来扯去？"当然，这不必专门涉及他声名狼藉的 collocatio［排列］之困难。然而，对比昆体良《演说术原理》7. 9. 7 中的 trahere［牵扯］。根据斐洛，《论摩西的生平》，2. 43. 236，摩西赞成了西罗非哈（Zelophehad）女儿们的请求，但同时也"牵涉"到另一个考虑。

⑦ 参见斐洛，《论摩西的生平》，2. 43. 237。

⑧ 对比亚里士多德，《修辞术》，3. 5. 6 中的 προσκεῖσθαι。

⑨ 剑桥大学 F. S. Marsh 教授以及阿伯丁大学的 A. Cameron 教授对拙作的批评极富价值，谨此致谢意。

罗马法和犹太法中的文本与解释[①]

道伯（David Daube）著

黄江　译　林凡　校

为了将主题缩减到便于操作的程度，我们的研究应限定在两类解读上，一是法规的解读（略去遗嘱、契约、转易契），另一个总体来说，是涉及私法（private law）的法规（略去宗教、宪法、犯罪）。此外，我们必须专注于这两类律法的某些时期与趋势；我们还要着眼于两个目标来选择我们的材料：首先概括地提出每个体系中的主导观念，然后得出一些共通的阐发。

拙文分四个部分。第一部分论罗马的法律诉讼（legis actio）；第二部分论法利赛人（Pharisees）和撒都该人（Sadducees）；第三部分论希勒尔（Hillel）为克服这一分裂所做的工作；第四部分分析撒马

[①] 本文是一项专门的伦敦大学演讲稿，于1960年11月21日提交伦敦大学亚非研究学院；德文版本于1961年1月17日提交哥廷根大学。

利亚人（Samaritans）。

一、法律诉讼

《十二铜表法》（XII Tables）是罗马私法首次主要的法典编纂。它们用以规定公民相互之间的权利与义务，特别是要保障公民不会被征收任意的苛税，这是很恰当的做法。在接下来的两个半世纪里，原则上，私法中的任何观点都必须遵照这部法典以及其后的法令，不受法规支持的诉求则不予考虑。[1]

不过，既然《十二铜表法》本身是不完整的，那么，这个私法体系又怎么可能运作呢？《十二铜表法》非常不完备。它们无法面对的是，随着经济与文化状况的逐渐变化，会出现新需求与新问题。它们经常提到某例相对狭隘的案子，而没有考虑到其他类似情况。不完备的地方，不仅仅是这些方面，事实上这些都不足为奇。值得注意的地方还有很多，我们因故在此不能一一列举，[2] 此处只需提及一点：《十二铜表法》对那时一定非常重要的主题保持了沉默。没有涉及偿还一项非正式借贷的义务。没有涉及 paterfamilias［家长］所造成的普通的财物损失。

我们不应当认为，也许已经遗失了这些条款。我们只需指出一

---

[1] 《学说汇纂》1.2.2.6，《彭波尼乌斯专门指南》（Pomponius singulari enchiridii），《盖尤斯法学阶梯》，4.11。

[2] 参笔者刊于《莱勒纪念文集》（Symbolae Friburgenses in Honorem Lenel, 1933）中的论文，页256；另参《法兰西与外国法学史评论》（Revue Historique de Droit Francais et Etranger，第四辑，15，1936），页352；《剑桥法学期刊》（Cambridge Law Journal，7，1939），页32；《杜兰法学评论》（Tulane Law Review，18，1944），页374，384 以下。

个可供比较的《圣经》编纂，也就是《典章》(Mishpatim)，其中并未包含涉及普通的直接财物损失的规定，但是，和《十二铜表法》一样，它规定如何处理由我的牛或我挖的坑或我在我的土地上放的火所造成的损失。① 在《十二铜表法》之后将近两百年，有关财物损失的整个古典法都必须依赖的阿奎利亚法(lex Aquilia)，依然只处理对于活物、奴隶和牲畜的损害，② 并且《利未记》中(24：18以下)在此领域最宽泛的《圣经》条款也仅限于对牲畜的损害。那么，所有这些法律事务怎么可能都具有一个实定法意义上的裁判依据？

一种弥补漏洞的途径当然是进一步立法。非正式借贷可以通过西利亚法(lex Silia)③ 而能够收回，至于财物损失，则有我们刚提到的阿奎利亚法。但意味深长的是，这些是重大时刻的措施。立法不太适用于私法所要求的持续的日常调整。首先，立法牵涉到一个繁冗的机制，它只会出于政治目的而运作。在私法中，立法有点类似于最后的手段。

在其他的发展方法当中，解释——我们目前主要关心的——扮演了一个重要角色。一般而言，解释从一开始就遵循了合理的路线，偏向于对法典的合理运用，既不太过严苛也不太过宽泛。因此，《十二铜表法》规定，虽然凭时效取得财产权的标准周期是一年，但对

---

① 《出埃及记》21 以下。参见拙作《旧约》(Vetus Testamentum)，卷 2，1961，页 257 以下。

② 参拙作，载于《法学季评》(Law Quarterly Review, 52, 1936)，页 253 以下；《清偿研究》(Studi Solazzi, 1949)，页 98 以下。

③ 《盖尤斯法学阶梯》，4.19。一旦通过 Legis actio per condictionem［要求赔偿的法律诉讼］而收回，非正式借贷也完全可能由于 sacramento［誓金］而收回；《盖尤斯法学阶梯》甚至在 4.20 中脱离历史语境而提出疑问，为何 per condictionem［要求赔偿的诉讼］是必须的。学界公认，即便在西利亚法之前，偶尔一个借贷者也会由于侵吞 sacramento［誓金］而被当作窃贼起诉；参见下文，本文页 7.

于地产的两年可延伸至建筑，不过，不可超过建筑延伸至船只之类的东西。① 这个例子至少表明，通过解释来弥补某种漏洞并没有困难；也就是说，《十二铜表法》可以将这些漏洞纳入那些最显而易见的案例之中，而不去考虑类似的案例。解释完全能够纠正法典的这个"诡辩"倾向。②

一个著名的例证是，因砍倒他人的树，法典征以 25 枚硬币的惩罚。我们根据法典明确知道，当某人的葡萄藤被砍倒而要求罚款的情形。他若在诉讼当中提到的是树，就会胜诉，但他若提到葡萄藤便会败诉。③ 显然，解释完全可以自由地将葡萄藤归入树的范畴；不能承认的是这桩诉讼的法律基础的替换，也就是说，与树的毁坏有关的律法，不能替换为与葡萄藤毁坏有关的新的、非法律的要求。

---

① 《盖尤斯法学阶梯》，2.42，西塞罗，《论题术》，4.23，《为凯基纳辩护》(Pro Caec.)，19.54。

② 对于这个范围，我们赞同 Schulz 的看法，参《罗马法学》(Roman Legal Science, 1946)，页 29 以下。我们不能接受的是他的——在我们看来是简化了的——假设（部分地来自 Kaser，《萨维尼基金期刊（罗马法分册）》[Zeitschrift der Savigny-Stiftung, 59, 1939, Rom. Abt.]，页 34），即在这种自由的解释与那种基础的，比如说，释免之间有一个直截了当的差异。如同马上就要看到的那样，在我们看来，两类注疏几乎从一开始就是并存的。在讨论神圣法则时，舒尔茨（Schulz）顺带提到（页 28），如果耶弗他（Jephthah）曾将保留条款如"遵照我的意愿"插入他的誓言中，他便无须牺牲他的女儿。但是，这是脱离历史语境而接受了一个关于誓言的晚近拉比式的重新解读，旨在豁免耶弗他，并且在这个故事的通行版本中流行起来。根据这个新的解读，耶弗他起誓道"在他凯旋归来来时无论什么先出来迎接他"，他想的不是人祀，而是羊或狗。当先出来迎接他的是他的女儿时，仅仅是那不经意的措辞"无论什么"迫使他牺牲了她。然而，如果恰当地译出希伯来文，应该是，他起誓要牺牲"先来迎接他的无论什么人"；而且实际上，关于羊或狗的誓言也不足以成为誓言。悲剧就在于第一个人是他唯一的孩子。

③ 《盖尤斯法学阶梯》，4.11。这个案子在我们看来，是关于在 sacramento [誓金] 活动中动机必须被指明的确证。

人们普遍认为，这个案例不过揭示了那个时代法律程序中仪式性的魔幻特征，只是因为某种口误而承受不可挽回的败诉。① 但这个观点是错误的。并没有口误的问题。原告非常明确，没有以法典的法规为基础进行申诉，而是基于一个他认为合理的引申。在一个旨在提供保护从而免于武断要求的体系当中，nulla actio sine lege［法外无讼］原则应得到谨慎维护，是完全可以理解的。专家们准备做的是，允许与树的毁坏有关的法律涵盖葡萄藤，他们又拒绝承认一项与葡萄藤有关的新的独立主张，二者之间有着极大的不同。在前一种情况当中，出发点仍然是树；而一旦出发点是葡萄藤，这个主张就能延伸至草莓———一株植物罚 25 枚硬币。毫无意外的是，我们讨论的这场诉讼大概发生于一位富有的葡萄园主与一个较低身份的人之间。我们可以补充的是，虽然人们曾设想，在法律诉讼当中，口误或失措是毁灭性的，但是，在罗马的资料当中，没有丝毫证据证明产生了此类后果。

那么，重大的漏洞又当如何呢？我们已经看到，可以通过立法尝试弥合。我们也能通过解释——或者更准确地说，曲解或重新解释来弥补漏洞吗？显然，如果你想将法典中没有的内容，甚至不在其核心（in Nucleo）之中的内容添进法典，你就必须扭曲它的含义。

在回答这个问题时，看来我们必须做出区分——在此我们不同于舒尔茨、卡泽尔（Kaser）以及其他现代权威。举儿女从父亲的所有权（patria potestas）中的释免为例。在《十二铜表法》典编纂大约五十年后，人们才发觉亟需这一制度；通过运用法典中一个起初根本不服务于此目的的规定，这一制度得以实行。在《十二铜表法》

---

① 即使列维－布鲁尔（Levy－Bruhl）最近的杰作《公正法研究》（Recherches sur les Actions de la Loi, 1960），也过度强调了这一方面。

之前和当时，经济窘迫的家长（paterfamilias）有时会暂时出售其儿女，他们必须作为债主的奴隶或女奴来抵消债务。《十二铜表法》判定，如果一位父亲卖了他的儿子三次，这位父亲将会失去对儿子的父亲所有权。[①]（立法中没有条文针对一位永久出售孩子的父亲：不论他的权力［potestas］如何消逝。）现在，这个规则适用的情形是，儿子从父亲的所有权中得到自由释免的可能性（《盖尤斯法学阶梯》，1. 132）。一位家长通过三次伪造的转让将儿子抵押给一位朋友；在第一次和第二次之后，朋友释免了儿子，他因而回到了父亲的权力之下，但第三次之后，父亲的权力就消失了——此处无需给出更多的细节分析。至于女儿或孙辈的程序就更加简单，只需要一次转让便散失权力。论证的逻辑是，既然《十二铜表法》说到一个儿子出售三次即可取消父亲的权力，那么，女儿或孙辈的一次出售就可以取消父亲的所有权。

这种处理方式是把法典中一个刑法条款作为释免权力的理据，但它既不是字面的解释，也算不得任意的解释——我们姑且不谈相反（e contrario）的绝妙推论：儿子出售三次，因此女儿一次。这里的处理方式是对原初主张的蓄意扭曲。因此解释——曲解——在此创造了一个全新的机制。

然而，还有两点需要注意。首先，这个机制没有影响到任何人的保障；它并没有使人受制于申诉，它也没有剥夺任何人的权利。它只是令一位家长能够释免他的儿女，凭借这种能力，他可以根据是否有益于自己来进行选择。这并没有与法律约束系统的主要目的产生冲突。

[①] 列维-布鲁尔（Levy-Bruhl）在《古罗马法新论》（*Nouvelles Etudes sur le tres ancien Droit Romain*，1947），页80以下关于条款的不同解释还是不能让我们信服。

其次，若就其本意而言，《十二铜表法》的上述规定大概在颁布后立刻就过时了：人们强烈反对这些以重复出售为条件的缓解某人困境的做法，所以这般做法只好停止。那么，更容易的做法，是以已经可以进行自由解释的条文为基础进行革新，而不是固守某条款的原先适用范围。如下事实可以为证，在《十二铜表法》编纂之后约一千年，尤士丁尼（Justinian）为自己的法学汇纂寻找恰当的编纂原则，甚至要超越古典著作中表达的原则，这样，他经常发现新的原则，甚至到最后，他在归纳、修订古典文本时，宁可让这些文本失去了其功能，只是变成空壳。举例来说，其著名的格言"君主高于律法"中含有乌尔比安（Ulpian）的一个观察，即，通常一个未婚或无嗣者不能得到任何遗产，或只能得到部分遗产，那么，君主应该能够让自己免于这些规定。康士坦丁（Constantine）废除了这些规定之后，在尤士丁尼之前约两百年里，乌尔比安关于君主特权的论述曾经不再具有任何实践性。它将另作他用。①《申命记》中的一段（25：11以下）规定，若有二人争斗，这人的妻近前来，抓住那人的下体，就要砍断妇人的手。无疑，人们有段时间这样处理这类案子（对比《亚述法》8），但是，或许有人质疑，这则法律是否只是适用于流放之后（post‐exilic）的历史情境。② 它一定在几个世纪里成了一纸空文，大致在《新约》时代，拉比们又进行解释或曲解，为完全非经文的内容确立一个经文根基，即遭受侮辱所造成的伤害：那就是说，如果我袭击了你——我打了你甚至打瞎你一只眼睛，

---

① 《学说汇纂》1.3.31，乌尔比安，《论尤利亚和帕皮亚法》（ad Legem Juliam et Papiam）；参见道伯，《萨维尼—斯蒂福通》（Savigny‐Stiftung，76，1959），页176以下，页261以下。

② ［校按］post‐exilic，指公元前6世纪犹太人被流放到巴比伦之后的历史时期。

我必须补偿的不仅是残疾的结果,还有你因尊严受损而来的义愤。①

这种对不再通行的法律进行曲解的自然偏好——所谓自然,是因为选择这些法律显然可以避免大量混乱——不依赖什么理论,比如在某些阶段拉比们设计的理论,比如摩西的立法未能包含单独的丰富条款。当然,某种这样的理论可以加强这一自然趋势。但是,首先出现的是这种曲解偏好,而且更为普遍。②

然而,从《十二铜表法》的刑法条文中引申出释免的首要关键是:它与法律诉讼(legis actio)的理念没有冲突。相比之下,与这些问题相关的改革,并不会主张先前具有的强制权力,或主张先前认可的权力的丧失,针对这些问题,在法律诉讼期间,对本意的歪曲解释不会产生影响。这条法规旨在令非正式的借贷纳入法律诉讼范围之内,规定杀伤他人奴隶或牲畜的家长责任。类似地,《十二铜表法》曾禁止窃贼凭时效取得财产权。当这一禁令可以拓展至第三方,甚至可能牵连无辜者时,它便要通过阿提尼亚法(lex atinia)来落实。③

有迹象表明,在西利亚法(lex Silia)之前,一名没有偿还债务的借贷者偶尔会被当作盗贼、侵占者而遭到起诉。④ 这只能是一个权宜之计(Notbehelf),一个最不充分的应急办法。借贷者几乎没有任何偷窃意图,而且,处以两倍借款的罚金也会因为许多原因令人不

---

① 《密释纳·第一门》(Mishnah Baba Kamma)8:1;参见道伯,《新约与拉比犹太教》(The New Testament and Rabbinic Judaism, 1956),页 263。

② 关于这一点,我在《新约与拉比犹太教》页 263 中的提法并不恰当。对整个条款进行"自由"地处理与以生僻语词或看似生僻的词语进行处理之间的关系进行研究,应该是蛮有趣的。例如,muphne 的概念远未得到充分分析。也可以对比道伯,《旧约研究期刊》(Zeitschrift für die Alttestamentliche Wissenschaft, 50, 1932,)页 158,注 34,页 159,注 45, 49, 55。

③ 道伯,《剑桥法学期刊》(Cambridge Law Journal, 6, 1937),页 217 以下。

④ Kaser,《古罗马法》(Das Altrömische Ius, 1949),页 286 以下。

满。不管怎样，如果在一种不同的名目下勉强处理这样的案件，我们的论点就得到了有力的支持。因为它们没有成功，所以，那种可能与释免有关的情形在此便不可能。

关于条款 adgnatus proximus familiam habeto［最近的族亲应继承死者的遗产］的处理，则没有例外（《盖尤斯法学阶梯》，3.14，23，29）。当然，在古典法律当中，术语 adgnatus proximus［最近的族亲］的意思仅限于"最近的男性族亲"；这当然阻止了女性获得法典曾授予她们的权利。用推测来替代具体文字似乎是轻率的做法，① 不过，我们还明确地读到，长久以来，这个术语用来不加区分地指涉男性和女性，这自然是恰当的。只是从公元前 2 世纪中叶开始，这个术语所指的内容才不适当地压缩，但是即便这样，这也不是解释者们自发的行为，而是为了使这个条款符合沃克尼亚法（Lex Voconia），② 后者通常不利于女性的财产积累。类似地，在古典法律当中，"最近的族亲"的意思明确指"唯一最近的族亲"，甚至，如果这位继承者死于接受或拒绝之前，没有 Successio graduum［继承顺位］，那么遗产就不能给予次亲者。如亚伦（Yaron）所言，③ 这是

---

① 参《法学家保罗的学说》（*Pauli Sententiae*）4.8.20（22），《尤士丁尼法学阶梯（或译法学总论）》3.2.3a，《尤士丁尼新法典》（*Codex Repetitae Praelectionis*）6.58.14.1。Zulueta 编译，《盖尤斯法学阶梯》（*The Institutes of Gaius*）1953，第二卷，页 122 以下，他采用方法我们不能追随。另参 Buckland，《罗马法教程》（*Text - Book of Roman Law*），第二版，1932，页 369 的说法则是合理的；对 Buckland 来说，这一部分恰好可以证明，他从精练清晰的判决出发，丰富自己长期的学术发展能力，其中包括所有必需的学术储备。

② 这是《法学家保罗的学说》中 Voconiana ratione［沃克尼亚式推论］的含义，Lex Voconia［沃克尼亚法］一定包含了一项条款，这项条款难以协调最亲近的女性族亲的权利，因此法学家们就作出这样的解释。

③《法学史杂志》（*Tijdschrift Voor Rechtsgeschiedenis*，25，1957），页 384 以下。

一个人为的词义限定,《十二铜表法》的确设想了继承顺位。但是,这个限定并未实施,直到共和国晚期,随着执政官的改革,为了有利于同宗者,继承顺位才开始实施。那么,"最近的族亲应继承死者的遗产"的案例就不能作为证据,证明在《十二铜表法》后最初的两个半世纪里通过曲解而废除了实际权力。

我们无法断言,什么东西碰巧使得法律诉讼系统一直得不到缓解。事实是,从公元前3世纪后半叶开始,出现了多种宽松的情形,而且,从公元前2世纪开始,引入了一种模式系统,这种系统拓宽了执政官的权力,他能够更新律法,这就出现了一个完全不同的局面。对此我们不必深究。此处只需表明,早年,罗马通过 nulla actio sine lege [法外无讼] 的高压方式而获得法律保障,如今,这种保障则用其他更适宜的途径来实现:即由迄今为止学识渊博、经验丰富的世俗法学家来掌控法律的公共发展情况,或者这种可能性:如果一个执政官不关注公共利益,便在下一年选举一位不同派别的执政官;如此等等。

二、法利赛人和撒都该人

我们现在转向犹太法(Jewish law),但对公元前1200年至公元前600年的流放之前的年代,我们所知甚少。我们确知的少量事实表明,犹太法规以一种十分合理的方式得到解释。我们在任何地方都不会发现对法律意义的任何扭曲。

与在早期罗马相比,犹太法大概不大需要这种曲解。前文引述过的《典章》(Mishpatim)这样的法典,尽管其编纂目的也许类似于《十二铜表法》,但是,考虑到政治和地理环境,这部《典章》不大可能曾经确立过一个关于法律诉讼的严格系统。去中心化、不同区域与部族中心之间相互抵触的主张、习俗的巨大作用、神谕和神职人员决议的介入、法官的审判（cadi justice）——所有这些因素都妨碍了犹太人发展出罗马那样有条理的法法。不过，即使犹太律法中曾经存在法律诉讼，它也不会像罗马人那样僵硬：在小型的希伯来部族中，在日后的两大王国中，通过立法的方式进行改革似乎十分容易——《圣经》中无数的立法成分可为证据。

  无论如何，从流放归来时，大约在公元前六世纪中叶，摩西五经中记录的律法被称赞许为犹太教中唯一的根本之法（constitution）。当然还有其他的约束规则。但这些规则与摩西五经截然不同。起初，对于新组成的社群中的大多数人来说，承认摩西五经仅仅意味着不能去做或传授与经文冲突的事情。它不会阻止宗教领袖与先知们制定和认可新增的习俗或宗教信条。实际上，情形或许是，流放归来的移民们在返回之后，已经积累了一定数量的新习俗和信条；而且，随后的四个世纪里，一个壮观的基本全新的信条与准则体系的建立令人印象深刻，其中部分内容看起来像是对经文教诲的引申或修正——比方说，禁娶祖母①——但是，其

---

  ① 《密释纳·收继婚》（*Mishnah Yebamoth*）2：4，《巴比伦塔木德·收继婚》（*Bab. Yebamoth*）21a。我们不能赞同 Epstein 的看法，参氏著《圣经与塔木德中的婚姻法》（*Marriage Laws in the Bible and Talmud*, 1942），页 236, 254 以下；他认为祖母婚是律法允许的，直到后流放时期的先知们禁止为止。《圣经》法典中所以不谈及祖母，原因大概在于，即使是那个时代，祖母也必然比她的孙子年长大约四十岁，乱伦几乎不可能：小女孩的情形则相反。撒马利亚人虽不认可先知们的教诲，也许仍然禁止了祖母婚；无论如何我们也不能指责拉比们漠视了这点。由于他们是拘泥字义者，某人可以困惑于他们是在什么文本中看出禁令的，如果他们有的话。可能他们强调了术语"母亲"（在《利未记》19：7 中出现了两次），并且宣称这个词语包含了祖母。在一个案例中，他们认为"兄弟"意味着"亲属"，而且实际上并不包括狭义上的兄弟，参见下注书，页21。

他内容则没有以经文为基础，甚或是——无论以任何一种对文本的客观阅读来判断——都是与经文发生冲突的内容：对复活的信仰、给改宗者施洗、涉及祷文的规章、饭前洗手、改革死刑方式、以金钱赔偿代替复仇等。

本质上，这个渐渐积累起来的庞大新法系统之所以能够产生效用，是因为人们尊敬创造者与维护者的智慧与虔诚。他们备受尊重，无论事宜大小，他们都能通过正确的指导而给予恰当建议。他们并非《旧约》当中完整意义上的先知，所以不能以上帝的口吻说话，但是，他们身上依然有一丝预言的痕迹，他们的判决依旧受到神的启示。摩西五经中的典型法令采用了"你要"或"你不可"的形式。现在一个更为缓和的命令式变得流行："某人应该"或"某人不该如此这般做"。但即便是这样缓和的形式也极具权威，它所指明的方向，就是你应当采取的方向——"某人应该"，"某人不该"——并且通常不需给出理由：如果你不顺从，那么，你将会被直接摒除在事物的正当秩序之外。①

不久之后，在公元前2世纪爆发了反抗叙利亚人的马加比革命（Maccabeans Revolt），我们有充分证据表明，当时流行的关于安息休（Sabbatical rest）的律法如何进行改革，改革这项律法的目的，是在遭到敌人袭击时可以作战。②的确，这项流行的律法自身具有非经文的性质：不过，在流放前的时期里当然也不会禁止自卫行为。再者，当时的情况非常特殊，而改革者们可能会指出一个悲剧性的遭遇，也就是说，依循保守的方式将会陷入灭顶之灾。（托勒密一世时期的

---

① 拙著《新约与拉比犹太教》，页90以下，对比《牛津历史神学社团会刊》（Proceedings of the Oxford Society of HistaricalTheology, 1944/5），页36以下。

② 《马加比一书》（1 Maccabees）2：39以下。约瑟夫斯，《犹太古史》，12. 6. 2. 276以下，13. 1. 3. 12以下。

一个类似的遭遇则没有导致改革,① 至于私斗案例中是否具有自卫权,即便在马加比兴起之后两百年,仍旧含混不清。②）但我们要注意激进的马提亚（Mattahias）及其同伴在引领变革风潮时占有的个人优势地位,我们还要注意,他们并未诉诸任何《圣经》文本。

也许,有些人从一开始就未能分享移民者们的热忱和他们对于这些发展的精神继承。马加比时期出现了一个严重的分歧。一方面,随着政治拯救的幻景消退,大多数人越来越专注于对神圣体系的详尽阐述。另一方面,某个贵族少数派则越来越公开怀疑传统力量缺乏经文的权威。最终,法利赛人和撒都该人联合各自内部的力量,以便互相对抗。

认为撒都该人拘泥字义,严格遵循成文法的字句,这是一个常见的错误。③ 的确,他们拒绝承认法利赛人研究的大量口传法。但这并不意味着他们拘泥字义。这意味着,关于经文未能涉及的问题,他们喜欢通过自由理性的建议以及反驳、试错来推进。而在经文明确发表了意见的情形下,他们喜欢坦率、合理、灵活的解释。根据约瑟夫斯（Josephus）的记录,"他们把与老师争论视为美德"（《犹太古史》,18.1.4.16）。

这样解经的结果有时比法利赛人的教诲更接近经文的出发点,在撒都该人看来,法利赛人的教诲非但不是因字义解诂而来,反倒经常过于背离经文。在蓄意伤害的案例中,撒都该人支持摩西五经中清晰阐明的复仇原则（《利未记》24：19 以下）："他怎样行,也

---

① 参见约瑟夫斯,《犹太古史》,12.1.1.4 以下,《驳阿比安》（C. Ap.）,卷1,章22,页 210 以下。
② 参约瑟夫斯,《犹太古史》,18.9.2.322 以下。
③ 拙著《新约与拉比犹太教》页 255 也犯了这个错误。基于这个误解的具体论证是站不住脚的；幸运的是,主题没有因此而受到影响。

要照样向他行，以伤还伤，以眼还眼，以牙还牙。"法利赛人则代之以金钱惩罚。① 撒都该人的解释并不狭隘，反而很合理。在智者与圣人的支持下，正是法利赛人的实践废除了旧的原则。

当前的误解的原因在于，在过去的一千年当中，大概那些记叙犹太史的人，无论是否为犹太人，都通过法利赛人的视角进行审视。法利赛人的结论已为人接受，并且总体来说，是自然勃发的，源于充满活力的自由注疏。撒都该人的不同之处在于，他们必须是文字的坚守者。对于"以眼还眼"的法利赛式处理非常流行，经常被引为关于律法发展的绝佳范例。律法发展是一个文本与律法状况的 ex post facto［事后的］和谐，根本不同于它们思考的对象，但它与经文产生关联的方式却不是字面或自由的解释，而是曲解；它包含了最令人困扰的歪曲。比如今日，为了凸显谋杀警察行为的恶劣，似乎就必须把凶手送去大学研习伦理学。

我们很容易从同样的律法分支当中找到诸如"以眼还眼"的例子，法利赛人正是从这些例子出发，坚持早先的实践，撒都该人则继续前进——尽管如前文所言，他们从未踏入那些歪曲的范围之中。

根据摩西五经，对作伪证的人的惩罚是，要把他带到被告的面前。依照法利赛人的看法，只有当诉讼不成功时，证人才要遭受这样的惩罚，而依照撒都该人的看法，只有当诉讼成功才会这样惩罚。② 法利赛人依据条款"你们就要待他如同他想要待的弟兄"，强调措辞"如同他想要"。撒都该人则依据结语，"要以命偿命，以眼

---

① 例如《密释纳·第一门》8：1，关于《出埃及记》21：24 的《〈出埃及记〉经解·损害》（*Mekhilta Nezikin*），第 8 章。

② 从某时开始，甚至是法利赛人都要求为作伪证负责，对被告的判决必须已被经宣布——尽管尚未执行：参见下文页27。

还眼"等等，认为这预先假定被告已实际上失去了他的性命或者眼睛。①

撒都该式解经绝非粗暴；比如，有些学者例如芬克尔斯坦（Finkelstein）②依然认为，撒都该人所做的是纠正错误，而法利赛人的解经则是改革。然而，这只是种相对粗糙的法利赛人观点，虽然也与本义相符。

摩西五经的条文只是没有考虑到——没有达到汉谟拉比法典（Code of Hammurabi）或亚述法（Assyrian law）的程度（汉谟拉比法典2以下，亚述法18以下）——一个无辜的人确实被处死或夺去眼或手的情形。首先，它假定了这种情形不会发生。我们必须注意，在那个时代，这将会是最难处理的案子。一旦施行这样的惩罚，这件事就不仅与当事人有关，还涉及法官们和实际参与诉讼的所有社会成员。有一个更为深刻的因素在起作用。作伪证的罪行不是一种普通的企图损伤或杀害。一般而言，在圣经法中，这样的企图根本不可惩罚。不可惩罚的目的是为了形成某种公共机制，以保卫社会抵御外敌。一旦你开始冒险，这个机制就会起作用。在你与你控告的人之间将会有诸如单打独斗、决斗或考验之类的情况。如果你们当中的一个人有理，另一人将会败诉——而非一个接着另一个都受惩罚。③甚至律法用语都有点让人联想起作战："若有凶恶的见证人起来"，它在此似乎不仅意味着"在集会中

---

① 《申命记》19：16以下，《密释纳·处罚》（*Mishnah Makkoth*）1：6，《巴比伦塔木德·处罚》（*Bab. Makkoth*）5b。

② 芬克尔斯坦（Finkelstein），《法利赛人》（*The Pharisees*），1940，卷1，页144。

③ 在《出埃及记》22：8中，借贷者之间的诉讼由神谕裁定（参见下文页24），也许双倍赔偿被强加给"两人中发现有罪的那一位"。

起来"；它还是一种战斗的声音。① 经文继续说到"这两个争讼的人"——意味着证人与被告。(顺便提一句，在"以命偿命"等规则中，我们发现模糊的介词"是"［be］代替了"他哈"［tahath,"在下面"，"在某地"，"代替"］，具体位置诸如《出埃及记》21：33 以下等处。我们或可认为，这更适合于这里的情况，因为这里没有实际遭受的损失。②)

依据盖格（Geiger）的看法，③ 拉比们的原初材料在描绘法利赛人的态度上弄错了。他声称，只有当一个作伪证的人不成功时才进行惩罚，这是荒谬的做法，因为这违背了任何道德感受。如果他作伪证没有成功，或者他的行为导致了被告的死亡或伤残，在这两种情况下，法利赛人的观点必定是惩罚这个伪证者。对此芬克尔斯坦表示赞同。

但这些原初资料并不含混；④ 而且，盖格和芬克尔斯坦是从十九或 20 世纪的立场进行论证，没有考虑到以下三个方面的内容：斗争的因素；某种解释以正式的说法中谈到，法官在有关性命或身体的案件可能错判，但这种说法令人反感；为避免整个社会都被卷入冲突而结束一桩案件，这在古代社会极其重要。中世纪的西班牙注疏者们考虑到，如果法庭一开始处死了被告，接着又处死了证人，那

---

① 在之前的 19：15 中，动词出现了两次，第一次在某种程度上位于"在人群中起来"和"起来指证"之间，后者是完全不同的意思"才可定案"："不可凭一个人的口作见证，总要凭两个人的口作见证才可定案。"
② 参拙著《圣经法研究》(Studies in Biblical Law)，1947，页 130。
③ 盖格，《圣经的起源和翻译》(Urschrift und Übersetzungen der Bibel)，第二版，1928，页 140。
④ 例如，《密释纳·处罚》(Mishnah Makkoth) 1：6："他（被控告的）兄弟还活着。"

么，人们就会不大尊重正义和惩罚，①他们这样解释律法时无疑富有洞见。无论如何，对早期拉比的材料的描述，见之于比较法的研究，也见之于约瑟夫斯的史书（《犹太古史》，4.8.15.219）——约瑟夫斯提到，错误的控告"将反受其害"。下文讨论的苏珊娜（Susannah）与长老的案件中，原告被处死，他们的谋划当然也失败了；但关于他们导致受害者死亡或伤残后作伪证者是否被责问的问题，却在任何地方都没有记录。②

不可否认，关于作伪证，撒都该人依照对犯罪既遂及犯罪未遂的普遍处理方式，令相关的法律更富理性。他们依据这个法律所做的解释和法利赛人根据"以眼还眼"所做的解释是不同的，二者的不同是，他们的新式（modernization）解读不会夸张地超越经文文本之外。这则法律法援引了同态复仇（talion）的原则收尾。撒都该人宣称，这表明的是，只有同态复仇原则能够真正应用的地方，作伪证者才能受到惩罚，也就是他确实作了伪证。这是一段站得住脚的

---

① Hoffmann，《犹太研究杂志》（*Magazin fur die Wissenschaft des Judentums*，5，1878），页12以下。倘若迈蒙尼德已经采用了这个方法，就可以解释他的观点，即在金钱惩罚或鞭笞的情况下，一个作伪证的人可以受到惩罚，即使他成功了：在此，一开始被责难的人可以得到补偿或平反，并且没有削弱公众信心的风险。在这一推论中甚至有一些历史事实，但我们此处无法深究细节。

② 在一点上，法利赛人引入了原始律法中没有的精确性：他们认为，作伪证者只有从针对被告的判决被宣布开始才可以得到惩罚——这便把可罚性限定在判决和执行判决之间。苏珊娜的故事吻合了这个设计（难怪它成了法利赛人的法律传说）：当她的原告们被证实作伪证时，她已被判决但仍然活着。约瑟夫斯知晓规定，将可惩罚者定义为"令人相信了自己的伪证"。（这是正确的译文，参Hoffmann，《犹太研究》[*Wissenschaft des Judentums*]，6。）也值得注意的是，没有迹象表明《马太福音》26：60以下，《马可福音》14：55以下中作伪证的人受到了起诉：他们的证词没有被列入针对耶稣的判决。这当然不仅限于圣经法。

解释。

　　实际上，非常可能的情形是，撒都该人很早就对向外部的影响持开放态度，比法利赛人早大约半个世纪就开始借鉴希腊化解经法，并且确立了大量适用圣经法规而又可以接受的典律。但撇开这里的具体问题，我们确实知道，他们能够极好地运用如 a fortiori ［强推论］之类的论证方法。

　　摩西五经指明，动物的主人主要为他的动物造成的损害负责。撒都该人将这条规则引申至奴隶主。① 他们的推理得以幸存。他们论证说，经文没有让动物的主人对他的动物负责，然而，经文上的确要求奴隶主担负对奴隶的责任——为之行割礼、看护他参加逾越节，在第七年解放他等等。那么，如果律法宣称他要对自己的动物负责，考虑到他本来没有这样的责任，那么，他就必须对他的奴隶更加负责，因为经文本来就规定了他的责任。② 我们无需在此深究法利赛人的回应（参见下文页 19）。显然，经文本身没有包含关于赔偿由奴隶造成的损失的义务。撒都该人通过一个自由的——也许是过度自由的——a fortiori ［强推论］，引入了这个重大革新。为了使他们显得褊狭，像卡拉派（Caraite）那样的字面义支持者们似乎完全错了。

　　顺带提一句，初看之下这也许显得奇怪，富裕的撒都该人，他们拥有的奴隶可能比法利赛人更多，支持由奴隶造成的赔偿责任。

---

　　① 《出埃及记》21：35 以下，《密释纳·手》（*Mishnah Yadaim*）4：7。
　　② 一个 a fortiori ［强推论］的准确模式可以多种多样。因而值得注意的是，相同的多样性（'eno dhin）出现在撒都该式的运用里，在《补遗·逾越节》（*Tosephta Pesahim*）4：2 处，希勒尔式 a fortiori ［强推论］的原型中——对此参见下文页 14——以及在由约瑟·本·塔达为了展现推理的谬误而提出的 a fortiori ［强推论］中，《不被接受的婚姻伦理行为》（*Derek Eretz Rabba*）卷 1。参见下文页 18。

然而，约瑟夫斯观察到了一个有趣的例证，"撒都该人甚至在他们自己人当中都是相当凶狠的"（《犹太战争》，2.8.14.166）。这个人丁不旺、特别而富有的群体倾向于严格的财产保护。我们该回到正题了。

撒都该人立场的一个重大瑕疵是它导致的不安全。尤其是，在成文律法未涉及的地方——而这部分内容的范围又很大——他们并没有赋予传统以权威的地位，他们一定发现，传统很难凭靠，也很难取得一致。法利赛人最大限度地利用了这一弱点；很可能就是在公元前100年1月的某一天，在一个只有法利赛人出席的公议会（Sanhedrin）上，撒都该法官们却无法给出论证有力的决议，这一天成为法利赛历法中的一个节日。①

另一方面，撒都该人的态度令法利赛人更加留意经文在何种程度上的变更是可行的。关于苏珊娜与长老们的传说意义重大，这是公元前1世纪早期的一个法利赛人的法律解释（大约与撒都该法官们未能做出有效判决同一个时候）。

苏珊娜这位贞洁的已婚女性，受到两个先前被她拒绝了的长老控告，他们说，意外看见她在一个情夫怀中。她的两名原告用《圣经》中的仪式性的方式，②一起将他们的手放在她的头上作不利于她的证词。她被判死刑，但当她被带出去行刑时，"一个天使赐予一位年轻人明辨是非的精神"。他呼喊道，法官们在审判她时"没有审问证人，没有探究确证"。他分开两位原告，并依次询问罪行发生在

---

① 《米德拉什·塔纳赫》（*Megillath Taanith*）；参见 Graetz，《犹太史》（*Geschichte der Juden*），第五版，1906，卷3，上篇，页126以下，下篇，页567以下。

② 《利未记》24：14，《列王记上》21：13。的确，在《利未记》24中正式的证词是执行的一部分，而在《列王记上》中按手礼未被提及。

哪种树下。一人说是乳香黄连木，另一人说是圣栎。这个矛盾说明他们作了伪证，苏珊娜得救了，而两名长老顶替她受了死刑。（没有人暗示，也许年轻人就是情夫。）

这个故事的目的是确保接受新的听证法（method of hearing witnesses），即证人相互间的隔离。这是后期拉比法典中规定的方法，①《马可福音》也可能以此为前提（14：56，59），马可告诉我们，耶稣因拆毁圣殿的言论而被控告，但控告因为"见证各不相合"而无效。顺便提一句，虽然在欧陆刑事诉讼中，证人必须在另一证人不在场的情况下听证，②但英格兰允许法官采用前苏珊娜时期的方法——如果他们愿意的话。一度是拉比式的苏格兰法虽然已经向英格兰法转变，但是，讯问前一位证人时另一位证人可以出庭的情形，还是可能为苏格兰所不允许，除非法庭认为后一位证人没有因此而受到不恰当的引导。③在这个问题上，英格兰法的态度无疑与交叉讯问（cross-examination）的作用有关。

根据苏珊娜这个故事的作者的设想，人们凭借怎样的基础才会接受变革呢？——当然，这个案例中的美好结果不能算在内。人们之所以会接受这个故事，最关键的原因在于那个年轻人的陈述，他声言自己的做法基于上帝授予他明辨是非的精神。在这里，我们碰

---

① 《密释纳》先贤（Aboth）1：9，公议会（Sanhedrin）5：4。我们应该注意，西蒙·本·什塔（Simeon ben Shetach）在《先贤》1：9中所说的超出了新的规定。新规定旨在分开证人，从而他们中的任何人都不可以从他人那里得到暗示。西蒙在此说，除此之外，法官自己也应该留意不要漏口风。

② 参见例如法国，条款，刑事诉讼法（Code de procedure penale）102条，条款，犯罪调查法（d'instruction criminelle）316条，还有德国，刑事诉讼法（Strafprozessordnung）58条。

③ W. J. Lewis,《苏格兰证据法指南》(Manual of the Law of Evidence in Scotland, 1925)，页120以下。

触到所有流放后的新习俗和教义的原初根基，或许在此一百年之前，这种根基就已经很充分。但此时，在撒都该人这种理论的持续压力下，甚至连法利赛人都开始为新近背离经文的解释寻找经文支持。因此，我们还有可能稍稍发现一点更多的东西：那个年轻人宣称，苏珊娜被审判时没有审问证人，没有探究确证。就是说，他提到了《申命记》中的律法命令着眼于求"真"而"细细探问"，并加以"查究"。只有通过新方法才恰当发现他暗示的这些律法。① 的确，我们现在可以说，他从经文中发现支撑的论据这个行为本身，某种程度上就是上帝授予他的精神所产生的效果。

（即《申命记》13：15，17：4，19：18 中提到的律法。《苏珊娜》48 中影射的是 13：15 而不是 17：4 和 19：18——在此无需深究这一偏好的缘由。此中的一致性则表明，anakrino［访问］对应于希伯来文 haqar，仅出现在 13：15；而 saphes［真］对应于 nakhon，出现在 13：15 和 17：4，但七十子译本将其从之后的经文中略去。凯［Kay］用"真理"来翻译 saphes，② 但这并不十分准确。诚然，'emeth［真理］也出现在 13：15（以及 17：4）中，但七十子译本将其译为 alethes［真实］。值得注意的是，haqar 在《密释纳》中是专门术语，指涉证人的至关重要的访问，关于犯罪的时间及地点［《先贤》1：9，《公议会》5：1 以下］。）

三、希勒尔

半个世纪之后，大约在公元前 30 年，所有时代中最伟大的法利

---

① 参见道伯，《国际古人类学期刊》（*Revue Internationale des Droits de l'Antiquite*，2，1949）页 201。

② 参 Charles 的《次经》（*Apocrypha*），1913，页 650。

赛学者希勒尔，费了一些力气，说服他的族人相信，撒都该人的主要观点必须得到承认：即原则上，在经文之外，不存在有约束力的法（binding law）。但他的说服如下：他向他们表明，承认撒都该人的观点也不会失去什么；他还通过有力的系统阐释来说明，摩西五经能够推导出许多世纪以来为宗教领袖和先知所认可的整个传统惯例。实际上，他解释道，甚至以这种方式复原口传中被遗忘的部分都是可能的——比如，根据传统的规定，安息日（Sabbath）必须严格遵循不献祭的经文规定，但是，如果逾越节（Passover）的日期恰逢安息日，就必须作献祭。例如，有人也许会提出一个 a fortiori［强推论］：经文没有规定这样的惩罚——要剪除不献日常燔祭的人，但经文的确规定了这个惩罚——要剪除不献逾越节的人（《民数记》9：13）。由于经文明确规定，日常燔祭优先于安息日（《民数记》28：10），逾越节就必然更具优先地位（《补遗·逾越节》4：2）。

之前，我曾有幸在此作了一次演讲，当时，关于希勒尔对成文法与口传法之问题的一般解决途径、他宣扬的解经七则——根据类比、语境、普遍和特殊术语的顺序等做出的 a fortiori［强推论］，我详述了两者中显而易见的希腊化修辞术要素。我同时强调，希勒尔发现的那些有用的外来观念，在他手中却具有了彻底的犹太化特征。虽然这个演讲已经过去十二年了，恐怕也不会有人记得我说过的话，但我也不希望重复这些相关要点。① 在此，我们只需注意他的成果做法的效果，以便和罗马人的做法进行一个比较。

由于他的做法相当成功，拉比们的任务——他们为此任务已经

---

① 参见《希伯来联合学院年鉴》（*Hebrew Union College Annual*，22，1949），页 239 以下，以及《莱瓦尔德纪念文集》（*Festschrift Lewald*，1953），页 27 以下中的续刊。

努力了一段时间——便在于，将积累的所有经文之外的规定以及任何必要的新规定，都植根于摩西五经的基础之上。初看之下，这个观点非常容易让人想起潜在的 legis actio［法律诉讼］；但是，犹太人的情况非常特别，我们对比一下他们与罗马人的处境就能明白。

在罗马，任何立场或申诉都需要有法定基础，这是公元前 450 年至公元前 200 年这个罗马相对较早年代的时代特征，当时的社会是自给自足的小农经济；当这些条件改变时，这个体系便被另一个灵活的程式化体系所取代。大约公元前 30 年，在一个先进的、希腊化、都市化、商业化的阶段，犹太法变得具有法律约束力。在罗马，甚至是 legis actio［法律诉讼］期间，如果有必要的话，可以在既有法规中增加新法，从而起到改革的效果。由希勒尔建立的犹太体系尽管有一些漏洞，但却是封闭的，也没有立法机构。在罗马的 legis actio［法律诉讼］期间，任何立场或申诉都必须基于的法规多少都包含了某些新法。在希勒尔的时代，摩西五经律法中的相当一部分——例如《典章》——都有大约一千年之久，而它距离摩西五经得到那些流放归来者的最终承认，也已逾四百年。但是，摩西五经将会承载所有宗教律法和世俗律法的重量，这些律法大约在公元前 30 年盛行于犹太人当中，甚至未来某个时段的律法发展也都脱胎于摩西五经。我们可以略带夸张地说，法学家保罗（Paul）或尤士丁尼似乎已经决定了，所有当时和未来的律法都必须基于《十二铜表法》，我们或许还可以略带夸张地说，可能正是由于《十二铜表法》才在实际上催生了无名合同（Innominate Contracts）、Fideicommissa［遗产信托］、公理系统（formulary system）或 cognitio extraordinaria［特别调查］、君主与他妻子的权利、基督教会的法律地位等内容。因为 legis actio［法律诉讼］与希勒尔对法规的坚持之间具有强烈的表面类似，所以，关键点就在于我们一定不能忽视两者在目标与方向上深刻的差异：legis actio［法律诉讼］被设想为一种保障，有些标准未被社会所接受，法律诉讼就要为此而提供法律保障；不同的是，希勒尔努力为一系列判决寻找到成文法的约束力，因为这些判决 de facto［事实上］早就为大多数人所承认，只是少数顽固的人依旧否认。

毫不奇怪的是，在这种政制文化下，大量拉比注疏都具有这种罗马释免案例的典型风格，即《十二铜表法》中关于刑事规定的扭曲解释转变为对新的律法机制的授权。也就是说，它既不是对文本的字面解读，也不是自由解读，而是曲解。比如，在安息日作战、改宗者受洗、饭前洗手、新式死刑以及用金钱赔偿来代替复仇等等。

希勒尔曾经从经文中证明，一场犹太人发动的围城之战无需于安息日中断。与马加比革命时代的改革所能承认的程度相比，希勒尔的证明的确是一个更加重大的特别解释——一种抵御直接攻击的权利。希勒尔引述《申命记》："唯独你所知道不是结果子的树木可以毁坏、砍伐，用以修筑营垒，攻击那与你打仗的城，直到攻塌了。""直到攻塌了"，希勒尔解释说，这意味着在安息日也不停歇。① 之后，我们发现了大量文本致力于为更加普遍的主张服务，即人命比安息日更重要。例如："故此以色列人要世世代代守安息日为永远的约。""世世代代"被用来指"每个人在他那一代中"；如果有必要去救一个人，那么你只得亵渎安息日，以便他可以在他的余

---

① 《申命记》20：20，《补遗·艾鲁宾》(Tosephta Erubin) 4：7。我们可以注意到，希勒尔基于一种客观的理解利用了一些条款，它们无益于律法且在他之前很可能被搁置不用；对比上文页 6。一支犹太军队不可以在安息日发起战斗，也是约瑟夫斯的前提（《犹太古史》，14.4.2.63， 《犹太战争》，2.21.8.634，《生平》(Vita)，章 32，页 159。这项规定在《犹太战争》，卷 2，章 19，节 2，页 517 以下所描述的场合里被忽视了。

生,在他那一代中遵守安息日。① 抑或是,"你们要守我的律例。人若遵行,就必因此活着"。"就必因此活着"——而不是去死,因此,没有生命可以为了安息日的缘故而被牺牲。②

《圣经》没有提到过改宗者受洗;它发生于回归之后,当时尤其是针对女性的情形,嫁给犹太人的少数情形不再是罕见的情况。③ 拉比们依然在《圣经》当中找到了证据——在关于以色列人自己订立西奈山之约(Sinaitic Covenant)的章节中;偶尔在涉及接触尸体或死者复活的《圣经》规定当中,改宗犹太教的情形要优先于被比作起死回生的那种改宗(参见拙著《新约与拉比犹太教》,页106以下)。

饭前洗手是一项传统认可的经外习俗,我们可从《新约》中有所了解。但饭前洗手始终是成问题的,而且还有位拉比明确发布禁令:在缺少文本的情况下,在手不洁净的问题上,不允许质疑先知的权威。若以"自洁成圣"这则劝诫为基础尝试进行解释,只会强调这个习俗的危险本性。④

《圣经》的死刑方式是砸死和烧死。临近前基督纪元末期,因为基于肉体复活上的压力,法利赛人开始改变,将绞死作为标准方式:这样可令骨架完整无缺。同样的变化导致了对第四福音书的关注,

---

① 《出埃及记》31:16,关于《出埃及记》31:13 的《米德拉什·安息日》(Mekhilta Shabbata), ch. 1,《巴比伦塔木德·赎罪日》(Bab. Yoma) 85b。
② 《利未记》18:5,《补遗·安息日》(Tosephta Shabbata) 15:17,《巴比伦塔木德·赎罪日》85b。
③ 将《以斯拉记》9以下和《尼希米记》13:23以下中所反映出的态度与更为单纯古老的态度相比,比如说,《申命记》20:14,22:10以下,或《路得记》。
④ 《利未记》11:44,20:7,《马太福音》15:2,《马可福音》7:3,《路加福音》11:38,《密释纳·证据》(Mishnah Eduyoth) 5:6结尾,《巴比伦塔木德·祝福》(Bab. Berakoth) 53b。

因为在第四福音书中，耶稣的双腿是完好的。① 拉比们如何从经文找到支持绞刑的证据呢？推理如下：《圣经》经常提到上帝以死罪惩罚罪人。在这个例子中，身体上不要有能够看见的损伤，因此，经文中提到人遭受的死刑也必定没有可见的损伤。②

我们已经引证了摩西五经的律法规定，规定对蓄意伤害进行复仇："他怎样行，也要照样向他行，以眼还眼"等等。法利赛人替之以金钱赔偿。但是，他们必须证明，金钱赔偿是经文最初的构想。这并不容易。他们充分利用了这一事实，即这条律法恰好与另一条律法一起出现：杀了他人的牲畜而做出赔偿——明确的金钱赔偿。因此，法利赛人论证道，在伤害人的情况下，也必须是金钱赔偿。然而，这导致了更进一步的问题，即便考虑到了金钱赔偿，为何初看之下《圣经》采用了一种指向不同方式的构想；而且，还必须引入更多的微妙之处以进行解释。

很大程度上，由于广泛应用这种曲解方式，再加上由此导致的杂乱，拉比的论述在普通的现代读者看来，实在太过混乱不堪。为了能够理解，你或者必须成长于这种文化，这样你就会把牵强附会的解释接受为自然的理解，或者，你必须理解历史语境，以便理解产生这种牵强附会的需求何在，理解它的目的何在。

让我们再看一个财物损失的例子。我们从一开始就注意到，涉及私法的古代圣经法典并没有规定，如何处理一个人本人造成的损失；法典规定的只是，一个人的牛或他挖的坑或从他自己土地蔓延到邻居土地上的火所造成的损失。拉比们将财物损失法的大部分内

---

① 道伯，《新约》，页 303 以下，《长老研究》（*Studia Patristica*，Oxford，1957，2），页 109 以下。

② 关于《出埃及记》21：15 的《米德拉什·损害》，ch. 5，《巴比伦塔木德·公议会》52b。

容依托于这个法典,包括了一个人本身成的损失。[①] 法典区分了初次造成损失的公牛和已经因好斗而众所周知的公牛,前者的主人要对一半的损失负责,后者的主人则要负全责。拉比们的解释是,好斗的公牛代表了可能会造成损失的任何生物。人被纳入这个主题之下。而在这个主题之下,一个人因他本人造成的任何损失担负全责就有了经文基础(《密释纳·第一门》1:4,2:6)。

我们试着想一想:如果根据一个法律系统的标准,你造成了corpore corpori[以身体实施至身体]的损害,那么,你就qua[作为]一头被确证的公牛而担负责任,也就是说,因为他之前造成伤害,所以被确定为一头公牛。

引人注目的是,这些都起到了作用。为了在圣殿毁坏、国族毁灭,背井离乡和命运颠沛之后能够继续存在,法利赛主义的生活方式和教义变得更有力量;但撒都该人的主要需求虽然得到了展现(虽然似是而非),但他们迅速失去了影响。再者,成文法与口传法的拉比式混合尽管对门外汉而言是个迷宫,却明显证明改变是可行的,也能够适应新的变化,投身时代的洪流,并起到推动的作用。这正好表明,法学其实和诗歌中一样,你几乎能够在其中随心所欲地制定规则——只要你有足够的天赋去驾驭,那么,你的法学作品就会令人满意。当然,在犹太人的历史中,想象力丰富的人总是不断涌现。

我们不希望给读者这样的印象:犹太教律法的进展是这么一种独一无二的类型——首先是实质性的改革,改革的内容与经文的关系则是 ex post facto[事后]进行证明。显然,这种做法以强烈的真

[①] 道伯,《莱勒纪念文集》,前揭,页257;《杜兰法学评论》,前揭,页374以下,页404。

诚贯彻始终，并且详尽阐述、完善摩西五经的戒律。在希勒尔之前的几百年间，人们反复研读神启，进行巨细无遗的研究，所有律法均备受检视，考察其显白含义，考察这一律法与其他律法的关系。比如，关于牛所造成的或对牛造成的损害之规定的引申，并没有生造的内容——下一节论撒马利亚人时，我们还会思考这个案例（不过，拉比们在这里为引申进行证明时，也没有必要使用古代的论证方式）。撒都该人将由牛造成损失的规定引申至奴隶所造成的损失，这种做法甚至也应在某些程度上归功于对原初条款更为深刻的运用。

不过，在流放归来的时代与希勒尔的时代之间，在经文之外附加某些内容这种改革做法起到了重要的作用。实际上，关于是否可以在安息日作战、为给改宗者受洗、饭前洗手、将绞死作为死刑的方式，或是——下一节将要讨论的问题——肉身复活等等，摩西五经并不包括对这些情况或明或暗的提及；其实，摩西五经要求的是复仇。拉比们认为他们的观点和文本之间具有关联，但这种关联非常勉强，也证明我们对 per subsequentem interpretationem［借助随后的解读］这种方式是否合法的怀疑是有道理的。《典章》并没有规定，某位家长自己造成的财物损失应该如何处理。不过，我们不可能假设，如果火从他的土地蔓延到邻居的土地，或是他的牛吃去另一人的牧场吃草，他必须赔付，但是，如果他自己坏了另一人的犁，他却无需负责；同时，在这个案例中，人应该担负责任不可能一开始就以这个假定为基础：人可以被证明为一种危险之物，是一头具有攻击性的公牛。在《新约》时代前后，这些改革会为未来的长期实践提供基础。（太生硬的人为做法是——细细追问，拉比们是否不必去寻找一个更合乎道理的方式，比如，倘若一人杀死他人的牲畜，《利未记》［24：18 以下，引自上文页 4］中的条文判定了相关的赔偿；证明这一条文也适用于无生命的事物完全在拉比们的能力范围之内。在随后的年代里，拉比们也的确拓宽了这个条文的范围。但是，在初次尝试系统性为私法提供经文支持时，他们只从《圣经》中主要的私法汇编《典章》入手，并且以较为方便的内容开始。①

拉比们并非不知道他们工作的本质、其中的精妙与脆弱。大约编纂于公元200年的《密释纳》宣称，涉及乱伦与其他禁忌性行为的通行规定有着坚实的经文支持，所以，那些涉及安息日的规定"如群山悬于一发"（《节日祭品》[Hagigah] 1∶8）：大量此类规定都建立在少数梗概性的文本基础之上。

在《密释纳》编纂前的几百年，拉比约瑟·本·塔达（Jose ben Taddai）提出了一个 a fortiori [强推论]，试图通过 ad absurdum [归谬法] 而削弱整个拉比解经系统，他的论证的最高峰是这个证明：如果一个女孩的母亲还处于婚姻状态之中，那么，就禁止娶这个女孩。他的论证（《不被接受的婚姻伦理行为》[Derek Eretz Rabba]，卷1）如下。经文禁止我娶我的女儿，但我可以同她的母亲性交；同样，经文就更应该禁止我娶一个我不可以与她母亲性交的女孩，即她母亲依旧处于婚姻状态。因此，我就只能娶母亲是寡妇或离异者的女孩。

当时的公议会主持雅比尼（Jabneh）的迦玛列二世（Gamaliel II），将这名离经叛道者革出教门。不过，迦玛列二世做了一个漂亮的驳斥论证。他指出，经文多处规定大祭司"要娶处女为妻"（《利未记》21∶14）。现在，大祭司不仅和所有人一样，禁止与已婚妇女性交，他甚至不可以娶寡妇或离异者（同上）。因此，如果大祭司终

---

① 参见道伯，《杜兰法学评论》，页371，《新约与拉比犹太教》，页264以下。在后来的研究中，我们主张对辱骂的惩罚首先基于《典章》，《出埃及记》21∶24——这一发展阶段仍然可以从《马太福音》5∶38以下反映出来——在被归入摩西五经的另一部分《申命记》25∶11以下之前。

究要结婚,他就必然要娶一个他不可以与其母亲发生关系的女孩。而刚才这一节引用的经文,的确命令或允许他结婚;而如果大祭司可以娶一个他不可以与其母亲发生关系的女孩,那么,也必须这么允许一个普通的以色列人。因此,当一个女孩的母亲依然处于婚姻状态时,我还是能够娶这个女孩,约瑟·本·塔达的论证违背了成文法中一个明确要求。①

尽管我们在此不打算深入讨论拉比的语言,但是我们也许可以稍微提及,在原先的希伯来文中,迦玛列的辩护中有这样一句:"出去,并且读一读关于大祭司写下的条文:他要娶处女为妻,而我将同样规定所有以色列人。"

与我们的话题更相关的,是迦玛列驳斥约瑟·本·塔达的方式与一个更早的驳斥之间的重大差异,后者是法利赛人驳斥撒都该人关于奴隶的 a fortiori [强推论]。我们可以回想起,撒都该人曾经论证,经文声称一个人要为他的牛所造成的损害负责,尽管他对他的牛没有责任,那么,他必定更要为他的奴隶所造成的损害负责,因为他对于自己的奴隶的确负有责任。法利赛人回应道,我们不能从牛推论到奴隶,因为奴隶具有理智和能力,如果奴隶的主人负有责任,那么,这个奴隶可以严重损害第三方的利益,由此而蓄意毁损自己的主人。这是一种 reductio ad absurdum [归谬法]:依照法利赛人的看法,在一种极端情形下,撒都该人的提议将会得出一个不可忍受的结论。② 当约瑟·本·塔达提出他的 a fortiori [强推论] 时,

---

① 依然只是因为他招致禁令的动机。假如只是提出一个违反经文的论证,但不含恶意的话,也不会引起这个反应;可对比《密释纳·逾越节》(*Mishnah Pesahim*) 6∶2。

② 对比道伯,《罗马法学家们的归谬法》(Le raisonnement par l'absurde chez les jurisconsultes romains),递交给罗马法学会的演讲,巴黎,1958。

很显然，指出接受这一推论会导致婚姻锐减并产生一些令人不安的事情，还是远远不够的。相反，他清楚这一点，并准确提出他的论证，但目的是为了说明，如果人们通过类比等继承自希勒尔体系的方式，接受 a fortiori［强推论］的广泛使用，那么，不可忍受的结论也可以得到辩护。正是通过证明当约瑟·本·塔达的说法与成文法相冲突，迦玛列令他哑口无言。

芬克尔斯坦曾顺带提出，出于他们的平等信念，法利赛人才反对主人为他的奴隶负责：一个人不能对另一人负责。但是，他忽视了，他们明确引证《密释纳》中的内容为理由："如果我（主人）激怒了他（奴隶），他也许会去另一个人的谷堆纵火。"这就是说，他们担心主人会被一个恶意的奴隶所摆布。罗马人通过替代责任（Noxal liability）的方式来解决这个问题：主人始终可以通过交出作恶者来避免赔付。但是，有些体系（例如一些日耳曼体系）就规定了主人的无限责任，所以，法利赛人指出的风险的确存在，另外，还有一些没有规定这种责任的法律体系。①

芬克尔斯坦说，一般而言，法利赛人并没有富裕到足以蓄奴，所以他们对主人的责任没有兴趣。但无疑，一个法利赛人的财产也许会被某位撒都该的奴隶破坏。实际上，如果大部分奴隶都属于撒都该人，那么，只有撒都该人才愿意反对对奴隶的责任。事实是，法利赛人代表了普通的中层市民，害怕这样的责任会导致飞来横祸，相反，撒都该人为了严格的财产保护并不在意某些风险：这正是小资产阶级的精神与贵族式的粗心大意的对立，恰如前文引述的约瑟夫斯之言。无疑，撒都该人也觉得，一个人应该能够控制住他的奴隶。然而，这个问题没有影响到我们的主旨，即关于撒都该人的 a

---

① 对于比较法著作，可参 Kaser，《古罗马法》，前揭，页228。

fortiori［强推论］和它被反驳的方式。

从希勒尔开始的时代，一般来说，一条规定，即便是传统惯例，也为圣贤们所认可，但仍然不足以具有约束力。当然，如希勒尔自己所强调的，为了一种有序的发展，某些对于传统的依赖是不可或缺的。他接纳一位改宗者的要点就是，这位改宗者以只需遵从成文法为条件。① 第一天，希勒尔用正序教他希伯来字母表。第二天，他打乱字母的顺序，改宗者对此表示抗议。于是，希勒尔告诉他，如果他在字母表方面信任他，他也应该在口传律法方面同样信任。但是，我们要注意他是多么谨慎地选择类比。因为，最终，改宗者能够从文本中核实他的导师教给他的字母表。

此外，不可否认，先知们的个人威信依然很高。人们相信他们具有神迹，他们辩论时火焰漫天（道伯，《新约》，页206以下）。但是，他们必须给出具体章节，给出所得任何推论的基础，以此证明他们的观点。那位年轻人宣称，正确的听证法曾受奉上帝之命的天使所启示。但先知和神迹越来越少与律法的演变有关。大约公元一世纪末时，在论战中，拉比约书亚·本·哈拿尼雅（Joshua ben Hananiah）的对手由超自然的预兆支持，最后还得到从天而降的声音的支持，但约书亚·本·哈拿尼雅还是成功地拒不服从（《巴比伦塔木德·中门》[Bab. Baba Metzia)] 59b）：要通过明晰的正反论证来发现律法，并经由大多数专门之士的决议来最终裁定。这个理性诉求之下有一种信心，即审议在受到上帝祝福的正道中进行，而且一定会得出正确的结论（《密释纳·手》4：3结尾）：神圣的指引，虽然与原先相比不那么直接，但并未被排除在外。我们当然不应略

---

① 《巴比伦塔木德·安息日》（Bab. Shabbath）31a，参见道伯，《希伯来联合学院年鉴》，页244。

过不提的是，拉比的论证本身也基于经文，提到《申命记》中的一段说法（30：12）："这诫命不是你难行的，也不是离你远的，不是在天上"诸如此类。

四、撒马利亚人

现在我们必须回到公元前5世纪，那时，流放归来的犹太人开始在圣地重建生活，他们以摩西五经和从客居之国带来的惯例为基础。从一开始，异邦的习俗对于撒马利亚人而言就是一块绊脚石。撒马利亚人是犹太人北方的邻居，没有一同被放逐，他们源于以色列人和异教徒的融合，已经成为一个宣称是圣约真正传人的一神论族群。他们只承认摩西五经。

如果这就是全部，他们就不会要求区别对待，因为我们便可以直接说，对于撒都该人是正确的事物对于撒马利亚人也是正确的；实际上，两者有许多共同点，在许多律法和信条方面也采取了同样的路线。① 然而，有一个至关重要的差异。如我们所知，撒都该人用一种理性自由的态度解读经文，撒马利亚人则采用一种几近字面义的方式——仿佛他们是犹太教的主体，对其余部分进行剪除，或许，还对占主导地位的体系采取了夸张的对立姿态，因为这个体系包含了许多经文根本未曾呈现的内容。

我们可将逾越节禁令作为撒马利亚人注疏的一例："七日之内，你们家中不可有酵。"撒马利亚人从未将禁令从房屋延伸至院子；依

---

① 《密释纳·不洁》（*Mishnah Niddah*）4：2；Epiphanius，《驳异端》（*Haer.*），14；参见 Schürer，《犹太人的历史》（*Geschichte des Jüdischen Volkes*，第三版，1898），页18。

照他们的解释，你可以在逾越节将酵母储存在院子里——这是非常偏狭的解释（《出埃及记》12∶19；《巴勒斯坦塔木德·逾越节》[*Pal. Pesahim*] 27b）。

实际上，并不少见的情形是，一个具有若干含义的语词，撒马利亚人选择某个更适合他们解释的义项——即便这并非原初的含义，这样，他们就成功地有所改进。例如娶寡嫂的制度（levirate），娶无嗣遗孀本是亡夫兄弟的责任，却变成了逝者的朋友或远亲的责任。希伯来文 'ah［兄弟］，和它的英文译词一样，偶尔指一种较为疏远的关系。早前，他们将"死人的妻不可出嫁外人"翻译为"尚未嫁人但只是订了婚的死人的妻，不可出嫁外人"，以此削弱娶寡嫂制的效果。那就是说，他们将 hahusa［嫁人］作为形容词而非副词；这样的结果便是，死者的兄弟只有在遗孀与死者的结合尚未圆房时才必须娶她。而且，与法利赛人和撒都该人都不同，撒马利亚人一贯拒斥由类比以及诸如此类而来的 a fortiori［强推论］做法。

有时，某些现代著作认为，① 撒都该人在废除娶寡嫂的制度上赞同撒马利亚人，但这个看法毫无根据。没有任何原始材料暗示了这样的赞同。再者，拉比们虽然以撒马利亚人的态度视此为通婚的一种障碍（《巴比伦塔木德·订婚》[*Bab. Kiddushin*]，76a），但撒都该人通婚时从未在意过这一顾虑。最重要的是，撒都该国王詹尼亚斯（Alexander Jannaeus）与他的兄弟亚里斯托布鲁斯（Aristobulus）的遗孀缔结了转房婚（levirate）。② 撒都该式的经文解读并不属于撒马利亚式。

---

① 例如 J. A. Montgomery，《撒马利亚人》（*The Samaritans*），1907，页 187。

② 约瑟夫斯，《犹太古史》，13.12.1.320，《犹太战争》，1.4.85。参见 Epstein，《婚姻法》，页 90。

错误的源头是盖格撰写的另一篇极富价值与开创性的文章。[1] 他认为,撒都该人在肉身复活的问题上质疑耶稣,暗示了对娶寡嫂制的摒弃。[2] 但情况恰恰相反。如果他们拒绝接受娶寡嫂制,他们便不能将它用作反对复活的论据。但他们的确如此运用,即宣称复活与娶寡嫂制不可调和。他们公开反对的只有肉身复活,完全如传统故事所言:"撒都该人常说,没有复活的事。"(《使徒行传》中提到他们反对这一教义 [4:1 以下,23:8];在这点上,他们的确与撒马利亚人一致。)实际上,他们选择娶寡嫂制进行非难颇具代表性。他们没有提出妇人嫁了若干次的简单案例。对于这种情况,可以这样巧妙应对:好吧,一个妇人最好只嫁一次。他们说一个妇人嫁了若干次是律法所要求的,而且实际上是由他们认可的成文法的要求,其认可程度不亚于法利赛人:"摩西为我们写着说,哥哥若死了"诸如此类。(《马可福音》与《路加福音》比《马太福音》更为可取,后者为"摩西说"。但即便是《马太福音》也没有为撒都该人拒斥摩西这一假设提供最微不足道的辩护。)他们坚称,肉身复活的教义与经文规定相左——因为在复活时,一个妇人将会同时有若干丈夫,这当然不可想象。这是一个非常巧妙且非常严肃的论辩。他们以一种戏谑的口吻提出这个论证[3]——给妇人七个丈夫,即使两个也能够说明这一点,但这种戏谑不应让我们忽视其严肃性。

撒马利亚人的拘泥字义造成了一个有趣的结果:他们被迫去更改摩西五经的实际文本。如果你拘泥于一部法典的字面,针对新的

---

[1] 载于《犹太科学与生活期刊》(*Jüdische Zeitschrift für Wissenschaft und Leben*, 1, 1862),页 27 以下。

[2] 《马太福音》22:23 以下,《马可福音》12:18 以下,《路加福音》20:27 以下。

[3] 关于这一点,可参拙著《新约》,前揭,页 158 以下。

情况，你就不能通过注疏做出任何调整，那么，随着时间的流逝，一个修订本将不可避免地变成必需品。尤士丁尼的情况无疑非常不同。但同样的是，当他决定将数百年之久的古典著作用于他的伟大立法时，他公然授权委员会去做任何必要的修订。我们这里还无法确定，当撒马利亚人做出他们的修改时，他们在多大程度上相信他们正在复原真正的文本。

几个著名的更改涉及宗教问题。在《申命记》11∶30中，撒马利亚人在经文"摩利橡树"处增加了进一步的细节："靠近示剑(Shechem)"，他们的目的是让新增的细节成为文本的一部分——犹太人中的幸灾乐祸者曾经倾向于否认这个细节，[①]而这个文本，曾经作为（且依然作为）他们文化中心的地方，对于他们而言是唯一真正的文化中心。

再者，在《申命记》11∶9处，上帝向列祖起誓，应许地"给他们和他们的后裔"。因列祖在进入迦南地时已经去世，法利赛人便宣称，"给他们"的地这份应许，必定暗示了对复活的保证。这当然是一个旨在将他们的教义表现为经义的曲解。在原文中，祖先和后裔被认为是统一的，而后者的定居之地在某种意义上包含了前者的居住地。然而，关于这种法利赛方式，我们已经提供了不少其他的例子，就复活的重要问题而论，他们曲解了相当多的文本。在与撒都该人论战时，耶稣依据上帝对摩西的启示，"我是亚伯拉罕的神，以撒的神，雅各的神"。[②]因为神必定是生者的神，这些话便证明了列祖不能一死了之。撒马利亚人，如上文所言，没有以上述同样的

[①] 他们坚称，《申命记》11∶29以下的基利心山（Gerizim）和橡树与祝福有关，有别于撒马利亚人的《创世记》12∶6靠近示剑的基利心山和橡树。

[②] 《出埃及记》3∶6，《马太福音》22∶32，《马可福音》12∶26，《路加福音》20∶37。

方式强行解释文本，这些段落对于他们是最为棘手的。因此在《申命记》11∶9中，他们剔除了令人厌恶的"给他们"，这样，上帝只起誓应许地"给他们的后裔"——列祖便不再复活。

这两个例子具有特别的意义，因为拉比们在引用它们是为了说明伪造无效。① 拉比们嘲笑增加"靠近示剑"是多余的，因此即使没有它，也可以证明所指的是示剑，证明方法是通过希勒尔注疏法的一种——诉诸另一文本，《创世记》12∶6中重现了摩利橡树，并且位置是在平原。至于除去"给他们"，那没什么帮助，拉比们说，因为在经文中依然有其他对于复活的暗示，例如《民数记》15∶21。经文告诫我们，傲慢的罪人"要被剪除，他的罪孽要归到他身上"（《民数记》15∶31）。一旦他被剪除，死了，拉比们争辩道，他的罪孽如何能够仍旧归到他身上呢？他必将在复活日为之付出代价。

私法的一个主要修订值得注意（拙作《旧约研究》，页148以下）。非常可能在流放归来后的一段时间里，犹太人和撒马利亚人在私法领域里可以自由地与时俱进。少数《圣经》条款几乎与宗教领袖没什么大的关系——除非它们的确涉及宗教事务。然而，远在希勒尔之前，即便是摩西五经中的私法，也定然具有一个特殊的地位，如果说，拉比们认为摩西五经中的私法铭刻着一种答案，那么，这个答案正可以回答我们从直接财物损害的例子中看到的每一个问题。依然有大量的私法从未获得神圣的性质，比如说，涉及婚姻或安息日的规定——不过，我们无需在此讨论这种现象。②

---

① 《巴勒斯坦塔木德·通奸》（*Pal. Sotah*）21C，关于《申命记》11∶30的《隐秘之书》（*Siphre*），56章，《密释纳·通奸》（*Mishnah Satah*）7∶5，《巴比伦塔木德·公议会》（*Bab. Sanhedrin*）90b。

② 参拙文，载于《杜兰法学评论》，页359以下。

撒玛利亚人，作为拘泥字义者，不能仅仅满足于一部法典如《典章》——摩西五经中最主要的私法部分，甚至可以追溯到约公元前 1000 年。他们使它更适应时代（modern）。他们拓宽了古老而又有限制的案例内容，将"这人的牛若触了那人的牛"替换为"这人的牛，或他的任何其他牲畜，若伤了那人的牛或他的任何其他牲畜"，或是将"那牛素来是触人的"替换为"那牲畜素来是伤人的"。同样，他们也更替了陈旧的制度，将 'elohim［埃洛希姆］——指通过神谕对诉讼进行判决——替换为四字神名 yhwh［雅威］，他们通过这样的替换而引入了誓约。

相较于犹太人，撒玛利亚人的经文解释无疑提供了更好的律法。但这并不能如评论者们一度所以为的，可以作为撒玛利亚人的经文解释具有优先地位的辩护理由。相反，我们必须诉诸一个稍微扩大了的 lectio difficilior［宁取较难读法］的原则：我们从未能够解释，人们为什么会将更为切实可行的撒马利亚式规定转变为古老的犹太规定，虽然，显而易见的是，撒玛利亚人有各种理由令古老的律法更适应时代。还有另外的证据：例如，在将希伯来语中阴性的"牛"（cattle）引入讨论时，撒玛利亚人也许已经为一个阳性形容词留下了位置，而希伯来语原文中，这个阳性形容词应该是与"公牛"（ox）相关的词语。

这一文本修订最能体现我们所假定的撒玛利亚人与撒都该人之间的差异。二者在很多方法上都很相似。但撒都该人可谓内在的撒玛利亚人。他们从未梦想过作出这样的修订。他们在处理律法时绝非机械，而是通过引申的方法，比如，涉及由公牛到其他牲畜所造成的损害的条款，他们通过推理，根据文本精神进行解读，使用类比以及诸如此类的方法。如我们所知，他们认为一个 a fortiori［强推论］确保了这些规定可以运用到由一个奴隶所造成的损害上。

撒马利亚人的修订并不追求激进的目标；并且，不用说，通过这些文本中的变化而获得的改进，全都是由拉比们借由注疏而从原文中得来。关于一头公牛到其他牛的规则的引申，他们援引了安息日的戒律——拉比们主张，《申命记》中的说法表明，适用于公牛的必须适用于其余动物："你和你的牛、驴、牲畜，无论何工都不可做。"① 其实，在后希勒尔时代的解释当中，人们公认，一项圣经法也可以只限于最平常的案例，比如说，在解释由一头公牛所造成的损害时，便有意忽略所有不太常见的、类似的情况，即便由此而缺乏来自其他段落的证据支持。② 一旦这个观念盛行开来，古代法规中的"决疑式"（casuistic）解释模式便不再会造成任何问题。

再者，拉比们保留了 'elohim［埃洛希姆］，但他们将这个词解释为"审判者"；他们引证了一个相同类型的诉讼，即一个人是否"手里曾拿邻舍的物"（《出埃及记》22：10），而在《出埃及记》22：10 中，《圣经》本身也要求一个以四字神名起誓的誓约；于是，他们得出结论：这自然也是律法的要求。

我们可以设想，富有生气又区别出细微之处的解释，结果通常比修订要胜一筹。根据《典章》，一个杀害自己奴隶的主人犯下的是死罪。对犯罪的解释模式是有限制的，所谓法律"决疑式"的解释；"人若用棍子打奴仆，立时死了。"（《出埃及记》21：20）撒马利亚

---

① 《申命记》5：14。他们援引这段经文优先于其他经文并非偶然——比如《出埃及记》22：9——提及"牛或任何牲畜"。在《出埃及记》20：11 里十诫的类似版本中，我们只发现了统称，没有提及牛或驴："你和你的牲畜，无论何工都不可做。"这看起来表明了差别是有意的，即为了强调，律法只说到牛时，可以有更宽泛的运用。

② 《密释纳·第一门》5：7，《证据》（*Eduyoth*）1：12；道伯，《希伯来联合学院年鉴》，页 250。

的修订者们删除了"用棍子"这个细节。拉比们则保留了这个细节，但必须与《民数记》中关于谋杀和过失杀人的章节联系在一起解读。《民数记》35：18 中规定，如果你使用"可以打死人的木器"，这便是谋杀。他们得出结论，《典章》中提到棍子，是为了指明谋杀意图，为了将死刑限定于对奴隶的蓄意杀害行为（关于《出埃及记》21：20 的《〈出埃及记〉经解·损害》，第 7 章）。

　　行文必须结束了。就罗马法而言，我们挑选出公元前 2 世纪模式化的解释系统出现之前的演变，至于犹太法，则先于大约在公元 200 年的《密释纳》编纂。在两类律法中，后者的发展同样引人注目，并且仍然有待完整的探索。也许，再过一个十二年，你们还会邀请我继续。

法垂千古

——道伯著作及贡献

罗杰勋爵（Lord Rodger of Earlsferry）著

黄江 译 林凡 校

介绍人：

博蒙特（Paul Beaumont）教授，阿伯丁大学，法学系主任

主持人：

大法官霍普勋爵（Lord Hope of Craighead），伦敦上议院，上诉法院常任高级法官

主讲人：

大法官罗杰勋爵（Lord Rodger of Earlsferry），伦敦上议院，上诉法院常任高级法官

博蒙特教授对全体与会者表示欢迎。他在一开始宣布了这一系列演讲均由 CMS 麦克肯纳律师事务所赞助。[①] 他感谢了事务所在阿

---

① 本次演讲系首届 CMS 麦克肯纳（Cameron McKenna）律师事务所讲座，阿伯丁大学国王学院举办，2001 年 11 月 2 日。

伯丁办事处的合伙人格林（Alexander Green）先生提供的帮助和支持，并对阿伯丁大学物权法教授米勒（David Carey Miller）教授付出的大量时间和精力表示感谢。他说，法学院有幸请来两位苏格兰法官。

霍普法官

好的，女士们先生们，生活总是充满惊喜。当我受邀主持本次讲座时，我被告知演讲者将会是首席大法官。不过，首席大法官已经离职；我们现在只有曾任首席大法官的罗杰（Alan Rodger），现为上诉法院常任高级法官，然而到目前为止，尚未有首席大法官来接替他的位置。因此是我们出席这个讲座。

今天晚上，我们要提到罗马法领域中最受尊敬的两个名字：罗马法领域伟大的导师道伯（David Daube）和他的弟子，大法官罗杰勋爵。众所周知，道伯教授于1951年至1955年在此担任法学教授。[1] 之后，他于1955年成为牛津大学民法钦定教授。如果我的计算是准确的话，当时罗杰只有十一岁。但没过多久，他也进入了牛津大学，师从道伯，并深受其人格与学术的鼓舞。

现在，那些对阿伯丁大学有一些了解的人都会明白，这里的当代罗马法研究都要归功于道伯。那些了解他的人，其中一位是教授史密斯（Thomas Smith）爵士（他的《批判和比较研究》［*Studies Critical and Comparative*］是向道伯致敬之作），将会理解为何图书馆

---

[1] 斯坦（Peter Stein）教授写信告诉我们，与人们有时读到的不同，道伯只在阿伯丁大学担任教授到1955年。直到1956年为止，斯坦教授本人都没有在1955年至1956年间作为法学部主任而继任道伯的讲席。

会长期铭记道伯，因为这里接收了大量关于民法和教会法的作品捐赠，总计约 1500 卷，多数来自欧洲大陆，这对大学而言是无价之宝。我十分肯定，这些捐赠之所以可能，是因为他为这座城市的这类学术研究创造出的巨大声誉。不过，我不会详述道伯的著作和他的贡献，因为这毕竟是罗杰大法官演讲的主题。

至于罗杰法官，他从牛津到最高民事法院的经历，你们都很了解，他在那儿担任大法官，直到仅仅几周前再次调任南方。但是，正如刚才所说，我们今晚在此欢迎他，不仅因为他是道伯的学生，还因为他是一位令人尊敬的法官。他也达到了最高的学术水平，他的审判中就闪耀着这些学术之光。没有人能比他做得更好，便如他在处理 1998 年有名的希利迪诉史密斯（Shilliday v. Smith）案时所言："对不当得利的讨论，几乎总是为难以理解的言辞所困扰。"我们可以肯定，当他提到其他学者纠结于这些语词到底是什么意思时，他也是其中的一员。只有他才能够在吉布斯诉鲁克斯顿（Gibbs v. Ruxton）案中，沉浸在律法解释的术语中数小时后，会欣然接受对罗马法的引证，以作为"受人欢迎的安慰"。① 我敢肯定，道伯会十分赞赏麦克戴尔诉凯尔特人足球和竞技有限公司（McDyer v. The Celtic Football and Athletic Co.）中的审议，当时一位目击者在凯尔特人公园遭遇了一场事故，他恰好被一块从体育场顶蓬掉落的木头击伤了手部，罗杰就此探讨了关于 de his qui deiecerint vel effuderint ［居住人］和 ne quis in suggrunda ［无人在屋檐下］的法令。现在，这些只是那些遍览罗杰著作的人将会发现的一小部分珍宝。我举出

---

① ［中译编者按］指这个案件经过数小时的现代法律论辩，最终采用了罗马法学家乌尔比安的条文而判决（《学说汇纂》1.14.3），这个做法被罗杰大法官称为"受人欢迎的安慰"，参 Craig Anderson，《罗马法》（*Roman Law*），Edinburgh University Press, 2009, 页 108。

它们仅仅是抛砖引玉，意图指明与罗杰本人相比，没有人更有资格来向我们讲述道伯和他对法学所做的贡献。

罗杰法官

感谢大卫，感谢你的介绍词以及你为这场晚会的成功所做的一切。

正如你们所知，我受到邀请，开始今晚这些将要成为系列讲座中的首场讲座，主题是道伯。我在见到观众前写下这篇讲稿，而见到在座各位之后，我更加确定，有许多观众——尤其是他的家人——非常了解道伯，实际上在某些事情上远比我所能知道的更多。但对于其他人来说，他很可能只是一个名字，虽然受人尊敬，但并没有特别的含义。因此我打算在今晚从他的人生谈起。之后我将讨论他作品的一些方面，对一般观众来说，这样深入探讨他论及罗马法的作品之学术性是不明智的。我继而打算阐明，为何我相信我们应该研读他的作品，不仅是古典法历史学家们，而且实际上应该被任何对法律感兴趣的人，无论是作为一门学科，还是在实践当中。

道伯 1909 年出生于弗莱堡（Freiburg – im – Breisgau），位于他心爱的巴登州（Baden），1999 年逝世于加州喜山市（Pleasant Hill），他刚刚过完九十岁生日。他是一个成功的弗莱堡酒商雅各布·道伯的小儿子，他的妻子阿谢尔（Selma Ascher）来自巴伐利亚。这个家庭都是虔诚的正统犹太教徒。大卫在弗莱堡的贝特霍尔德高级中学（Berthold – Gymnasium）学习古典学。一位拉比私下传授他希伯来语和阿拉姆语（Aramaic）。

1927 年，他离校并继续在弗莱堡大学学习法律。1931 年，他通过了他的国家考试（Referendarexamen）并赴哥廷根大学攻读博士学位，库克（Kunkel）是那里的罗马法教授。亨佩尔（Johannes Hempe）是他的圣经法教师。1932年2月，道伯以学位论文《旧约中的血法》（Blood-law in the Old Testament）通过了博士学位口试。他还是以summa cum laude［最优等］通过的——一个非凡的等级，他总爱说，在他之前只有一个人获得过这个分数。但博士学位直到1961年1月才颁发，因为1933年1月希特勒上台。接着道伯的学位论文就不可能发表了，当然，实际上在纳粹德国作为一个犹太人，他学术生涯的所有希望都破灭了。几个月后，1933年，他决定离开德国去英国。他是否认为这将会是永诀，我们当然不知道。莱勒（Otto Lenel）在他绝妙的推荐信中，将道伯的离去描述为德国学术前景的巨大损失，此外，还有一封致伦敦的杰诺维兹（Jolowicz）教授的书信，带着这两封信，大卫于1933年夏天来到了这里。

杰诺维兹建议他去找剑桥的巴克兰（Buckland），他照做了。一开始，道伯的英语不足以交流，于是两人使用法语交流。但他们很快就结成了引人注目的亲密关系。我们拥有的巴克兰的照片和肖像，使得他看起来像那个时代的众人一样稀松平常。但显而易见的是，从我们读到和听到的关于他的一切当中，都可以体会到他是个热心人，他和他的女儿海厄姆（Maidie Heigham），在那时的剑桥做了很多工作来帮助年轻的犹太学者，尤其是道伯。

道伯成了凯斯学院（Caius College）的一员，并致力于他的学术性博士学位。他提交了他的学位论文，一半用德文一半用英文，论"早期罗马犯罪法中的形式主义和进程"（Formalism and the Progress in the Early Roman Law of Delict）。论文完成于1935年6月，他则被正式授予学术性博士学位。更为重要的是，同年夏天，他成了学院的高级研究员，几年后，他成为凯斯学院的非正式Tapp研究员，这个职位具有多项职能,他一直任职到战争结束。

　　1936年,他回到德国,在慕尼黑与奥芙希瑟(Herta Aufseesser)结婚。这对夫妇在她来剑桥进修英语课程的前一年曾经碰过面。他们在剑桥定居,并于次年生下第一个孩子乔纳森(Jonathan)。1938年11月,在水晶之夜(Kristallnacht)大清洗后,道伯的父亲和岳父遭到围捕,并被带到了达豪集中营(Dachau)。在极其短暂的时间内,道伯居然能为两个家庭来英国做出必要且复杂的财务及其他安排。在这些安排中,他获得了巴克兰和大学校长卡梅伦(John Cameron)的帮助,因此人们对后者心怀长久的感激。一位年轻的同事格里尔逊(Philip Grierson)飞往德国协商两人的释放。不久之后,整个家庭(包括道伯深爱的弟弟本尼[Benni],他曾经罹患肺结核)离开德国,并在英国定居,道伯的父母在伦敦,赫塔的父母与道伯一家留在剑桥。毫无疑问,无论如何,家人们始终承认这一点,即通过他迅速的行动,大卫拯救了这两个家庭的生命。

　　在战争期间,他继续在剑桥工作,除却在一个较短的时期里,和许多其他的德国以及意大利难民们一起居住在马恩岛(Isle of Man)。在战争期间,他被邀请参加剑桥关于《新约》的杜德(C. H. Dodd)研讨会,那是一个具有重大意义的时刻,因为这标志着他关于《新约》拉比背景的非常重要的作品之开始。的确,通过他的出版物来判断的话,他在这一时期的研究大多是关于《新约》和犹太法。当然,他继续教授罗马法,在家中持续关注他的研究,在那儿,他实际上完成了他的大部分作品,这是非常欧陆教授的方式。在他的学生当中,未来的教授韦德(William Wade)爵士和未来的英格兰银行长理查德逊(Richardson)勋爵是一对令人敬畏的二人组。非常有趣的是,道伯拒绝了所有让他教授现代法的尝试。

　　他留在剑桥直到1950年,如大卫已经说过的那样,当时他被邀请到阿伯丁大学出任新设立的法学教席。他总是饶有兴味地回忆起这里的时光，现在看来，他的教学显然异常成功，他的俏皮话尤为学生们所赞赏。除了常规课程，他还教授一个较小的高阶班级，而那些课程讲座中的一份记录，论销售法，一直是大多数英国罗马法学家的珍贵收藏。他散发出无与伦比的光芒。然而他在阿伯丁大学的时期非常短暂。1954年，杰诺维兹不幸去世，道伯接替他担任牛津钦定皇家教授，他在那儿一直待到1970年去加州为止。

在牛津大学期间，他再次成了一位出色的教师，他的演讲臻于某种仪式性的地位。此外，他领导了一帮对罗马法感兴趣的学者，包括尼古拉斯（Barry Nicholas）、奥诺（Tony Honoré）、沃森（Alan Watson）和其他一些人。他还继续与他的一系列先前与斯坦因（Peter Stein）共事的博士生合作：亚龙（Reuven Yaron）、卡迈克尔（Calum Carmichael）、沃森、杰克逊（Barnard Jackson），我也在这一时期与之共事。

起先，他很喜欢在牛津的生活，然而到了1960年代中期，他的婚姻破裂，他越发地为加州的机遇所吸引，在那里他也与住在旧金山的斯梅尔瑟（Helen Smelser）缔结了婚姻。他将经年地来回奔波，但在1970年，他接受了伯克利分校（Berkeley）的邀请，成为《罗宾斯希伯来与罗马法选集》（*Robbins Hebraic and Roman Law Collection*）的主编，于是他搬到加州，在那里度过余生。

在伯克利，他的教学依旧取得巨大成功，他持续写作，大多关于圣经法和《新约》。他在罗马法方面所做的相对较少。他所有的作品都是在图书馆内一个堆满书籍的书库的小房间里完成，几乎没有多少空间留给他写作的办公桌，因此上面覆盖着散落的纸张。更概括地说，他采取了他视为不那么正式的生活方式。他抛弃了正统犹太教的做法，停止戴领带，但仍然坚持穿着西装。他与海伦在一起非常幸福，也很享受温和的气候，这意味着，他的标志慢性哮喘实际上不再困扰他了。这样过了一些年，直到最终他不再适合工作，便只好去了一个养老院。但令人高兴的是，老年的他依然精神矍铄，直到最后。

究竟什么让他如此与众不同，他生活的外部轮廓只能告诉我们很少的一部分。不同的方面当然会触动不同的人，但我想，没有人会不为他极为出色的心智所打动。他相当纯粹，其智慧令人难以置信。他的心智尤为呈现于他灵动、活跃的眼神之中。此外，与他想让我们相信的相反，他其实没有荒废青春。他对古典语言和文献的掌握是惊人的。例如，他曾经读过并能记住德国、英国、法国和俄国的伟大的经典作家。但他对各种学科都感兴趣。他是另一个万灵论者、遗传学家福特（Edmund Ford）爵士的好朋友，这意味着他很了解遗传学，并且一直思考历史上遗传因素的重要性——至少在犹太人历史上的重要性。实际上，他的心灵是各种学科的信息宝库。但他对信息的运用令他如此不同凡响。他能看到变量之间的联系，注意到那些其他人大多会忽略的潜在模式。因此，一些同事的问题可能会让他想起一个丘吉尔（Winston Churchill）在战时曾面临的困境，或是可能同样地，一个希腊肃剧或俄罗斯小说中的主人公的困境。你无法简单地描述。总之，他能够把特定的情境放入更广阔的框架之中，并就此赋予平凡之物一个更大的意义。在某种程度上，这是为何我认为他的作品对于如今那些与法学有关的人很重要的首要原因。

众所周知，对于那些日复一日从事法律的人来说，无论是作为学术还是实践，将他们的视线从具体的日常事务上移开，并将他们的事业看作一个更大格局的一部分，是极端困难的事情。但正在这一点上，道伯对我们极有助益。

由于我们的演讲是在阿伯丁大学，这就很适合来举一个例子——这是众多例子中的一个，即他在五十年前递交的就职演讲，"论司法天平"（on the Scales of Justice）。当然，对于我们没有更为熟悉的象征了，然而我们关于它的思考何其贫乏，关于那个象征的意指，关于它所描绘的正义性。除了确保公平的念头外，我们很少想到它。当然，大卫却曾经深入思考过它。他指出，它所描绘的司法模式是非常特别的一个，并且绝非唯一可能的模式，也非普遍的象征。例如，他指出，尽管天平的象征可以追溯到古希腊，但直到罗马后期为止，它并未参与构建罗马的思想或意象。天平所描绘的体系具有戏剧性，且具有严酷的结果；天平的意象在于，人们要么赢得一切，要么血本无归。天平的一端或另一端是偏袒的。此外，既然只有当双方不分伯仲时天平才能保持平衡，一方就会因为最细微的差别而赢得一切或血本无归。

当然，任何实际操作的人都会将这个形象与民事诉讼相联系。如果追索者赢得了51%的审判支持率，那么他的事实版本就会成立，接着他会胜诉，并获得他的损害赔偿。另一方面，如果他只达到49%，他会败诉并且什么也得不到。事实上，在我们的体系下，更糟的是，他必须支付对方的开支。事实上，在我们的体系中，若天平保持在50%的平衡状态，追索者就输了，因为举证责任并未得到执行。这是一个赢家通吃的体系。

但是，道伯的演讲激发我们去质询，这是否真是我们如今法律制度的模式。在刑法中，他指出，在苏格兰，撇开技术职位，当在有罪和无罪之间——在完胜和完败之间做出粗略的选择时，不证明判决（not proven verdict）是陪审团尽量避免使用的方式，或尽可能避免。其他体系并不承认这一点。在我们的民法中，他也指出，1945年的《法律改革（助成过失）法案》（*Law Reform* [*Contributory* negligence〕Act）改变了旧的体系，通过它任何助成过失都足以打败追索者，并给予辩护者完全的胜利。现在，法院分清了责任并凭借它来确定赔偿。我也注意到法院在厘清辩护者之间的责任方面的法定权力，这有几分相似的效果。这些措施表明，司法的传统模式正在发生变化。

近年来，法院和法庭越发不得不纠缠于将来可能造成的损失问题。关于这些问题，他们似乎已经抛弃了在可能性相等的情况下谁主张谁举证的旧观念。这一点体现在几年前劳工诉讼法庭的一系列由女军人们提出的案件中，她们在怀孕时被不当地辞退。当法院课以赔偿时，国防部的法律顾问争辩说，即使女军人未在初次怀孕时辞职，她们也可能会在怀孕二胎时辞职。或者是她们并不特别适合于她们的工作；总之，她们不会被继续雇用。或者，她们会辞职，追随她们的丈夫到海外工作。有关部门可以设想的意外情况无穷无尽，这将会使得女军人在或然性权衡（balance of probabilities）上证明她们的诉求变得极端困难。因此，实际情形是，法庭评估特定的女军人有多少机会继续从业，然后他们在此基础上确定对她的赔偿。所以，如果只有30%的机会，女军人便会得到她预期未来所得的30%；如果是60%，她便会得到60%——而非全额，60%——的所得。因此，在某些方面女军人的任务变得比较容易，在另一些方面则更加困难。同类问题产生于涉及赔偿开发型土地的预期价值的损失。我们能再一次看到，我们正在远离那种单纯以天平形象为典型的司法。

同样地，由于沃尔夫改革（Woolf Reforms），法院排除了对诉讼当事人的信任，并且命令他们解决争端，这十分不同于天平所代表的司法模式。裁决和仲裁也没有遵循那个模式，但裁决至少盛行于立约人和其他显然认为在平衡模式中司法成本过高的人之间。

因此，道伯对司法天平的类似符号的探索，激发了我们对这些非常分散的发展采取一种全局视角，并且令我们追问：首先，关于我们的司法体系应该如何运作，是否有任何深思熟虑的观点；其次，如果有的话，那个观点是什么，以及它在多大程度上一以贯之。

我并不打算在此停下来去尝试回答这些问题，而是转而谈谈道伯所有学术作品的确定性标志，即他的文本。实际上，所有那些作品都围绕着详尽敏锐的语言分析和文本风格，无论是法律的、圣经的、拉比的或是文学作品。道伯不是任何一般意义上的律师。他从未宣读过法律报告，并且我确信，去法院或与法官相伴的事情永远不会发生在他身上。他的兴趣只在于文本，任何的文本，在于如果解释得当那些文本能够告诉我们的事情。很多时候，文本会向他展示出远多过只浮于表面的事情。在罗马法方面，道伯在莱勒的影响下发展了自己的技艺，道伯极为崇拜莱勒：他的床边就摆着莱勒的照片。道伯将莱勒视为偶像是正确的，因为正是通过对《学说汇纂》中的文本最为详尽的分析，莱勒才能够重构出执政官的法令，其中包含了位于古典罗马法核心的法令和诉讼。他通过一种逆向工程达到这一效果。他审视来自评注的摘录，它们由伟大的古典法学家们写在法令上，并且通过这种方式，他摸索出那些评注所分析的条款文本。这全然是一项惊人的天才之作，它永远改变了罗马法研究。得益于莱勒，我们可以通过一种在他写出来之前无人能够的方式来确切地理解《学说汇纂》的文本，而任何关于罗马法的严肃作品都必须从那里开始。

道伯不仅钦佩这项巨大的成就，而且特别推崇莱勒实现它的方式：通过审视语境和不一致之处，对特殊词句的强调，以及特殊事件在文本中的发生顺序。辨别插补（也就是后来作者们的增补）也是这项事业的一个关键部分。这些存在于许多其他特征当中的方式将会在道伯对所有类型的文本之探讨中被发现。

无论学术型还是实践型，律师们都必须花费大量时间分析文本。的确，除了那些出席刑事法庭的律师，很可能大多数律师都在阅读和分析各种以法规、契约和声明为形式的文本上，花大部分的时间，并获得大部分的收入。然而，我们得到的关于这该如何去做的实际训练是非常少的。当然，人们学会了一些相当枯燥且无益的法定规则：除弊法则（Mischief Rule），黄金法则（Golden Rule），它们曾有拉丁名，比如 eiusdem generis［同类解释法则］或 expressio unius［明示其一法则］。（如今，在英格兰这些不使用拉丁文的法庭如何命名这些法则，我不太确定。我感到有趣的是，本周，我的一个同事在上议院显然想知道，这种对拉丁文的放弃，是否意味着我们真的打算为 eiusdem generis［同类解释法则］制定出一些新的表达方式。）但我们似乎没有受到过一种文本细读的训练。在德国，传统形式是汇纂注疏（Digestenexegese），但我们这里并没有类似传统。

然而，道伯的作品提供了无数个我们应当演进的模式。因为文本是一项法规，一部汇纂文本，或是奥维德（Ovid）或荷马（Homer）的一行诗句，这都无关紧要。在所有的案例中，对于道伯来说，关键之处在于，准确注意到表达方式究竟是什么。接着，你必须问自己这是为什么。为什么起草人或作者用这个词，而不是另一个？为什么那个条款在列表末尾，而不是在开始？这段文字真的有意义，还是已被修改，并在修改过程中出了错？当一位读者试图去像理解一个古代文本那样来理解一个现代文本时，这些便是那种规律的自我呈现，或应当自我呈现的问题。

几年前，高等法院必须解释《滥用毒品法》(Misuse of Drugs Act) 第28条，该法案涉及可用于被发现拥有毒品的某人的辩护，我当时敏锐地意识到，道伯正关注着我的言辞。从广义上讲，被告可以说，虽然他确实拥有毒品，但他并没有意识到这一点，因为它们是在一个密封的容器中、一个包裹里或什么东西中。在一个案子里，他们说，他们以为他们背着一包色情影碟。但通过一个特别的程序，法院有意地忽略了第 28 条第（2）款，并在对待这一条时，有如整个辩护都被包含在第（3）款内。结果便有了这样一个情形，在其中，辩护律师和法官们快速跳过第（2）款，显示出一种明确的信念，即第（2）款要么毫无意义，要么会给予公诉人一个无法容忍的优势。

今晚没有任何理由或可能去深究此类细节。但是，当律师向法庭指出这些条款时，我不停地听到道伯的声音，一个在冥冥中监督着的回声，说道："但为何议会在第（3）款中使用词汇'材料或产品'——这些词汇从未在任何案子里被讨论过？为何是这些确切的词汇，而不是，比如说，更为普泛的词汇，例如'物品'？"经过进一步考虑，当理解得当时，对这些词汇的使用不仅是揭示那项条款的关键，也是揭示先前条款的关键，当后者重见天日并得到恰当的审视时，它变得完全合理并有助于辩护。这仅仅是有关此类细读之价值的一例，道伯不断地实践并激励着其他人也如此实践。

但是，他的一些更为特殊的见解同样适用于实践，我可以再次以刑事上诉法院的一个案子为例，这一次是今年的早些时候。案件涉及加尔布雷思（Kim Galbraith），她被定罪为谋杀丈夫。她不服上诉，她的上诉请求通过了，并等待二审。因为案件没有完结，关于它的情况我无法说更多的东西，我只能够说，她的上诉基于如下基础，即法官在她的审判中在减免责任（diminished responsibility）原则上曾经误导了陪审团。关于这件事，广义言之，这条规则——当然，正如你们中的大多数人将会知道的那样——允许陪审团将其控为过失杀人，而非谋杀，如果他们同意，因她的精神状况，应当减免她为她的行为所负的责任，即承担少于一般人的责任。这项原则首次出现在苏格兰法中似乎是在阿伯丁大学，非常严厉的迪斯（Deas）法官于1867年丁沃尔（Dingwall）案中提出的指示中提出这项原则。在加尔布雷思案中，法官的指示作为对现行法律的解释，没有任何被批评的可能——它们实际上是标准指示。要批评的反而是关于减免责任的首要指示无法达成。尤其是，据说，在1923年萨维奇（Savage）案的一个常被引用的段落歪曲了法律，如同这段自1867年以来的情形。为了实现她的目的，上诉律师让法庭浏览了从1867年一直到1990年代的案子。她这样做时，有两件事特别让我吃惊。

首先，尽管所有的案子都被假定为适用同样的法则，法官们却以完全不同的方式向陪审团解释和证明自己的指示。其次，因为有待更进一步的审查，直到1933年都没有法官在奏狱中使用"减免责任"这个术语，即使在当时，它也仅仅是指法庭抗辩的术语，法官本人更喜欢用一个不同的短语。术语"减免责任"大约从1946年起才开始确定下来。

我之所以这么仔细地关注这个术语，原因当然是，在我熟知的各种书籍和文章中，大卫证明了，名词或名词短语的出现表明一个特殊的规则，是法律发展当中的一个重大步骤，因为它标志着一项原则被法律体系予以承认。

这样，他会证明，罗马法学家们并没有自己制造专门的术语 accessio［附属］或 specificatio［加工］，因此，人们不应该指望找到一个能适用于所有这些案子的连贯原则，诸如杯带新柄（cup with new handle）案和蜜酒制作（making of mead from the A's Wine and B's honey）案，它们都被提及得过于频繁，仿佛是罗马法学思想的巅峰一样。同样，《学说汇纂》中没有出现 perceptio［收集］，这表明了一种规则，通过这个规则，一个拥有用益权者（usufructuary）只能获得那些他所收集的成果的所有权，道伯认为，这一事实暗示了，规则本身并非由古典法学家们制定。

　　根据同样的方法，苏格兰法中术语"减免责任"的历史颇具启发性。这个术语一直不稳定，直到二战后才开始确定，这一事实是一个明确的信号，即在更早的时期，我们不应该期望找到一个连贯的原则。而且，当然，我们越细致地审视案件，确实不曾有连贯的原则这一事实就变得越发清晰。陪审团曾被告知他们能够判决有罪杀人，因为被告的精神状态的一些特征还够不上精神失常，与之相比，一系列案件只有较少的共同之处。并且实际上，甚至在1946年以后，法官也会小心地避免以任何细微的方式说出这一原则。这要留待加尔布雷思案的法庭来尝试修复那个纰漏。

　　今晚最重要的是，我想表明，在我审理那个案件时，道伯有关术语发展的作品最可能对我产生影响，但因为我记录的是法院的意见，而其他成员并没有读过道伯的作品，在那个关节点上我觉得不能够提及这一点。因此，我特别欢迎这个公开袒露我受益于那些作品的机会，当然，同时也受益于他的教导，并且，我也要指出，这种涉及你当如何阅读文本的洞见，远非纯粹的学术兴趣。对于所有类型的法学者而言，这种洞见都具有最大的实际意义。

　　时间不允许我们研究其他类似的例子，其实，道伯对语言的微妙之处的处理方法将会有助于从业人员和法庭。一个明显的例子就是最近上议院的乌拉坦普风险投资有限公司诉柯林斯（Uratemp Ventures Ltd. v. Collins）案，借助于伦敦市中心黄页（Central London Yellow Pages）、祈祷书、米尔顿（Milton）以及日本天皇（The Mikado），斯泰恩（Steyn）法官和米利特（Millett）法官必须考虑"住宅"意味着什么，考虑你是否能在"住宅"中生活，即使你没有烹饪设施，并且要从本地外卖订购你的所有食物。

　　这些姑且置而不论，我必须转向另一个问题。道伯多次表明，一个细心的文本研读何以能特别揭示出作者的一些基本态度。研究古代典籍的学者也许有更多的热情投入此类工作，因为他们投身其中的材料是有限的。关于古代作者，他们也只掌握非常少的具体信息。相比之下，现代法学家要审阅大量且一直在增加的材料。他们打开自己的电脑，总能找到一个来自苏格兰、英国、澳大利亚、美国的新案子。他们的抱怨是信息过载：他们有太多的资料。这就有如西班牙的金属探测器，在每一天都会发现带有新的执政官法令条款的青铜圆盘。也许正因如此，现代法学家们不以同样程度的细微关注来审视可用的材料，不会像罗马法学家那样，在他们必须研究的有限材料上如此用力。古代资料其实也没有什么魔力令它们特别适合道伯传授给我们的这种对语言风格的关注。相反，他将其应用于所有时期的文本，我们也应当如此。

以前，我曾做过一些演讲，我曾试图在演讲中表明，道伯的洞见确实能告诉我们很多与现代英国法规和审判有关的内容。[1] 我不会在今晚重温同样的材料。我代之以简略地审视两个例子来强调这一点。

在1920年的卡迈克尔诉卡迈克尔（Carmichael v. Carmichael）案中，上议院必须考虑合同中的第三方权益。特别是，关键点在于一项有利于第三方的条款是否自动地不可撤销，或是反之，若有利于他的条款以某种特殊的方式变得不可撤销，第三方是否只有依照合同的权益。所以，假如A和B同意A将支付1000英镑给C，A和B便不能取消协议吗？或者只有在诸如他们向C知会了支付意向之

---

[1] 《立法的语言形式》（*The Language of the form of Legislation*），单行本，Birmingham：Birmingham Holdsworth Club, 1998，修订版刊于 18 *Rechtshistorisches Journal* 601 (1999)，部分内容则以《法学观点的语言形式》（The Language of the form of Judicial opinions）为名，刊于 118 *Law Quarterly Review* 223 (2002)。

后，才变得不可撤销？在斯塔尔（Stair）处理这种情况的《苏格兰法律惯例》（*Institutions*）的相关段落中，①他似乎偏向第一个可能，那就是指，这类有利于第三方的条款总是不可撤销的，然而后来的苏格兰法法律权威支持第二个可能。

当这个案子到了上议院时，达尼丁（Dunedin）法官清楚地明白，自己面临着一个尴尬的困境。他或者说斯塔尔是错的，或者支持斯塔尔，但接着他将必须否决所有随后的权威，他说，这将意味着一场大屠杀。达尼丁法官无畏地采取了一个了不起的方式。他认为，通过重排文本可以发现斯塔尔著作段落的真实含义。也就是说，若有一项有利于第三方的条款，他获得了一项不可召回的权益，你应该做的便是去置换那些条款，斯塔尔现在会说的是，若有一项有利于第三方的条款不可召回，第三方便获得了一项权益。为了使这个过程庄严化，达尼丁法官竟然将一些英语文本翻译为拉丁文。

在很多年以前，当我第一次看到达尼丁法官的做法时，我认为他简直失去理智了。实际上，我现在依旧这么认为。但我在那时并不知道——当然，达尼丁法官也不知道，这种为了避免明显的困难（以及为了使之表达出某些其他权威们以某种方式所需要的东西）而重排文本的惊人技艺，早已有一段漫长的历史。当然，是道伯注意到了这一技艺。

在《亚历山大里亚解经法与犹太拉比》这篇精彩的论文中，他将这一专名为 anastrophe［重组］的方法追溯至索西比乌斯（Sosibius），一位公元2世纪在亚历山大里亚工作的学者。有趣的是，这会

---

① ［中译编者按］指 James Dalrymple Stair 子爵的《苏格兰法律惯例》（*The institutions of the law of Scotland*），Printed by the heir of Andrew Anderson，1693。

启发我们了解达尼丁法官对于斯塔尔的态度。如道伯所言：

> 相比之下，通过重新排列进行解读就绝非普遍的做法。它假定了一个信念，即这篇相关文献拥有超自然的属性；它是完美的，但只对于那些拥有钥匙的人而言如此；它是一个"既没有说出，也没有隐藏，但却有所暗示"的谜题。①

如果说，达尼丁法官实际上相信斯塔尔获得了某种超自然的启示，或其他某种超自然的性质，那这样的判断下得太过。但是，达尼丁法官确实准备接受关于这个段落的这种非同寻常的解释方法，这一事实其实表明，他将斯塔尔看作苏格兰法万无一失的神使，认为他写下了完美的文本，我们的问题只是要知道如何解读。当然，那是无稽之谈，而我就个人而言，我宁愿认为，在如今的法庭上，我们可以用一种完全理性的方式来对待斯塔尔或任何其他制度作者所写的任何法学声明。人们当然会给予它适宜的分量，但不会假装它必然正确，也不会忽视同时期的其他法学家可能会持有不同的观点这一事实。我们可以借助道伯的作品理解达尼丁法官的做法，如果将他奇特的解释方法放入这个更为广阔的历史背景中去，我们就能够揭示出1920年代的苏格兰法学文化之重要的基础层面，当我们阅读那些日子里的审判时应将这一点牢记在心。

我举最后一个例子。至少对我来说，美国最高法院判决的一个最显著的特征在于：任何特定时期的法官直接地与他们的前辈所做出的判决相联系，有时候甚至非常久远。比如，他们提到由最高法院裁定的案件，也许是100年前的案件——史密斯诉琼斯（Smith v. Jones）案，根据当时的判决大意："我们"裁定X如此这般。这种

---

① ［中译编者按］参本辑主题论文《亚历山大里亚解经法与犹太拉比》。

用法出现在 per curiam［一致］意见和单个法官的意见当中。为了方便，我从去年十二月佛罗里达选举案布什诉戈尔（Bush v. Gore）中的观点举例为证。（顺便说一下，不论谁对于判决的实质有何观点，考虑到当时的语速和法庭的现场情形，我们都应该说，那些意见已经保存得足够完好了。）在 per curiam［一致］意见中，法官们提道：

> 在我们的（our）一人一票法学早期案例中……

并且继续说：

> 我们依凭的原则，以穆尔诉欧吉维（Moore v. Ogilvie）［1969 年］案的总统选举为背景。

同样在首席大法官伦奎斯特（Rehnquist）与大法官斯卡利亚（Scalia）和托马斯（Thomas）各自的观点中，当他们在处理宪法中任命总统与副总统的条款时，他们提到了 1892 年的案例，他们说：

> 我们将第二条第一款第二项解释为"转让最宽泛的解除权"，并"将其留给［州］立法机关，由它们专门界定任命的方法"。

当然，法官们不总是那样提及他们过去的判决；他们有时会简单地说，"法庭"采纳了一个特殊的观点。比如，1954 年，校园废除种族隔离案件布朗诉托皮卡教育局案（Brown v. Board of Education of Topeka）一案具有里程碑意义，首席大法官沃伦（Warren）提到 1896 年最高法院在普莱西诉弗格森（Plessy v. Ferguson）案中做出的判决，即允许以平等但隔离的设施来进行种族隔离，他当时使用的是"法庭"的判决而非"我们的"判决。他或许曾经希望 1954

年的法庭判决与早先的判决分离开来。但是快速细读他的一些观点之后，我的大致印象是，沃伦或他的书记官们并不倾向于提及"我们的"先前的判决，或"我们"曾判决过什么。因此，某些事情可能与个别法官的用语习惯有关。

对这种表达方式而言，使用"我们"和"我们的"当然不是拒绝某些法官们的个人选择，或是大部分法官的个人选择。如果这是普遍的情形，我们或许会以为，在英国上诉法院的意见中也能发现相同的表述，但我们找不到类似表述。偶尔，一个法庭会回溯一个非常新近的案子，并说"我们裁定最近在布莱克诉布朗（Black v. Brown）案中的同样观点"，但为了一段稍微类似于我引自布什诉戈尔（Bush v. Gore）案中的段落，我认为，你去找遍整个不列颠法的报告也是徒劳的。并且它们仅仅是一例。所以，一定有什么原因能够解释，为何那种用法被美国的最高法院采纳，却不被不列颠法庭采纳。

和往常一样，在这种情形下，我会提到大卫。他会给出上千个理由来解释这些现象，每一条都超出我们的设想，而且，至少在私下交流中，他会迅速揭示我们提出的任何解释中的弱点。至于这个"我们"意味着什么——大卫通常会说其中的意味"不会太多"，我自己能够给出的解释是，在最高法院的意见中使用的表达方式，反映了几个世纪以来法官们对于最高法院有着强烈的持续认同感。如今，法官们将自己视为同一个法庭的一部分，这个法庭 200 年前曾接受过马歇尔（John Marshall）的教诲。法官们也许来来去去，但法庭长存，而作为法庭中的一员法官，他们都是一个精英团体的成员，光荣不朽。法庭的观点和判决是一种真正意义上的观点和判决，当他们加入法庭时他们便肩负责任。它是一种圣徒团体的司法等价物。在任何一个时刻，从未多于九名法官，并且无论在哪儿，都有所有法官共同听证的可能性，这样的事实对于加强这一制度的洞察力而言是强有力的因素。

但是，如果最高法院使用"我们"是对的，那么，我们的上诉法院为何没有使用类似的短语呢？这个事实就必然会表明，我们的法官以何种方式来看待他们自己和他们所属的法庭。基本的情形是，他们没有同样的认同感，没有作为可以回溯数世纪的一个集体成员的感受。乍看之下，这似乎颇为令人惊讶，因为上议院作为上诉法院要早于最高法院，而最高民事法院内阁自从马歇尔的时代就已经存在。在上议院的案子里，严格来说，法官只是议会的委员这一事实可能是一个因素。至少可以这样说，任何一个同僚要求对整个议会发言说"我们宣布这决定"是非常罕见的。在最高民事法院的案子里，法官们这么做还是很奇怪的：他们一方面说"我们判决 X"，由此而认同他们同一级别的前辈们的判决，另一方面，他们又说"中级法院作出判决"，由此而令自己的判决同下一级法院的判决有所区别。（在两年前的一个案子里，我承认我很想那样去做，但我最终抵御了诱惑。）

或许更重要的是，陪审团弥补上议院法律委员的方式不一而足，他们当中当然也包括退休法官。你很少两次踏进同样的上议院。同样，由于越来越需要更多的时间，所以，无论是在一审和上诉层面，最高民事法院内阁的等级构成——即便假设一直有一位首席大法官——总会由于外阁法官的频繁开庭而导致巨大的人员变化。所有这些因素都会导致认同感不足。

认同感的不足并不只是一种文化现象，即便这是观察起来颇为有趣的文化现象。它还有实际的影响。在邓宁（Denning）法官时代，当时上诉法院仍然是一个相对紧密的整体，并不难识别出判例法（case law）中的特定思路和趋势。如今，随着上诉法院的极大扩张,这已经绝对不可能了。两级法院可能会以相反的方式同时裁定同一种内容,甚至不会意识到有两件案子这一事实。因此很少有对先前判决的所有权。甚至女王的枢密院(Privy Council)里也同样缺乏明确的认同。即使枢密院与上诉法院相比是一个小得多的组织,司法委员会的构成却可以视情况而有极大变动,依靠退休的大法官和联邦枢密院顾问官来开庭。在去年的牙买加资产案中,霍夫曼(Hoffmann)法官认为,即便是在一个很短的时期内,在委员会构成中的这些变化也会导致不一致的判决。而且,如他所言,法院行使宪法管辖权时特别不受欢迎。相比之下,他说,美国最高法院的稳定构成有利于一致性,并且确保了向暴力途径转变的范围变得更少。[1]

我列举对这些短语有切身体会的可能解释,它们出现在美国最高法院的审判当中,但却不在我们的上诉法院的审判当中。就我当下的演讲而言,那些解释的对错并不要紧:会有人给出更好的看法。要紧的是,我们应注意现象本身。只有当我们依从道伯的教导来阅读这些现代材料时,我们才应该不仅密切关注法官所言,还要关注他们言说的方式。如果以这种方式分析文本,我们就有望发现这个系统的具体运作,而这不是法官们自己希望透露的,或者,他们甚至可能完全没有意识到。然而,我担心大部分这样的情况都被忽视了。换句话说,道伯的工作显示出有一片广阔的研究领域尚待发掘。像他经常喜欢说的那样,罗马法研究领先于现代法研究数十年。

我认为,道伯的作品所具有的意义完全超出了他写作的具体领

---

[1] 霍夫曼法官的评论,针对的是刘易斯诉牙买加法官案(Lewis v. The Attorney General of Jamaica),2001,2 AC 50, 89, PC。

域。此外，道伯的笔法颇具吸引力，阅读它们本身就是一种乐趣。我相信，无论各自的能力如何，在分析文件和在思考我们的法律体系时，法学学者都应该研究道伯的作品。而在阿伯丁大学，你们还有一个特别的理由珍视他的作品。大卫曾经提醒我们，在阿伯丁大学期间，他是一个卓越团队中的一员，其中包括史密斯（Tom Smith）和格尔（Hamish Gow），他们都是法学教改的先锋，不仅在苏格兰，也是在英联邦作为一个整体中的普遍运动的一部分。在某种意义上，民法传统研究中心是对大卫的特殊纪念。我们都是这些人协力创建的新体系的受益者。珍视道伯的作品，并从中获得灵感吧，你们正在继承这所美好而又古老的阿伯丁大学的丰富遗产。

霍普大法官

好的，我确信你们会同意，我们听到了一个最引人入胜、深思熟虑且意味深长的演讲。

艾伦首先娓娓动人地讲述道伯的早年，并告诉我们他和他的家人在非常困难的情况下，怎样从德国来到英国。随后，我们看见了我认为可称之为道伯肖像的内容，刻画了他的风格、他的外貌和才智。接着，我们还知晓了对于情境与潜在模式之间联系的热情，最重要的则是对文本的热忱。

但在讲座的后半部分，在我看来，艾伦向我们说了很多他自己的事情。事实上，我可以肯定，关注自己的学生或门徒，的确是教师会喜欢的方式。让我吃惊的是，在一些发表的演讲中，人们在艾伦曾经写过的各种各样的季刊中可以发现，他特别喜欢将《学说汇纂》中的一些文本与一些现代案例作对比，并观察这两者如何能够对勘。你们还记得,他告诉过你们还有一件萨蒙诉王室公诉人(Salmon v. HM advocate)毒品案,他在那里重新发现了1971年的《滥用毒品法》第28条第(2)款的重要性,考虑到英国的法官们自从法令颁布以来就一直忽视该款项,这是他的一个了不起的成就。我很高兴地发现,最近被称为R诉兰伯特(R v. Lambert)的判决,让艾伦关于这一条款的努力返回到英国的传统之中,因为这个案子提及并运用了他的推论。我之所以强调这个案件,是因为在上议院的工作中,为了苏格兰法和苏格兰法的未来,道伯的方法的确具有我们从艾伦那里听到的重要性。这只是因为,两名上议院的苏格兰法官意识到艾伦的审判在伦敦崭露头角时所记录的内容。不然它就不会被提起,而在我们这里也的确费了一些精力去理解那个案子。当然,一旦得到理解,它的价值便立刻得以彰显。我认为这棒极了,我们如今在上议院有了艾伦,他在那个位置上依靠深刻影响过他事业的学术价值,影响在那里所发生的第一手事件。

因此,在某种程度上,我们正处在一个分水岭般的时刻。我想我们都可以展望,艾伦,如果我可以这么说的话,你在上议院的未来,在这个引人入胜的报告的背景下,你向我们展现了一位了不起的人物和他对你的影响。我衷心感谢你告诉我们关于他的事情。

附 录

一、文中提到的基本文献

道伯,《旧约中的血法》(*Blood-law in the Old Testament*),1932;《早期罗马犯罪法中的形式主义和进程》(*Formalism and the progress in the early Roman Law of Delict*),1935,博士论文;《司法天平》(*The Scales of Justice*),载于 *Ju-*

ridical Review》,vol. 63,页109 – 129;收录于 D. Cohen 和 D. Simon 主编,《道伯罗马法研究论集》(David Daub: Collected Studies in Roman law)卷一,Ius Commune. Studien zur Europäischen Rechtsgeschichte 丛书第54册,Frankfurt am Main: Vittorio Klostermann,1991,页447 – 463。《亚历山大里亚解经法与犹太拉比》(Alexandrian Methods of interpretation and the Rabbis),载于 Festschrift Hans Lewald,Basel: Helbing & Lichtenhahn,1953,页27 – 44;后又收录于 H. A. Fischel 主编,《希腊罗马和相关塔木德文献研究》(Essays in Greco – Roman and Related Talmudic Literature),New York: Ktav Publishing House,1977,页165 – 182。

莱勒（O. Lenel）,《永存的法令》(Das Edictum Perpetuum),第三版,Leipzig: B. Tauchnitz,1927。

史密斯（T. B. Smith）,《关于苏格兰大学和民法的思考》(A Meditation on Scottish Universities and the Civil Law),载于 Studies Critical and comparative,Edinburgh: W. Green & Son Ltd.,1962。

二、文中提到的具体案件

王室公诉人诉廷沃尔案（Advocate [HM] v. Dingwall）,1867,5 Irv. 466（C. C. J.）;王室公诉人苏萨维奇案（Advocate [HM] v. Savage）,1923 J. C. 49;卡迈克尔诉卡迈克尔案（Carmichael v. Carmichael）,1920,Sess. Cas. （HL）195;加尔布雷思诉王室公诉人案（Galbraith v. HM Advocate）,2002 J. C. 1.;吉布斯诉卢克斯顿案（Gibbs v. Ruxton）,2000 J. C. 258,262.;麦克戴尔诉诉凯尔特人足球和竞技有限公司案（McDyer v. The Celtic footballer and Athletic Co.）,2000 Sess. Cas. 379,388;R 诉兰伯特案（R. v. Lambert）,2002,2 A. C. 545,582.;萨蒙诉王室公诉人案（Salmon v. HM Advocate）,1999 J. C. 67。施里戴诉史密斯案（Shilliday v. Smith）,1998 Sess. Cas. 725,727;乌拉坦普风险投资有限公司诉柯林斯案（Uratemp Ventures Ltd. v. Collins）,2001,3 W. L. R. 806。布朗诉托皮卡教育局案（Brown v. Board of Education of Topeka）,347 U. S. 483,1954;布什诉戈尔案（Bush v. Gore）,531 U. S. 98,2000。普莱西诉弗格森案（Plessy v. Ferguson）,163 U. S. 537,1896。

古典作品研究

《論六家要指》中的儒家、道家和形神問題

吳小鋒

司馬談的《論六家要指》保存在《史記·太史公自序》中，在中國學術史上算得上一篇分量極重的文章。作者討論了陰陽、儒、墨、名、法、道德六家在學問上的優劣之後，又反過頭來再次談論儒家。本來，談六家學問優劣，輪到道家時，竟滿是優點，沒有一點批評。作者討論六家學問，最後卻落腳在形神問題，似乎與學問關係不大，這些問題都讓讀者難以思議。本文嘗試細讀《論六家要指》的相關部分，初步分析司馬遷如此書寫的意圖。

说 "儒"

儒者博而寡要，勞而少功，是以其事難盡從。然其序君臣

父子之禮，列夫婦長幼之別，不可易也。

"儒"，解釋很多。①《說文》云："儒，柔也，術士之稱。从人需聲。"以"柔"訓"儒"，段玉裁引鄭玄云："儒之言，優也，柔也，能安人，能服人"，是說儒者的話優柔有理，能定人心志。儒，"術士之稱"，不要看到術士就想到迷信。術，本義是"邑中道"。邑，是古代的國，或更直接地說，是人聚居的地方，好比如今的城市。由於人口聚居，邑中開出道路讓人交通，這些道路就是術。在邑中居住的人，各有各的生活道路。可是，人應該怎麼走，怎麼生活，並非每個人都清楚。術士，簡單來說，就是憑藉某方面的見識引導人的人（焚書坑儒，坑的就是術士，而非後來意義上的儒生）。由於人的生活有多種層次和可能性，可供選擇的道路也很多，相應，也就有很多類型的術士。道，有大道有小道。術，有道術和方術。道術，出入無疾，所有的路都走得通。方術，局部的路走得通。

儒家後來從術士中別出，有不同於其他術士的獨特一面。儒字，从人，从需。人之所需者，儒也。儒和人，有極密切的關係。需，放在《周易》中看，水天為需，雲上於天之象。"雲上於天，需，君子以飲食宴樂。"（《周易·需·象》）雲上於天，前路有險，君子為什麼要飲食宴樂。按《周易·序卦》之次，乾坤之後是屯蒙，接著是需訟。乾坤是陰陽之母，屯是陰陽始交，蒙是陰陽交通之後萬物始生，"蒙者，蒙也，物之稺（幼小）也"。萬物剛剛萌生，期望天降雨露，春雨貴如油。《序卦》云："物稺不可不養也，故受之以需。需者，飲食之道也。"飲食之道，就是養育之道。需，講的是如

---

① 陳來，《古代宗教與倫理：儒家思想的根源》（北京：生活·讀書·新知三聯書店，2009），第八章"師儒"，對"儒"字的歷代解釋作了總結和分析，頁357–385。

何養育萬物的事，於人而言，是君子如何養育萬民。《說文》云"民者，眾萌也"，在人世秩序中，民眾是需要養育的幼苗。需，不僅有渴望飲食滋養的意思，需者須也，也有等待的意思。為什麼要等待，因為對飲食的渴求，很可能遭遇危險。內卦為乾，內在需求很強烈，外卦為坎，坎是水源，也是危險。有過務農經驗的人都知道，給幼苗澆水，尤其講究，少了養不活，多了淹死。前面有險，需要等一等。等一等的這段時間，是為涉險做好準備，研究好分寸。國家剛剛建立（屯），一切事情尚未就緒，百業待興（蒙），最不適合大躍進（漢初休養生息七十年）。需卦內健，本身又冒險的衝動。若鋌而走險，會犯下大錯誤，欲速不達。此時，緩一緩，等一等，認清楚目標和困難，採取必要的準備措施，方能剛健而不陷，利涉大川。

　　孔子說："如有王者，必世而後仁。"（《論語·子路》）需時，君子做的事是"飲食宴樂"。君子以飲食宴樂，往小處說，是養君子自己，"飲食以養其氣體，宴樂以和其心志，所謂居易以俟命也"。[①]往大處說，以飲食是下以養民，以宴樂是上以享神。[②] 不管是下以養民，還是上以享神，關鍵在於利用飲食宴樂之際，融入禮義教化。夫子云："夫禮之初，始諸飲食"（《禮記·禮運》），教化之功在日用飲食與祭祀告神之間。為什麼禮起於飲食之道，《序卦》言"飲食必有訟"，為爭取有限的生產生活資料，人與人必定發生衝突。對人的規範與教化，要從他們最基本的飲食需求上講求。需，講的是禮的起源。從《序卦》結構來看，屯是建國，蒙是教育。建國君民，

　　[①] 程頤，《周易程氏傳》，見程顥、程頤著，《二程集》，王孝魚點校，北京：中華書局，2008，頁724。
　　[②] 參黃道周，《易象正》，翟奎鳳整理，北京：中華書局，2011，頁142。

教學為先。教育具體分為禮法，需講禮的起源，訟講法的起源。儒，是以禮化人的擔綱者。《漢書·藝文志》說儒家出於司徒之官，主教化，精確不磨。司徒的職責，在協調和規範人與人之間的關係。一國之中，基本的人際關係是君臣、父子、兄弟、夫婦、朋友（五倫），司徒的教化，要讓"父子有親，君臣有義，夫婦有別，長幼有敘，朋友有信"（《孟子·滕文公上》）。在太史談看來，儒家"序君臣父子之禮，列夫婦長幼之別，不可易也"，這是社會最基本的人際關係，是整個社會的根基，不可動搖。

儒者，人之所需，重在研究人道，核心在仁義問題（《周易·說卦》"立人之道曰仁與義"）。《漢書·藝文志》說儒家"游文於六經之中，留意于仁義之際。祖述堯舜，憲章文武，宗師仲尼，以重其言。於道最為高"。儒家奉六經為經典，對古史的認識從堯舜開始，效法文王和武王，以孔子為宗師。《漢書·藝文志》緊接著說"以重其言"，意思是儒家標榜堯舜、文武和孔子，是為了增加他們學說的分量。是否真的宗師仲尼，還有討論空間。

"游文於六經之中，留意于仁義之際。"儒家雖然研習六藝，不過重點關注其中的仁義問題，或說關注人道問題。儒家雖然宗師仲尼，但是否得其全部，仍待考察。孔門弟子中，具體而微者顏子，可惜早卒。其餘優秀者各得一體，以至於後來儒分為八，彰顯出儒門內部問題。孔子之學能涵蓋儒家，儒家之學雖傳自孔子，似不能窮盡孔子之學。[1]"性與天道"不可聞，這是孔子在時，儒學的隱約界限。進一步追究性與天道，於儒學為上出。《漢書·藝文志》說儒家"於道最為高"，是《漢書·藝文志》出於時代風氣的判斷，與

---

[1] 參張爾田，《史微》，黃曙輝點校，上海：上海書店出版社，2006，頁55。

獨尊儒術有關。孔子"不復夢見周公"(《論語·述而》),其精神已由周公上出。儒家學問,規模與周公相應,重制禮作樂,然"禮云禮云,玉帛云乎哉?樂云樂云,鐘鼓云乎哉"(《論語·陽貨》),更深入禮樂背後。

儒家雖以六藝為經典,對六藝的把握,因其精神境界的局限,雖反復討論,仍難以由博返約。加上後來設立五經博士,繁文褥說層出不窮。據桓譚《新論·正經》記:"秦近君能說《堯典》,篇目兩字之說,至十余万言。但說'曰若稽古',三万言。"孔子講,"辭達而已"。不過,要真正做到辭達,一兩句話把問題說透徹,還是精神境界的問題。儒家為國家制度,"經禮三百,曲禮三千"(《禮記·禮器》),有時實在過於繁瑣。所以太史談說"儒者博而寡要,勞而少功,是以其事難盡從"。在司馬遷看來,儒學亦不能代表孔子之學,真正能夠等量孔子之學的,是六藝。儒家雖以六藝為主,但各守師門成說,容易師悖。所以,以孔子為師的司馬遷,志在"厥協六經異傳"。

说"道"

> 道家使人精神專一,動合無形,贍足萬物。其為術也,因陰陽之大順,采儒墨之善,撮名法之要,與時遷移,應物變化,立俗施事,無所不宜,指約而易操,事少而功多。

要明白道家的思想旨趣,先要搞清楚什麼是"道"。《周易·系辭上》云"一陰一陽之謂道",什麼意思,為什麼不說"一陽一陰之謂道"。"道"字,最早見於西周金文,寫作 ,从行从首。[①] 要

---

① 參劉翔,《中國傳統價值觀詮釋學》,上海:華東師範大學出版社,2009,頁253。

理解道的涵義，先要理解"首"的意思。乾卦在講完六爻之後，還說"用九，見群龍，无首，吉"（此句的斷句與解釋皆紛紜）。《周易·說卦》以"乾爲首"，乾卦用九，以"无首吉"，"爲首"與"无首"是什麼關係。《周易·繫辭上》曰："大衍之數五十，其用四十有九"，①其舍一不用者，以象太極，虛而不用。②乾卦初九爻辭曰"潛龍勿用"，勿用者，即大衍之數虛一不用者。勿用者，勿用天一，无首者，天一不可用而爲首。天一不用，用二，所謂用二，就是從二開始用。一不可用，用一，二就不生。不用一，用二，用二時，一在其中，故"太極元氣，函三爲一"（《漢書·律歷志》），此易一陰一陽之道成（由此可以理解"陽成于三"的說法以及《道德經》的"三生萬物"）。潛龍勿用，實虛一不用，故三百八十四爻皆其用，爲"見群龍"之根基。潛龍勿用，也是太極勿用。惟此極不用，故無不用，惟極其不動，故無不動。③潛龍勿用與太極勿用，恰是老子"無爲無不爲"之根，莊子"無用之大用"之旨。孔子講"爲政以德，譬如北辰，居其所而眾星共之"，與此完全相通。北辰，是勿用不動之太極。

見群龍的關鍵是无首，首是初爻，故"潛龍勿用"。理解"潛龍勿用"與"見群龍无首吉"之間的關係，就理解了道家的思想位

---

① 《周易·繫辭下》："天一，地二；天三，地四；天五，地六；天七，地八；天九，地十"，數之和爲五十五，減五以象五行。又《易緯·乾鑿度》："大衍之數五十，日十，辰十二，星二十八，凡五十。"

② 參曹元弼，《周易集解補釋》（民國庚申刻本），卷十四，崔憬注，頁1-3。另參馬融注："馬融曰：易有太極，北辰是也。太極生兩儀，兩儀生日月，日月生四時，四時生五行，五行生十二月，十二月生二十四氣，北辰居位不動，其餘四十九轉運而用也。"頁3。

③ 參端木國瑚，《周易指》（一），台北：新文豐出版有限公司，1995，頁59-60。

置。道家旨在守住乾元，"潛龍勿用"，要在立極。初陽勿用（冬至一陽生，於卦為復，"先王以至日閉關后不省方"，不能動，不能用），以陰為用，陰用就是陽用，坤用就是乾用。"地道也，妻道也，臣道也，地道無成而代有終也。"（《周易·坤·文言》）坤始即為乾始，坤終也是乾終，臣從事就是君從事，此無為而無不為之理，故能潛龍勿用而見群龍，此道家精深處。道家與《周易》之間，有極其深沉的聯繫，學者往往以為道家主《歸藏》而首坤，卻未及首坤背後潛龍勿用的无首思想。孔子理解老子，故於老子有見龍之歎："吾今日見老子，其猶龍邪"。在古代典籍中，見龍之歎保存在《莊子·天運》和《史記·老子列傳》中，代表著莊子以及司馬遷對孔子與老子關係的非凡見識。

再看"道"字，金文寫作⚪，从行从首。"首"為頭，古文寫作"𩠐"。𩠐，从𦣻（shǒu）从巛（chuān）。𦣻，是頭；巛，橫過來就是坤卦。乾為首，勿用而不可為首，故以坤陰為首，此為"𩠐"造字之義，一陰一陽也。"道"字又从"行"，小篆"行"寫作⚪，甲骨文作⚪，金文作⚪，四通八達之象。坤為地方，乾元用九无首，始終周之，乾坤交通，天行不息，是一陰一陽之道也。

道家，出於對陰陽消息之道的深入認識，所以"知秉要執本，清虛以自守，卑弱以自持"（《漢書·藝文志》）。六家皆務為治，至道家，於治方其根本性認識，從源頭上理解天地萬物的秩序。陰陽、儒、墨、名、法，思想根基皆可追溯至道，萬事萬物都從道而來，可以說，道是人間政治的總原則。分散來看，萬事萬物各正性命，有自己獨有的性，這個獨特的性，是它的德。德者，得也，得之於道，道之德規定著物的生活方式。由此，可以進一步理解道德的關係。道不可見，須由德而見道，德是道的分化，體現在某個具體的物。形而上者謂之道，形而下者謂之器，要理解形而上的道，需要理解形而下的器，也就是可見的物。形而上在形而下之中，由形而下呈現出來，脫離形而下去思索形而上的東西，屬於往而不返。通俗地講，道是萬事萬物各自合乎德性的生活方式，生息在它所得的那個道上。所以，"萬物并育而不害，道並行而不悖"（《禮記·中庸》）。"萬物並作，吾以觀其復"（《道德經》十六章），道家對萬物包括人物的生活方式，有深入研究。

"道家使人精神專一，動合無形，贍足萬物。"落實到具體的人上，道家首先要問的問題是，自己的德性是什麼，自己是個什麼樣的人。"為學日益，為道日損"（《道德經》四十八章），道家的學問不是學知識，而是研究自己，慢慢將過往學到的與自己本性不相宜的東西除去（消除習氣），逐漸消滅德－行之間的矛盾，內外合一，此為"精神專一"。深入研究自己，認識自己的天性，才能理解自己的天性與別人的界限。然後由此出發，多認識一類人，最終是打開自己的局限，打開自己的局限，就能不借助外部條件而與人相應通氣，此為"動合無形"。不是按照自己的理解，設立規則，強行要求別人。而是修剪自己，相應於他，在他的軌道上，伴著他走。不斷打開自己，拆除自己的藩籬，損之又損，所理解的類別越來越多，視野越來越廣，以至於"贍足萬物"，與萬物建立無礙的溝通。所以，那些真正修養好學問深的人，往往越是平易（《新語·思務》："學問欲博而行己欲敦"）。清人石韞玉有一副對聯寫得特別好，"精神到處文章老，学问深时意气平"。反觀那些棱角分明的人，實在畫地為牢，君子則不器。

"其為術也，因陰陽之大順，采儒墨之善，撮名法之要。"術，是具體的操作，相當於外王。"道家使人精神專一，動合無形，贍足萬物"，講的是內聖。"因陰陽之大順"，陰陽消息是天地自然的規律，人生天地之中，當與天地自然相合。因，順著陰陽消息的規律走，人間政治的安排，也當如此，不要去干擾人的正常生活。"采儒墨之善"，儒家講人倫教化，墨家講勤儉持國，都可以拿來用。但講人倫教化，不要搞得太繁瑣，講勤儉持國，也不能忘了文化。"撮名法之要"，吸取名家、法家正名實的觀念。正名實背後是各正性命，表現出來，是讓不同的人過上與各自德性相宜的生活。

道家的外王之術，看起來像是將陰陽、儒、墨、名、法的好處全部吸收過來。道家之所以能吸收它們的好處，不沾染它們自身的問題，關鍵在於道家的認識探及自然的根本，深入認識到世界運轉的總原則。在司馬談看來，道家的思想相當於《莊子・天下》的道術，其他諸家相當於方術。道術為天下裂，源於諸子的視野局限。《莊子・天下》要在合方術為道術，其思想視界超越諸子和方術，上通於道。司馬談讀遍天下書而論六家要指，同樣意在合方術為道術，"因陰陽之大順，采儒墨之善，撮名法之要"。司馬談之所以展示方術與道術的差異，意在反思"罷黜百家獨尊儒術"的問題，反思漢家帝國意識形態的問題。

"與時遷移，應物變化，立俗施事，無所不宜，指約而易操，事少而功多。"《論六家要指》，顯的一面是考察諸家學術之異，隱的一面是觀其會通。要旨在於打通六家區分，以道家統攝六家，以成內聖外王之整體。道德為內聖，六家為外王（道家的無為，本身也可以作為外王之術，比如漢初政治），內聖不變，六家外王術則隨時代變化而輾轉。道家猶北辰，六家猶眾星，由此構成整體星空秩序。"與時遷移，應物變化"，不同的時代有不同的風氣，須採取不同治法。因病施藥，因時、因地制宜，也就是"立俗施事"，才能"無所不宜"。道家與諸家的關鍵區分，在於抱一與執一，諸家執一難變，道家抱一無礙。由此，可理解《莊子・天道》所講的故事，說孔子五十一歲仍不聞道，去拜見老子，老子說："仁義，先王之蘧廬也，止可以一宿而不可久處。"何止仁義，仁、義、名、法等，皆是蓬廬。掌握綱領，提綱而挈領，應物而變化，與時消息，自然"指約而易操，事少而功多"。

"儒""道"之辨

儒者則不然，以為人主天下之儀錶也。主倡而臣和，主先而臣隨，如此則主勞而臣逸。

《論六家要指》的行文脈絡非常清晰，依次論述陰陽、儒、墨、名、法、道六家。不過，談完道家之後，又接著點出儒家與道家的區別以及儒家的問題，為什麼這樣安排。至漢武帝時代，尊儒的政治風潮已具有壓倒性優勢。元光元年，更是"罷黜百家獨尊儒術"，儒家思想成為漢帝國正統思想。論述六家優劣之後，司馬談再次比較儒家和道家，是為了讓學者甚至統治者，明白儒家思想中的問題。

儒家思想雖然有益擺正君臣位置，但對君臣關係卻缺乏更深一步的認識。儒家把人君推到前台，作天下的表率，認為政治風氣的養成，來自於人主的模範帶頭作用。對於君臣關係，儒家認為"主倡"和"主先"，對《周易》"見群龍無首吉"的思想，尚未透析。《周易·乾·文言》明確說，"用九，天德不可為首也"，上層不干預、不提倡，才能充分發揮臣民的主觀能動性和主人翁精神，惟其不為首，才能見群龍。如果為首，只能見獨龍，甚至窮龍，不會見群龍。"致虛極，守靜篤，萬物並作，吾以觀其復。"（《道德經》十六章）人主當居北辰，守靜篤無為不動，以觀二十八星宿以北辰為極，周而復始。天德不可為首，藏而不用，以陰為首，此老子所謂"知其雄，守其雌"（《道德經》二十八章）之義。《詩經》首《關雎》，言后妃之德，推到前台的不是人君，而是后妃，陽不為首，以陰為首。不過，表面雖然談的是后妃之德，后妃之德所表現的正是人君之德。坤用事，即乾用事，只是乾不可首事。人的秉性不同，皆有各自的界限，人主也不例外。若以人主為表率，由於其天性的限制，難以照顧周全，必然出現問題。"智慧出，有大偽。"(《道德經》十八章) 人主若任智而行，則上有政策，下有對策。一個諸葛亮不敵三個臭皮匠，何況人主這樣一個孤家寡人，所以要絕聖棄智。需要知道，絕聖棄智是對人君說的。警告人君，你不要想去做聖人，不要認為自己的智慧勝過一切人。一般人君智識有限，那麼，哲人當王是否可以避免智慧上的缺陷。但凡以聖人自居，以超凡智慧自鳴，終將出問題，因為他已經看不到自己的缺陷。是人，總有缺陷，這是人性最根本的問題，沒有缺陷的，是神。在中國傳統中，公認的聖人只有一個，孔子。翻翻《論語》中的孔子，從未自稱聖人，而是以君子自居，從未言自己智慧有多高，反倒是學而不厭。在道家看來，真正有德的人主，恰恰不表現自己的德，因為他知道個人的局限，故不可為首，這才是人主的德，"上德不德，是以有德"(《道德經》三十八章)。人君把自己的智慧收拾住，是讓人臣的才能淋漓發揮，以見群龍。有人據此認為道家的思想實質是帝王術，為的是帝王能夠駕馭臣子統治國家。[①] 不客氣的，甚至視道家思想是在耍陰謀（朱熹就不太喜歡老子，認為老子太毒）。把道家思想看作的帝王術，是將道家對帝王以及君臣之道的深刻思考平面化和簡單化，其視野尚不及法家所理解的道家。

儒家喜歡建立標準，設定原則，然後人主帶領臣子照這個標準開始干。國家將發展成什麼樣子，在他們心里有很清楚的路線圖。

[①] 參閱張舜徽，《周秦道論發微》，武漢：華中師範大學出版社，2004。

在道家看來，這種做法不一定靠得住。道家對歷史的興壞成敗之理認識得更加深入，他們考察的時間範圍更加漫長。是否規定了國家路線，制定出道德標準，整個國家就一定會沿著既定路線走。"天下皆知美之為美，斯惡已；皆知善之為善，斯不善矣。"(《道德經》二章) 這句話，有極為豐富而深刻的內容。在道家看來，儒家畢竟還是過於執著了。"為者敗之，執者失之"(《道德經》二十九章)，立一個東西，即便再好，時間長了也會出現問題，所以道家視仁義為蘧廬。"聖人無常心，以百姓之心為心"(《道德經》四十九章)，人主不生硬地提出一個什麼思路，或什麼規劃，這種智識上的建構，往往不太切於實際。聖人不從自己的視野出發，而是以百姓之心為心，深入認識民眾當下真正需要什麼。所以國家制定政策，必須堅持走群眾路線。真正上通的學問，必然下達。未能下達，必未上通。不能下達，難以上通。

孔子與老子

至於大道之要，去健羨，絀聰明，釋此而任術。夫神大用則竭，形大勞則敝，形神騷動，欲與天地長久，非所聞也。

儒家與道家有別，並不代表孔子與老子的區分如此之大。司馬遷《老子列傳》中記載孔子問老子的事，是否為史事，不一定，事或不真，理真。其中或代表著司馬遷對孔子和老子的理解，以及對儒家和道家的理解。《老子列傳》記：

孔子適周，將問禮於老子。老子曰："子所言者（大抵如堯舜禹湯文武周公之事，或六經），其人與骨皆已朽矣，獨其言在耳。且君子得其時則駕（用），不得其時則蓬累（蓬髮垂頭）

而行。吾聞之,良賈深藏若虛,君子盛德,容貌若愚。去子之驕氣與多欲,態色與淫志,是皆無益於子之身。吾所以告子,若是而已。"孔子去,謂弟子曰:"鳥,吾知其能飛;魚,吾知其能游;獸,吾知其能走。走者可以為罔(網),游者可以為綸(釣),飛者可以為矰(zēng,射)。至於龍,吾不能知,其乘風雲而上天。吾今日見老子,其猶龍邪!"

老子,周守藏室之史,掌管周代圖書典籍的最高官員,對古史今事有深厚理解,博學如孔子,亦有向老子問禮之舉。司馬遷的這段記述,可與《莊子·天運》對觀,或者就是化自《天運》。老子對孔子說,你所談的事,當事人早已腐朽,只剩下一些言論,這些言論《天運》稱之為"先王之陳跡也"。如何對待這些言論,凸顯出道家與儒家的差異。作為周守藏室之史,老子守住的無非也是這些言論,表面上與孔子守住六經沒有什麼差別。

不過,老子食古而化,不執著於先王陳跡,年輕的孔子博學,食古不已而未能化。[①] 食古不化,徒執其言,反倒增加自身的驕氣和多欲,表現出態色與淫志。態色,就是躊躇滿志之象,準備大幹一場。淫志,過分撐大自己的志向,自以為像古聖王一樣,有大抱負。老子告誡孔子,要把這些驕氣與多欲,態色與淫志,層層剪除,它們無益身心。君子雖有盛德,亦當容貌若愚。把自身太高的心氣,往回收一收,把自己是個怎樣的人,再重新認識認識,把過去執著的東西,再深刻檢查檢查。雖然有精確而專門的知識,知鳥能飛,魚能游,獸能走,還知道鳥可以用箭射,魚可以用線釣,獸可以用網捕。但對於海陸空之間的關係,魚獸鳥之間的變化,又能否真正

[①] 參潘雨廷,《〈史記·老子列傳〉疏釋》,見氏著《易與老莊》,上海:上海古籍出版社,2005,頁166。

掌握，其視野仍失之於狹窄而未見整體。若不見整體，就可能以網補鳥，以箭捕魚，以線釣獸。後來，孔子視野打開，在於對老子的認識，"至於龍，吾不能知其乘風雲而上天。吾今日見老子，其猶龍邪！"龍，變化萬千，能上天，能入淵，範圍天地，應物而化，這是老子和道家的境界。《莊子·天運》記孔子最後的理解也與此相應，"久矣，夫丘不與化為人！不與化為人，安能化人。"要想真正化人，喪我而與自然造化合一，就是"與化為人"。老子肯定孔子："可，丘得之矣！"

在《老子列傳》的末尾，司馬遷寫了這樣一句話："世之學老子者則絀儒學，儒學亦絀老子。'道不同不相為謀'，豈謂是邪？"後世學老子的與學孔子的，總喜歡相互攻擊，并說"道不同不相為謀"，標榜自己的立場。司馬遷追問，真是道不同嗎。無論後世學者懂不懂，反正司馬遷是懂的。

"去健羨"，就是"去子之驕氣與多欲，態色與淫志"。"絀聰明"，不要自視為是，比誰都聰明，可以掌握并設計一切，相應於老子講的"絕聖棄智"。背後的關鍵，仍是對人性的深刻認識，人以及人的智慧不可能完滿，是人總是有缺欠。真正得道之人，會逐漸剪除自己的健羨和聰明，因為健羨和聰明最終會讓自己固執太深。孔子言"毋意毋必毋固毋我"，也是意在消除各種形式的固執。"釋此而任術"，"此"，指這裡的健羨和聰明，"釋"，解除。解除自己的一切固執，空空如也，扣其兩端而用中。深入觀察和研究當時的情況，然後採取相應對策，該用什麼治法就用什麼治法，無可無不可，沒有必然如此的原則，相應於道家主張的"與時遷移，應物變化，立俗施事，無所不宜"。所謂見龍之嘆，龍並沒有固定的形體和居住環境，故能相應於環境不斷變化，出入無疾。

形神问题

《論六家要指》的結構，從文脈上看非常清楚，分成兩個大部分，從開始到這一句，是第一部分，簡約概括。餘下的是第二部分，是對第一部分的進一步闡釋。如果從經學的視角來看，第一部分相當於經，第二部分相當於傳。可以說，《論六家要指》的核心內容，其實在經的部分已經講完。這樣的話，現在讀到的這一句就更應該引起我們的重視，因為它處在經的末尾，談的可能正是《論六家要指》最終要點出的問題。

"神大用則竭，形大勞則敝"，最後落腳在形神問題。不管從儒家還是道家思想來看，形神問題都可以分成兩個方面，一是相應於個人，一是相應於國家。於個人而言，形神相當於身心；於國家而言，形神相當於君國。更進一步探討，還可以推至統治思想和國家的關係。"神大用則竭"，屬於勞心，"形大勞則敝"屬於勞力，有過一點生活經驗的人，很容易理解。太過於勞心或勞力都會引起身心不適，身心相互影響，任何一方太過，都會對身心帶來危害。放大來看，"主者，國之心，心治則百節皆安，心擾則百節皆亂"（《淮南子·繆稱訓》）。國家相應於人的身體，人主相應於國家的心神。修身的道理和治國的道理，從原則上講，相通。在人主那裡，修身與治國合一，"心安，是國安也。心治，是國治也"（《管子·心術下》）。[①] 人君內心的治亂，直接影響國家的治亂。董子也說：

> 君人者國之元，發言動作，萬物之樞機，樞機之發，榮辱

[①] 關於形神君國的關係問題，《管子·心術》上下篇有精深的認識，可以參閱。

之端也。失之毫厘,駟不及追。故為人君者,謹本詳(審慎)始,敬小慎微,志如死灰,形如委衣(猶言垂衣裳而無為。《莊子·知北遊》:"形若槁骸,心若死灰"),安精養神,寂寞無為,休形無見影,揜聲無出響。虛心下士,觀來察往,謀於眾賢,考求眾人……(《春秋繁露·立元神》)。

董子的話,何其像道家。其實並非像道家,而是通過對政治的深入研究,最終所把握到的總原則,開始慢慢接近。《立元神》的結尾,尤其值得注意:"人臣居陽而為陰,人君居陰而為陽。陰道尚形而露情,陽道無端而貴神。"《立元神》討論君國關係,最後深入到陰陽問題。就陰陽對待的關係而言,可見是陰,不可見是陽,所以"陰道尚形而露情,陽道無端而貴神"。君屬陽,臣屬陰,陽主陰從,陽鼓陰動。所謂"人臣居陽而為陰,人君居陰而為陽",是說人臣看似陽動的狀態,實質做的是尚形而露情的事,人君看似陰靜的狀態,實質卻無端而貴神。① 君臣關係,猶如身心形神關係。儒家主張"主倡而臣和,主先而臣隨,如此則主勞而臣逸",與此大原則相悖,所以要專門拿出來加以反思。儒者以人主為天下儀表,無疑鼓勵人主有為的衝動,對於那些本身就好大喜功的帝王,更是如虎添翼,漢武帝與儒生的關係,有些類似。"主倡而臣和,主先而臣隨",皇帝的主張說出來,儒生的表現不是對此進行利害關係的辯證分析,而是"和"與"隨",順著帝王的意思往下說,進一步加強帝王有為的信心。這一點,道家和法家都不讚成。

《論六家要指》最終落腳在形神問題,其實也是落腳在武帝時代的政治問題。在司馬談看來,武帝任用儒術,實際是給自己的雄心

---

① 參考《管子·心術上》的說法:"人主者立于陰,陰者靜,故曰動則失位。陰則能制陽矣,靜則能制動矣,故曰靜乃自得。"

抱負正義。《汲鄭列傳》記：

> 天子方招文學儒者，上曰吾欲云云，黯對曰："陛下內多欲而外施仁義，奈何欲效唐虞之治乎！"上默然，怒，變色而罷朝。

天子大肆招募儒生，並說我想要怎麼怎麼樣，估計是說要效法唐虞之治之類的大話。汲黯直接批評武帝，"內多欲而外施仁義"，換句更直白的話，就是以仁義為外衣來掩蓋自己的多欲和淫志。儒術，從武帝內心來說，不過是拿來裝飾自己欲望的說辭，"采儒術以文之"（《史記·封禪書》）。當儒生在封禪問題上批評某某做法不合古禮的時候，武帝干脆"盡罷諸儒不用"（《史記·封禪書》）。儒家主張主倡臣和，主先臣隨。不過，像武帝如此一意孤行，尚形露情，恐怕也差不多超越了儒家底線。經武帝一朝，漢初七十年積累起來的國力，一度耗空。"夫神大用則竭，形大勞則敝，形神騷動，欲與天地長久，非所聞也。"司馬談早已預見此情形，作《論六家要指》，反思獨尊儒術以及武帝政治的問題，更進一步則反思秦漢帝國本性的問題。《論六家要指》不僅指出問題，也給出了自己思考的答案。

（作者單位：同濟大學人文學院）

思想史发微

泛神论之争与神学—政治批判

——阿尔特曼与施特劳斯关于门德尔松的理论分歧[①]

雅法(Martin D. Yaffe) 著

高山奎 译 林凡 校

中译者说明

摩西·门德尔松被誉为"德国的苏格拉底",不仅是18世纪德国启蒙运动的核心人物,而且是近代犹太思想史上的灵魂人物。1929年,为纪念门德尔松诞辰200周年,犹太教学术研究院、犹太教科学促进会和一个31名慈善家和学界名人组成的荣誉理事会共同主持推动《门德尔松全集》(最初计划出版16卷,后扩展到24卷36册)的出版工作。编译委员会由三位资深德裔犹太学者和五位年

[①] 2013年国家社会科学青年基金项目"列奥·施特劳斯犹太思想研究"(编号13CZX061)资助阶段性成果。

轻编者（包括施特劳斯和阿尔特曼）组成。《周年纪念版》是门德尔松作品第一个最全面的版本。然而，由于纳粹的崛起，《周年纪念版》的出版工作经历了激动人心的开端，资金枯竭、出版受阻的近30年中断，以及60年代中期强劲恢复三个阶段。

本文所涉的文章、论题，原为施特劳斯20世纪30年代编辑而未能出版的《周年纪念版》（以下简称《纪念版》）卷三第二册的内容。在60年代中期恢复出版过程中，由《纪念版》新主编阿尔特曼担纲校勘出版。作为《纪念版》的初始编委人员和门德尔松思想传记（1971年出版）的作者，阿尔特曼完成了施特劳斯未竟的复校工程，《纪念版》卷三第二册最终于1974年出版。

本文选译自雅法（Martin D. Yaffe）译疏的《施特劳斯论门德尔松》（Leo Strauss on Moses Mendelssohn，芝加哥大学出版社，2012），该节原标题系"阿尔特曼与施特劳斯的理论分歧"，现标题"泛神论之争与神学—政治批判：阿尔特曼与施特劳斯关于门德尔松的理论分歧"为中译者所拟。泛神论之争绝非单纯的理论事件，相反，对于犹太人而言，它更是一个实践问题。因为，20世纪的犹太人正是通过门德尔松的中转才实现了斯宾诺莎哲学上阐发的启蒙和同化。然而，犹太教的信仰质素与理性哲学的体系论证之间的张力，以及由这一张力带来的神学—政治困境最终导致20世纪犹太智识精英对启蒙理性构想的幻灭。从这一幻灭出发，施特劳斯以批判性的视野来审视和质疑门德尔松的主张，而阿尔特曼却囿于门德尔松本人遗留下来的视域来理解后者的犹太思想。因此，重启泛神论之争，通过阿尔特曼和施特劳斯的视角差异来重估门德尔松的思想，不仅对我们理解犹太人问题和神学政治危机大有裨益，而且会深化我们对现代性危机和启蒙问题的重新理解和再认识。本文虽节选自雅法的阐释性长文，但其相对独立的章节布局和内容表述使文章完整自洽，其深入缜密的注疏分析不失为思想史研究的典范之作，故译出，以飨读者。

一

阿尔特曼（在为《门德尔松全集（周年纪念版）》卷三册二所做）的序言①中提到了三封书信，它们是施特劳斯为阿尔特曼20世纪70年代初寄给他的两部独立专著的回复，信中颇多赞赏之辞。施特劳斯1971年5月28日的书信评论了阿尔特曼的一篇文章，在这篇文章中，阿尔特曼认为雅可比误读了莱辛隐秘的斯宾诺莎主义——雅可比声称自己在1780年夏与莱辛私下交谈时发现了这一点，三年后，他故意以羞辱门德尔松的迂回方式向后者透露了这一发现。② 在1973年9月9日和9月15日的书信中，施特劳斯评论了阿尔特曼新近出版的门德尔松传记，尤其评论了后者对《清晨时光》及其续篇《致莱辛的友人》产生——源于门德尔松对雅可比揭发的哲学回应——的详细叙述。③ 在施特劳斯为这两部专著所作的导论

---

① ［译按］指阿尔特曼1974年为《门德尔松全集（周年纪念版）》卷三第二册出版所做的译者序言，当时施特劳斯刚刚去世，这一序言或可看作为施特劳斯的悼文。

② 《莱辛与雅可比：关于斯宾诺莎主义的谈话》（Lessing und Jacobi：Das Gespräch über den Spinozismus ［Lessing and Jacobi：The Conversation about Spinozism］），载于 Lessing Yearbook，1971，卷3，页25-70；复收入阿尔特曼，Die trostvolle Aufklärung：Studien zur Metaphysik und Politischen Theorie Moses Mendelssohns（下文简称MMTA），Stuttgart - Bad Cannstatt：Friedrich Frommann Verlag Günther Holzboog，1982，页50-83。

③ 见阿尔特曼，《门德尔松：传记性研究》（Moses Mendelssohn：A Biographical Study，下文简称MMBS），University，AL：University of Alabama Press，1973，页553-759。

（［译按］即《〈清晨时光〉和〈致莱辛的友人〉引论》）中，《清晨时光》与《致莱辛的友人》的成文史及其哲学内容这两个主题，构成他透彻分析泛神论争论的两个组成部分。《〈清晨时光〉和〈致莱辛的友人〉引论》显然是施特劳斯十篇门德尔松引论中最长（在 JA 卷 III 第 2 册中占 84 页）、最全面的一篇，同时也是最复杂、最难解的一篇，是其他九篇导论所述的很多松散线索的集成。因此，施特劳斯就这一引论致阿尔特曼的信就成为索解上述所有引论的窗口。

在 1973 年的信中，施特劳斯表明，若是健康和年龄允许，他可能"或许"会由于阿尔特曼的著作，去修改自己 1936—1937 年间关于《清晨时光》和《致莱辛的友人》所写的东西。当阿尔特曼出于澄清的目的继续追问时，施特劳斯解释道，他自己或许会更相信赖夏特（J. F. Reichardt）——柏林歌剧院的音乐总监和雅可比的友人——的轶事；这个故事发生在 1785 年 12 月 13 日赖夏特拜访门德尔松期间，门德尔松表现出的神经质行为，以及在整个交流过程中，门德尔松自嘲地谈及自己早期（犹太）教育的影响，即不像雅可比的早期教育那样包含"绅士"和"名誉之事"等观念。赖夏特拜访之际，雅可比刚刚出版自己的专著《论斯宾诺莎学说——致门德尔松先生书简》（*On Spinoza's Doctrine, in Letters to Mr. Moses Mendelssohn*），读者正感受到该书带来的巨大冲击，因为书中公开揭露了莱辛据说是位斯宾诺莎主义者，而与此同时，门德尔松出版了自己专著《清晨时光》，这本书设想并预料到了雅可比的揭露，但由于完成得太迟而未能抢占先机。在猝然早逝前的三个礼拜，门德尔松在除夕之夜，冒着严寒将《致莱辛的友人》的手稿亲手递交给他的出版商。阿尔特曼与施特劳斯此处的分歧在于，门德尔松的神经质行为和自嘲言论是否应理解为，正如施特劳斯 1936—1937 年间所表明的，由于丑闻而导致的严重个人压力的征兆。在阿尔特曼看来，这种神经质行为仅仅是门德尔松过去15年来所遭受的衰竭性疾病的惯常症状,而自嘲的话至多是亲切的门德尔松牺牲自己而开的一个温和玩笑。①

在1971年的信中,施特劳斯指出,阿尔特曼与他都认为,虽然雅可比极力探究,但他还是只发现了莱辛隐微观点的一小部分,不过,二者在莱辛究竟还有哪些隐微观点上存有分歧。施特劳斯提到自己原本计划在《〈清晨时光〉和〈致莱辛的友人〉引论》的最后部分,或是在一篇独立的文章中讨论"莱辛 de Deo et mundo[论上帝和世界]思想的核心"。然而,世转斗移,施特劳斯已无法完成这一构想,只能"向[他的]好学生强调莱辛,并在适当的场合说出[他]受益于莱辛的东西"。尽管如此,施特劳斯补充道,"其中不少要点,至今在我心中仍旧和往昔一样清晰"。

综合来看,这三封信提供了如下暗示。在阿尔特曼友好的促请之下,在生命的最后阶段,施特劳斯开始重新反思自己在20世纪30年代就门德尔松《清晨时光》和《致莱辛的友人》的成文史及其哲学内容所写的东西。施特劳斯此处的动机多少有些复杂。由于当年误读赖夏特而写下不太恰当的文字,他现在试图——若是他能够的话——重新探究这两部著作的形成,他可能会为了自己尚未动笔的关于莱辛的部分而重新探究这两部著作的内容。更直接地研究《〈清晨时光〉和〈致莱辛的友人〉引论》,我们就会发现,施特劳斯的史学与哲学探究不过是一个意义更为深远研究的两个方面。在施特劳斯意图澄清门德尔松对莱辛的斯宾诺莎主义具有内在争议的辩护时,这两个方面融为一体。这就要求我们在两个关键层面澄清门德尔松,一是就个人层面,一是就神学和政治层面,就前者来说,作为莱辛的挚友,如果雅可比的说法成立,那么,莱辛最深刻的哲学

---

① MMBS,页268–271,732–739,745–746。

思想将仍处于幽暗之中，就后者而言，门德尔松作为现代犹太思想的哲学奠基者，他思考的是，作为生活在现代的犹太人，如何远离犹太人自己的聚居区而生活，而在他本人对这种生活的前景所作出亲身的实践之中，就可能包含了与像莱辛这样的非犹太人的亲密友谊。如果说上述所言还有些差异，差异就在于：施特劳斯作为门德尔松的神学－政治论的继承人而写作。门德尔松为后来的犹太人的思想和生活留下了宝贵的遗产，施特劳斯试图澄清这份遗产中混合了个体与公众两个层面的难解之处——即便或尤其是在与雅可比论争的压力下，门德尔松本人也从来没有相当成功地阐明这些难解之处。

因此，施特劳斯与阿尔特曼的分歧，并非仅仅表现于施特劳斯可能对赖夏特产生的误读和他对莱辛无意识的沉默。与施特劳斯和阿尔特曼不同，为了更充分阐明这些分歧，我的论述将从《清晨时光》和《致莱辛的友人》中关于莱辛的斯宾诺莎主义的争论开始。

二

在其哲学作品中，门德尔松以引人注目的方式不止一次吁请读者关注斯宾诺莎。在其最早发表的作品《哲学对话》(*Philosophical Dialogues*, 1755) 中，门德尔松虚构的对话者们考察了他们的哲学权威莱布尼兹，考察他是否从斯宾诺莎的"体系"中推断出前定和谐的核心教义，由此而为他们视为无神论者的斯宾诺莎辩护。[①] 另一

[①] 见施特劳斯，《门德尔松的〈清晨时光〉与〈致莱辛的友人〉引论》(Introduction to Mendelssohn's *Morning Hours* and *To the Friends of Lessing*, 以下简称 IMH)，页 XXII，注释 66。

方面，在《清晨时光》及其续篇中，门德尔松尖锐地批判了斯宾诺莎的体系，尽管他后来补充说，这一体系可以重新表述为一种道德上无害的泛神论。阿尔特曼和施特劳斯之间分歧的核心在于，门德尔松对斯宾诺莎的两个不同论述是否完全一致。与此相关的问题是，这些论述是否与斯宾诺莎一致，当然，也要看是否与莱辛一致。后文将会看到，同样的问题是，他们是否与《清晨时光》复杂的成文过程和总体目标具有内在关联。此外，门德尔松用现代哲学思想改造犹太教时自有依凭的基础，通过聚焦这些问题，这个基础的断层地带便会显现出来，施特劳斯看到了这一点，但阿尔特曼没能看到。

乍看起来，就其总体目标而言，门德尔松在《清晨时光》里的斯宾诺莎批判似乎只是附带为之。这部专著有十七讲，大部分内容恰如副标题所述，是《关于上帝存在的讲座》(Lectures on the Existence of God)。据门德尔松的序言，这些"讲座"之所以可能，是因为他在清晨的家中为他十几岁的儿子和两个其他犹太青年讲授莱布尼兹的自然神学。但是，该书第十三讲到第十五讲突然转向一些不相关的论题。第十三讲对斯宾诺莎体系进行了一种宽泛的批驳，而依照这一讲自身的脉络分析，这又算不上是原初的批驳。继而，第十四讲考察了斯宾诺莎体系的一种"纯化的"或"净化过的"版本，现在，这一版本通常被解释为泛神论，门德尔松将其宣扬为自己已故友人莱辛隐秘持有的观点；而莱辛的读者，通过阅读他具有高度论战性的、受到广泛赞誉的哲理剧本、文学评论和神学论辩，早已把莱辛预设为一位莱布尼兹主义者。最后，第十五讲为莱辛"净化过的"斯宾诺莎主义提供了一种道德辩护，因为就普通民众层面，这种斯宾诺莎主义与宗教的实践教诲是兼容的。第十三讲到第十五讲既突兀又自足的特点，以及门德尔松最初为阐释其讲座而披露的个人动机，二者使施特劳斯考虑到，要不是急切地让莱辛的哲学遗产免于隐秘的斯宾诺莎主义——被理解为无神论——的过分指控,这部作品也许根本不会出版、写作,甚至根本不会进入门德尔松的头脑之中。

雅可比致信一位共同的朋友,一个他认为适合(正如雅可比所期望的,她也确实做到了这一点)穿针引线的第三方,他以这种巧妙而狡诈的方式首先令门德尔松面对莱辛的斯宾诺莎主义。这个第三方是伊丽丝·赖马鲁斯(Elise Reimarus),著名的《沃尔芬比特尔残篇》(*Wolfenbüttel Fragments*)的已故匿名作者赖马鲁斯(Hermann Samuel Reimarus)之女。这部作者身后出版的著作,节选自她父亲尚未发表的对基督教启示信仰激进的理性主义批判的作品——《对理性敬拜神者的申辩或辩护》(*Apology or Defense for the Rational Worshipers of God*)。① 作为沃尔芬比特尔大公图书馆的馆员,莱辛以《未署名者片段》(Fragments of Unnamed)为标题连续刊载这些摘录,而引介它们的时候,他将其作为自己论战性的"对立观点",莱辛还说,这些"片段"已经开始在沃尔芬比特尔流传。② 与第十四讲一样,《清晨时光》的第十五讲以叙述性的对话方式写作,门德尔松虚拟了一位莱辛的长期友人和仰慕者作为对话者,③ 这个对话者否认莱

---

① 《对理性敬拜神者的申辩或辩护》(*Apologie oder Schutzschrift für die vernünftigen Vereber Gottes*),见施特劳斯对《清晨时光》所作的编辑注释,页125(注释27)、页126(注释2)(IMH,页XIV,注释26)。

② 莱辛,*Sämtliche schriften*(以下简称LM),卷XII,页303 - 304,428 - 450;莱辛,《哲学与神学著作集》(*Philosophical and Theological Writings*,以下简称Nis),H. B. Nisbet 译,Cambridge:Cambridge University Press,2005,页61 - 82。

③ 这一对话者类似于伊丽丝·赖马鲁斯的哥哥 J. A. H. Reimarus,《论人类认知与自然宗教的基础》(*Über die Gründe der menschlichen Erkenntniß und der natürlichen Religion* [On the Bases of Human Cognition and of Natural Religion]),Hamburg,1787。见施特劳斯对《清晨时光》(页159,注释2 - 5)的编辑"注释与补遗"。英译见本书附录2,对IMH的补遗,页XLIV,注释193。

辛曾是一位斯宾诺莎主义者，同时，他追溯了莱辛从莱布尼兹自然神学转向编辑评论《残篇》的根由所在。① 在大段的颂词之中插入这一最后的主张，即莱辛的背离仍完全符合他对基督教道德堪称典范的忠诚，通过这种写法，门德尔松笔下的对话者旨在掩盖和弥补雅可比的揭露对莱辛名誉造成的损害。尽管如此，门德尔松结束第十五讲时，仍然友善地纠正他的对话者——也就是间接纠正雅可比——一个恰当的传记细节。门德尔松，或者更确切地说他笔下的人物角色，大量引用莱辛的早年遗稿《理性基督教》(The Christianity of Reason)② 为证，证明莱辛在刊载《残篇》之前很久就已经开始持有那种"净化过的"斯宾诺莎主义。

阿尔特曼确信，第十五讲最后一句话表明，门德尔松早已知晓并尊重莱辛一直秉持的"净化过的"斯宾诺莎主义。施特劳斯对此则不无疑虑。与阿尔特曼不同，施特劳斯发现了《清晨时光》文学和哲学两个方面的不连贯，在施特劳斯看来，门德尔松一直没能反思自己的根本前提。即便如此，施特劳斯继续表明，雅可比的揭发带来的突然而强大的压力，如何促使门德尔松比以往更进一步反思那些前提。对于这一点，在随后分析《清晨时光》第十三讲到十五讲时，我将更全面地阐释阿尔特曼与施特劳斯的分歧。

三

正如施特劳斯所言，第十三讲虽然章节标题上提及泛神论而非

---

① 见 IMH，页 LXXXVII，注释 390。
② 《理性基督教》(Das Christenthum der Vernunft)，1753，见 IMH，XLVI，注释 201。

无神论,但在驳斥斯宾诺莎主义时,门德尔松并没有谈到斯宾诺莎主义是否应被理解为无神论或泛神论。这一驳斥可归结为三个论证。其中一个论证指出,斯宾诺莎的实体这一基本观念前后不一;另外两个论证指明,即便有人接受了斯宾诺莎的实体这一基本观念,结果也是不相协调的。看起来,三个论证似乎碰巧适用于泛神论的斯宾诺莎主义和无神论的斯宾诺莎主义两种情形。

首先,所谓斯宾诺莎主义者,据说他们宣称,"我们自己"以及我们通过感官获知的外部世界并非自我持存(self-subsistent)的事物,而仅仅是某一自我持存的事物或者说实体——在有形的广袤(extensio[广延])和思想的力量(cogitatio[思想])两方面都是无限的——的变体。唯一的实体当然是上帝。简而言之,万物是一;反过来,一又是万物。然而,门德尔松认为,实体这一观念是对常识的不太确定的背离,是一种独断且言过其实的说法。首先,实体具有自我持存的特征,这是它相对于任何其他物体的独特特性,其次,实体又是自足的(self-sufficiency),或者不依赖于任何他物而存在,斯宾诺莎却混淆了这两种情况。他利用了一种语义上的含混。从表面含义来看,"实体"作为自我持存,允许了实体的无限可能性。而从夸张的视角看,斯宾诺莎主义意义上的唯一"实体"——作为"存在于自身之内……无须借助于他物的概念来界定的概念"①——导致了最终站不住脚的观点:只有一个唯一的、无所不包的实体。

第二,据说,斯宾诺莎追随笛卡尔,将唯一实体的物质属性简单地归结为广延。即便人们为广延加上封闭性的含义,门德尔松还是反对仅仅将广延解释为所有物体的质料上的共同特征。广延

---

① 斯宾诺莎,《伦理学》(*Ethica*),第Ⅰ部分,界说,3。

也不应被解释为各种有机体的形式，即每一个有机体有目的运动或规则行为的模式。就此点而论，广延既不是运动，也不产生运动。

第三，门德尔松还反对，无论怎样无限的纯粹思想力量，都无法说明"善与完美、快乐与悲伤、痛苦与满足，通常隶属于我们官能赞成和渴望的那些事物"。① 就其本身而论，思想既不会赞同，也不会渴望，也不会引发赞同或渴望。

关于这些内容，阿尔特曼和施特劳斯都注意到，针对门德尔松对斯宾诺莎的批判，康德持否定态度，认为他只是在用"准则"或"戏法"进行批判，即是说，门德尔松的阐述倾向于"表明，哲学的各种学派的一切争执，不过是纠缠于言辞，或者至少是源于对言辞的纠缠"。② 康德明确地反驳说，从来没有单纯言辞引发的哲学之争："有些问题，尤其哲学问题，已经争论了很长一段时间。但根本上，这绝非是纠缠于言辞的争吵，而是针对事物的真正争论。"③ 阿尔特曼援引门德尔松第十四讲中所引用的斯宾诺莎《伦理学》中的一段话，④ 这段话大意是，至少在斯宾诺莎看来，许多争论实际上不

---

① 门德尔松，《清晨时光》（Morgenstunden, oder Vorlesungen über das Daseyn Gottes），载于周年纪念版，卷三，第二册，页108，行25-27；参看门德尔松，《清晨时光》（Morning Hours: Lectures on God's Existence，以下简称 DaDy），Daniel O. Dahlstrom 和 Corey Dyck 译，Dordrecht, Heidelberg, London, and New York: Springer, 2011, 页78。

② Morgenstunden，页104，行30-33；参看 DaDy，页75。

③ 《简论雅可比评门德尔松之〈清晨时光〉》（Einige Bemerkungen zu Ludwig Heinrich Jakobs Prüfung der Mendelssohn's schen Morgenstunden [A Few Remarks on Ludwig Heinrich Jakob's Examination of the Mendelssohnian Morning Hours]），IKW，卷 IV，页482，见 IMH，页 LXX。

④ 《清晨时光》，页121，行8-12；参看 DaDy，页88。

过是言辞之争,阿尔特曼借此反驳康德,并为门德尔松辩护。① 然而,康德关于门德尔松在其他地方试图将哲学争论还原为言辞之争的进一步叙述,为施特劳斯所引用,根据康德的看法,"门德尔松这样做,就好像用一捆稻草挡住潮汐"。② 阿尔特曼和施特劳斯此处的根本分歧在于,在他公开宣称的莱布尼兹主义者的视域之内,门德尔松是否充分考虑到雅可比将莱辛推断为斯宾诺莎主义者所带来的挑战。阿尔特曼没有看到门德尔松这样做时面临的巨大困境。相反,施特劳斯看到了这一点。门德尔松诉诸言辞差异,或更宽泛地讲,诉诸常识,在施特劳斯看来,这标志着门德尔松隐含地感到,就其本身而论,体系之争无法满足他所直面的(一般而言的)哲学和神学之争,尤其是关于斯宾诺莎主义的争论,因为这些争论本质上既是实践之争,也是理论之争。

四

第十四讲由门德尔松和莱辛之间的虚拟对话构成,但对话有一个虚构的前提:在第十三讲批驳斯宾诺莎期间,莱辛很可能在场,而现在,他作为一名斯宾诺莎主义者来发表自己的申辩。随后是虚

---

① "……相当多的一些争论起源于……人们未能正确地阐释他们的思想,或是由于他们对别人的思想理解有误。因为当他们彼此辩争得最激烈时,究其实,不是他们的思想完全相同,就是他们的思想自始既不相干,没有争辩的必要,所以他们认为是别人错误而且不通的地方,其实并不是如此。"《伦理学》(*Ethica*),第Ⅱ部分,命题47,附释。Geb,卷Ⅱ,页 128 – 129;参看 WhSt,页 86 – 87。

② 康德,《论门德尔松〈论自由和必然性〉》(On Mendelssohn's *Über Freiheit und Nothwendigkeit* [*On freedom and necessity*]),JA,卷Ⅲ,第一册,页 343 – 350。

构的莱辛表述改造或"净化过"的斯宾诺莎主义,之后是门德尔松的回应。

虚构的莱辛(以下简称"莱辛")对上述批评意见的第二点和第三点做出妥协,但对第一点却寸步不让。就是说,"莱辛"承认门德尔松的说法,现实事物具有无限多样性,每一事物都是其自身有目的运动的根源。"莱辛"也同意,除了赤裸的"思想"或意识嵌在它身上的一些等级或其他规定之外,每一现实之物还具有内在的能力去认同,或者选择最佳的可能。而且,承认这两个批判要点,并不需要"莱辛"放弃他持有的斯宾诺莎的另外主张,即斯宾诺莎否认事物的"客观"存在,即是说,在上帝的"呈现"(representation)或构想之外,并没有事物存在。① "莱辛"此处的观点似乎剽窃了现实中莱辛的早期遗稿《论上帝之外事物的真实性》(*On the Actuality of Things Outside God*, 1763),② 文中提出这样一个问题:既然那些现实之物必然与上帝所拥有的关于它们的真实而充分的观念一致,那么,上帝是否拥有超出他知性之外的事物存在的观念?或者说,上帝如何拥有这种观念?用莱辛(以及"莱辛")的话讲,上帝的观念是现实事物的"原型"。也就是说,在观念成为现实之前,这些事物在上帝的知性之内作为尚未实现的可能性而存在,虽然如此,这种可能性的实现与自然法则是一致的,而且对上帝来说,这也是完全自明的。"莱辛"提出的问题就是:根据

---

① 《清晨时光》,页116,行7;参见 DaDy,页84。
② 《论上帝之外事物的真实性》(Über die Wirklichkeit der Dinge ausser Gott),载于 LM,卷 XIV,页292-293;施特劳斯在他对《清晨时光》的编者评注中(页116,行6-15和页117行8-118行18)对其进行了全面引述(JA,卷Ⅲ,第二册,页302-303);Nis,页30-31。见 IMH,页 XCV,注释459。

这样的理解，宣称现实之物"外在于"上帝这种说法的基础是什么？我们竭尽全力，要在原则上构想或描述这些外在于上帝的事物的所有特征或"谓词"，① 它们"经过无限序列的不断修正或变化"②而形成，所有这些特征或"谓词"一定不会在上帝那里事先存在吗？同理，所有这些是不是应该包括造成仅仅是可能的事物与现实事物之间差别的东西，而无论这种东西是什么？所谓现实事物，莱辛称为现实生活，即"（它们的）可能性的互补之物"。③倘若如此，我们说如此理解的现实事物也"外在于"上帝，岂不是前后矛盾的废话吗？

门德尔松的答复是，有一些"可靠的标志能区分出作为客体的我和在上帝之中呈现中的我；区分出作为原型的我和存在于上帝知性中的影像（image）。"④"最能"证明"我外在于上帝的实体性，我的原型般的存在"的标志，是我这个个体的"自我意识，以及我对所有并未相应进入我思维领域之内的事物的全然无知。"既然上帝是最完美的存在，那么，"在上帝之中的思考……对它的客体来说，是一个有限的存在，在上帝之中就无法形成任何独立的存在，或者说，形成意识的断裂。"⑤ 正如第十三讲，针对源自"莱辛"的斯宾诺莎的体系之争，门德尔松此处也提供了一种常识性的反驳：每一独立个体对其自知无知的存在意

---

① 《清晨时光》，页117，行20和行24；参较 DaDy，页85。
② 《清晨时光》，页117，行13–15；参较 DaDy，页85。
③ 这一表达来自 Christian Wolff，见他的 *Philosophia prima, sive Ontologia*，第174节。参较 All，页69–71。
④ 《清晨时光》，页117行36–118行16；参见 DaDy，页85–86。
⑤ 《清晨时光》，页120，行21–34；参看 DaDy，页85–87。施特劳斯在 IMH（页 LXXI—LXXII）中对前述门德尔松的段落做了引用。

识既无可辩驳，也无法还原为任何其他的事物——用门德尔松的话讲，此即"原型"。

阿尔特曼结合了门德尔松诉诸常识的反驳和下文的莱布尼兹体系，由此而为门德尔松的反驳辩护。① 事物成为现实，不仅是因为上帝知道或思考它们的结果，更是源于上帝的嘉许或拣选。因此，上帝拣选的现实事物之集合，是所有可能世界中最好的一个。不过，这一所有可能世界中的最好世界，也含有一些作为相对最好而被拣选之物，也就是说，这些事物只是优于其他被上帝有意拒绝的可能事物：总而言之，那些绝对最好的事物包括一些从独立个体的视角看来次好的事物。那么，尽管由于上帝的知晓和嘉许，相对最好的现存事物得到拣选，但它们并不能成为上帝的组成部分，上帝之中只能存在绝对最好的事物。因此，阿尔特曼得出结论，相对最好的这些事物必定存在于上帝"之外"。

然而，在门德尔松的反驳中，施特劳斯注意到他没有察觉到的根本矛盾。在上文刚刚引用的段落中，门德尔松未经反省②就将原型从上帝转换到个别的自我身上。转瞬之间，上帝的观念不再是原型，每一自我也不再是这一原型的影像，反之亦然：外在上帝的自我成为原型，而上帝观念中的每个自我现在都成为这一原型的影像。这一转换在没有任何预兆的情况下出现，也未按任何系

---

① 见 MMBS，页 693-694。
② 阿尔特曼对门德尔松的这一转换辩护如下（MMBS，页 867，注释35）："当莱辛将 Urbild［原型］一词用于上帝理智中的事物观念，门德尔松则意图区分内在和外在于上帝的事物存在，他将外在于上帝的现实之物称为原型，将上帝理智中事物的观念存在称为 Bild［像］。因此，他翻转了这一传统的术语，却又无意于否定，上帝理智中的事物观念实质上是现实事物的原型。门德尔松的非正统术语显然是为了反驳莱辛的论点，而不应被解释为有任何进一步的企图。"

统的方式得到说明，这表明它是一种未经考察的假设，是门德尔松"隐秘的前提"。至少，这一前提预设表明，就有关原型这一点而言，上帝和个体自我是平等的。就神学方面而言，这一平等地位为门德尔松的如下观点所支持，或至少与这一观点一致：上帝不仅是一个完美理智的存在，而且也是一个谦和仁慈的存在，他只是为了人类个体今生和来世的幸福才创造和养育他们，而不是为了——比如说他自己的永恒荣耀和公义。① 这里应当补充的是，在关于上帝谦和仁慈的教义方面，门德尔松与其最高的哲学权威莱布尼兹存在一些分歧，和莱辛之间也有分歧：后两者都捍卫地狱永罚的传统神学教义，换言之，那些作恶者死后将不可避免且永远遭受正义的惩罚。② 此外，施特劳斯还表明，门德尔松关于上帝与人类个体平等的隐秘前提还有其他的体现，比如，在门德尔松其他作品中一些未经考察的类似表述：上帝的"权利不会与我们的权利有冲突，或者混淆"③，另一方面，用门德尔松的话讲，每一个个体作为"上帝之城中的公民"，似乎具有对抗上帝的宪政（constitutional）权利。④ 诚然，门德尔松的这些表述受惠于莱布尼兹，后者同样说过，独立个体是上帝之城中的公民⑤——然而，鉴于门德尔松与莱辛在永罚问题上的神学分歧，⑥ 这一受惠与其说

---

① ［译按］见原书页 212 的注释。

② 门德尔松在《上帝的事业或获救的天意》（*Sache Gottes*，1784）中就这一问题直面了莱布尼兹（间接直面了莱辛）。见笔者下文对 IGC 的评论。

③ *Jerusalem*，页 127；Ark，页 59。

④ 例如，《斐多》（*Phädon*），页 112-113；《上帝的事业或获救的天意》，第 60 节。

⑤ 例如，《自然新系统》（*Système nouveau de la nature*），第 8 节；Ger，卷 IV，页 479-480；Wie，页 110-111 或 ArGa，页 145 或 FrWo，页 147-148。

⑥ 见 IGC，页 XCVI-CX。

是完全神学意义上的，毋宁说是政治哲学意义上的。施特劳斯从此处得出结论，门德尔松的形而上学努力试图确证一般事物的实在性外在于上帝，但他的行为反而证明了，这一努力依赖一个未经考察的前提，即每一具体个体具有外在于上帝的不可还原的自主性。

与阿尔特曼与施特劳斯这里的分歧一定有关的是，门德尔松对所谓的莱辛的斯宾诺莎主义的不满，能否用形而上学论证进行某种程度的解释（阿尔特曼），或者相反，他的不满终究沦为一种神学－政治论的个人主义（施特劳斯）。这一分歧还体现在我们如何理解门德尔松在《清晨时光》第十五讲中实际上为莱辛的斯宾诺莎主义所作的辩护。

五

门德尔松在第十五讲中指出，莱辛泛神论意义上的斯宾诺莎主义与莱布尼兹一神论的区别仅仅在于，前者具有一种对道德实践毫无影响的凭借形而上学的"精巧"，门德尔松由此而为这种斯宾诺莎主义辩护。现在，我们考虑这一辩护时，还需要考虑的是，关于门德尔松本人所理解的形而上学真诚，阿尔特曼和施特劳斯有着怎样的分歧。在他对门德尔松的传记研究和其他作品中，阿尔特曼的相关观点可以概括为四个方面。我们暂且搁置导致阿尔特曼和施特劳斯之间一系列分歧的内容，现在，考虑到施特劳斯和阿尔特曼之间的学术论争迄今尚未达成一致，我只能处理一些与门德尔松建立现代犹太思想有关的更深层问题。

那么，首先，根据阿尔特曼的看法，"只是迫于雅可比揭露的压力，门德尔松才重视莱辛似乎已经显露出来的斯宾诺莎主义倾向"（MMBS，页694）。换句话说，阿尔特曼怀疑，如果不是事关现实利害，门德尔松是否会严肃对待莱辛的斯宾诺莎主义倾向。另一方面，施特劳斯并没有急于撇清此处的现实利害和内在的哲学问题的关系。因此，施特劳斯并不完全同意阿尔特曼出于现实利益的视野和局限的考虑。雅可比公开披露了莱辛持有的斯宾诺莎主义观点，这个出人意料的举动可能带来的现实后果，是让莱辛的神学仇敌沾沾自喜，而且，雅可比的披露还隐含了一个后果，就是让门德尔松感到受辱：尽管是多年的莫逆之交，莱辛仍有意在敏感的哲学问题上对其好友讳莫如深。施特劳斯表明，关于这些后果以及我们如何理解这些后果，与更进一步的问题有关，即，是门德尔松还是雅可比更好地理解了莱辛（当然，还包括斯宾诺莎）。换句话说，施特劳斯坚持认为，与这些现实的考虑密切相关的，是如何确切评价门德尔松作为现代犹太思想创立者的哲学价值。这最后一点是施特劳斯考察整个泛神论之争时一以贯之的副主题，从某种程度看，这对阿尔特曼并不成立。后者更倾向于以一种考古学的方式检视这场争论。对施特劳斯来说，正是持续的神学—政治问题的连锁反应衍生了20世纪30年代德裔犹太流亡者，例如他本人的困境，[①] 而对当时的德国而言，在门德尔松作品的根本塑造之下，犹太人生活已为德国生活所同化。正如笔者前文所述，这是施特劳斯晚年记忆的一部分：他以纪传体的方式，将自己描述为生于德国、受教于德国的年轻人，当时，他发现自己深处神学—政治困境之中，而这一困境很大程度上是

---

① 参看施特劳斯同时期（1937）为其尚未动笔的论莱辛的著作撰写的导言（见本书英文原版附录1）。

门德尔松的遗产。①

第二，阿尔特曼认为，在第十五讲中，门德尔松虚拟的对话者"是一个门德尔松乐于将自己与其融为一体的莱辛观点的代言人，在雅可比闯入之前，门德尔松视其观点如同己出"（MMBS，页695）。即是说，在雅可比公开披露莱辛的斯宾诺莎主义无神论之后，门德尔松本人无论多么希望展示这一形象来挽救莱辛的公众声誉，但他还是很难认同这一虚拟对话者对莱辛的描述，即他像《沃尔芬比特尔残篇》的作者一样，是个道德上值得钦佩的宗教理性主义信徒。在这一点上，施特劳斯赞同阿尔特曼，尽管出自不同的原因。阿尔特曼从字面上理解门德尔松的主张，即莱辛的《理性基督教》是一部斯宾诺莎主义作品——虽然如施特劳斯所言，这部著作并没有多少特别斯宾诺莎主义的东西。《理性基督教》看起来多少像一连串莱布尼兹的格言。其中，最接近于斯宾诺莎思想②的格言写道：

> 在上帝那里，想象、意志和创造乃是一体。因此，上帝能够创造任何他所能想象的事物。③

莱辛此处的思想，即上帝乃理智、意志和创造的合一，是否属于莱布尼兹主义抑或斯宾诺莎主义，这取决于两个方面：一方面，上帝能否被理解为理智的存在；另一方面，上帝能否被理解为一个无所不包、创造一切的实体，至少从常识观点看，为了说明"想象"和"创造"才会含糊地提到这一实体。所谓"净化过的"

---

① 见本书前述的注释 19 和下面的注释 397 [译按] 参原书。
② 见 IMH，页 XCI，注释 441。
③ 《清晨时光》，页 133，32-33；参看 DaDy，页 97。

斯宾诺莎主义是这两个方面的融合：一切事物的睿智"创造者"实际上不会放弃任何事物；而所谓"净化过的"斯宾诺莎主义，对阿尔特曼来说，就是门德尔松从莱辛格言中发现的观点，对施特劳斯来说，则是对斯宾诺莎主义的修正。阿尔特曼认为，门德尔松将这一观点归之于《理性基督教》并称之为斯宾诺莎主义是正确的。相反，施特劳斯却发现这一归属令人生疑：门德尔松作为一位终身的莱布尼兹主义者，勉力面对自己能够理解的有限材料，可是，他却将自己的莱布尼兹主义作了修正之后才套在莱辛身上。

第三，阿尔特曼与施特劳斯一样，觉得有必要解释一下，门德尔松为什么让第十五讲中的虚拟对话者具有修辞的卓越才能，而这个虚拟对话者所勾勒的，是雅可比披露之前的莱辛形象，是即便不完全真实但在道德上有益的宗教理性主义者的形象。对于阿尔特曼而言，这一形象与门德尔松本人在第十五讲结尾发表的观点并不一致，因为他在结尾将莱辛称为"净化过的"斯宾诺莎主义的鼓吹者，但无论如何，虚拟对话者的形象为上下文语境中的莱辛主张提供了恰当背景。莱辛有许多作品公开阐发的观点受到了不公众的诽谤，据说，《理性基督教》就是其中一部。这些作品名单包括诗剧《智者纳旦》，在因伏尔泰《老实人》而风靡一种反莱布尼兹主义的情势下，莱辛在该剧中为神意辩护；此外，还包括格言体著作《论人类的教育》，在《沃尔芬比特尔残篇》的作者对《圣经》启示进行了历史学的批判之后，莱辛在这本书中为启示宗教而辩护；当然还有莱辛针对《沃尔芬比特尔残篇》发表的《反对意见》。总之，阿尔特曼依据门德尔松列举的莱辛的一生"豪勇",① 或道德崇高的实例,试图理解门德尔松对莱辛倡导的"净化过的"斯宾诺莎主义的阐释。施特劳斯对此并未表示异议。然而,为了更充分地理解门德尔松将什么归于(和不归于)莱辛的高尚情操,施特劳斯认为有必要依据其自身方式探究莱辛严格意义上的哲学内容,而对于这一点,门德尔松本人却未详加考察。如前所述,施特劳斯的莱辛被证明是一位表演性的(histrionic)② 哲人——由于缺乏更好的术语,姑且如此称呼——而非一位系统哲人,这恰好也是门德尔松的假定。关于这一点,我将在本节下面的第四点即最后一点中论述。

最后,阿尔特曼评论道,门德尔松"顽固地拒绝承认《论人类的教育》的意义在于,它开启了超越自然宗教观念的全新视域,而这种自然宗教观念之中没有历史的位置"。③ 这就是说,门德尔松拒绝承认莱辛与自己哲学体系的格格不入。关于这一点,阿尔特曼与施特劳斯观点一致,只是阿尔特曼此处谈到的是,门德尔松在道德根基上具有缺陷,即门德尔松顽固地拒绝承认新的事物及其改善的可能,但施特劳斯却从哲学视角进行理解,换言之,门德尔松独一无二的现代前提在于,哲学必定是一种系统论证。施特劳斯强调,门德尔松将这一前提归功于莱布尼兹,莱布尼兹已经注意到,柏拉图、亚里士多德和其他一些古代哲人④缺乏论证,而且,莱布尼兹在

---

① MMBS,页 696 – 697;参看页 577 – 578。

② 参见 IMH,页 XIX,注释 56,以及下文的注释 274。同时参见尼采,《善恶的彼岸》(*Jenseits von Gut und Böse*),第 28 节,*KSA* 版,卷 V,页 46 – 47;英译 *Beyond Good and Evil*,载于 GaKa,页 230 – 231:尼采提到了莱辛的 *Schauspieler - Natur*(表演天性)。

③ MMBS,页 698。

④ 莱布尼兹,《人类理解新论》(*Nouveaux Essais*),卷 IV,第 2 章,第 9 节,载于 Ger,卷 V,页 352;参看 BeBe,页 371;IMH,页 LXII。

《神义论》(*Theodicy*)中把自己的哲学思考的方法论称为"我的体系",①这就是要我们注意到这种方法论具有的优先地位。尤其是,门德尔松得益于莱布尼兹是基于这一事实:他完全依照莱布尼兹的"体系"来言说和思考斯宾诺莎,而斯宾诺莎本人并没有使用过"体系"一词,虽然我必须立刻补充一点,《伦理学》②中相当大的程度上以斯宾诺莎的方式含蓄地讨论过"体系";同时,施特劳斯表明,"体系"一词同样内在于笛卡尔的《沉思录》(*Meditations*)这一理性主义(或笛卡尔-斯宾诺莎-莱布尼兹)的哲学奠基的文本。③然而,在门德尔松那里,哲学被等同于一种论证或体系,这与他调和哲学和犹太教的尝试构成了紧张。一方面,他追随莱布尼兹等人认为,上帝的本体论证明——笛卡尔、斯宾诺莎和莱布尼兹"体系"的核心——根除了启示真理的必要性或可能性。在门德尔松看来,启示真理的问题在于它的含混不清和缺乏自明,因而无法为托拉和犹太人的实践提供坚实的神学基础,同时还助长了迷信。另一方面,托拉的教诲无法论证;严格地讲,即是说,它绝非一个体系,从其自身视角出发,它是一种启示律法。我在前面已经提及,作为体系的哲学与作为启示律法的犹太教之间的最终紧张,是门德尔松犹太思想根基的断层地带。在下文中,随着详细疏解施特劳斯的门德尔松引论,我们将会看到,门德尔松解决这一紧张的各种尝

---

① 见莱布尼兹,《神义论》(*Théodicée*),序言,接近结尾,载于 Ger,卷 VI,页 40-45 各处;Hug,页 64-69 各处;IMH,页 LXVI。

② 关于斯宾诺莎《伦理学》中的修辞,见 Richard Kennington,《论现代起源》(*On Modern Origins: Essays in Early Modern Philosophy*),Pamela Kraus 和 Frank Hunt 编,Lanham, MD: Lexington Books, 2004,页 205-228;以及 SCR,页 28-29 或 LAM,页 253-255。

③ IMH,页 LXIII。

试在《清晨时光》和《致莱辛的友人》——他通过非哲学的或超哲学的常识标准来判定哲学的价值——中达到顶峰。① 尽管如此，他无法直面莱辛思想以及与此相关的斯宾诺莎思想，这一点暴露了门德尔松解决这一紧张的最终失败。施特劳斯关于门德尔松的全部论述，似乎都致力于以某种方式指出这一点。与之相反，阿尔特曼则似乎完全囿于门德尔松本人遗留下来的视域来理解门德尔松的犹太思想。

---

① 见 IMH，页 LXVII, LXVIII, LXXXI 和 LXXXVI。

现代性与历史主义

李明坤 撰

在施特劳斯看来,"历史主义"堪称现代精神的本质;哲学在现代逐渐隐没的过程,同时也是"历史"在现代逐渐做大的过程。要全面把握施特劳斯笔下的古今政治哲学,对"历史主义"的考察不可或缺。而施特劳斯考察历史主义最系统的文本,就是《自然权利与历史》,尤其是它的第一章。单从书名来看,《自然权利与历史》似乎关注两大问题——"自然正当"(natural right)与"历史"。事实上,两个问题可以合并为一个,因为当代"对自然正当的所有批判,都植根于历史意识"。① 历史主义的核心就是这种"历史意识"。今人习以为

---

① Leo Strauss, *Hobbes's Critique of Religion and Related Writings*, Gabriel Bartlett 和 Svetozar Minkov 编译, Chicago:University of Chicago Press, 2011, 页151。中译本参《霍布斯的宗教批判——论理解启蒙》,杨丽等译,黄瑞成校,北京:华夏出版社,页1。

常的说法,即所有观念和价值都源自特定的历史环境,并只相对于特定的历史时期才有效,便是历史主义借以出现的一般形式。

"历史主义"作为一个名词,并非施特劳斯独创。像虚无主义一样,历史主义也是一种带有浓厚德意志色彩的思想潮流;① 没有历史主义就没有虚无主义,虚无主义是激进历史主义的最终结果。一般所谓的历史主义,兴起于18世纪末的德国,以历史法学派和后来的"兰克史学"为其代表。早于施特劳斯一代人的德国著名史家弗里德里希·梅尼克,继承了德国历史主义的精神衣钵,将历史主义的兴起看作"西方思想中所曾发生过的最伟大的精神革命之一"。② 虽然正确地看到"历史主义的核心是用个体化的观察来代替对历史-人类力量的普遍化的观察"(同上,页2),梅尼克对历史主义的敌人——自然法学说——在17世纪所经历的深刻变化却并不了然,故无法真正把握历史主义与现代哲学之间错综复杂的思想关联,其之所以会热情欢迎历史主义的到来,也就并不奇怪了。

19世纪后期,德国学界对历史主义的批判已不罕见,尼采的名著《历史的用途与滥用》乃是其中最卓越的例子。现象学创始人胡塞尔在20世纪初对历史主义的批判亦影响深远。③ 尼采由于接受了历史主义的前提(即那种"历史意识"的重要地位),不仅没有克服历史主义反而成就了"激进历史主义"(radical historicism)(页28,注9)。

---

① 参施特劳斯,"……德国思想创造了历史意识,最终导向了漫无节制的相对主义。"见氏著,《自然权利与历史》,彭刚译,北京:生活·读书·新知三联书店,2003,页2。以下凡出自该书的引文,皆随文注页码。同时,这些引文大多参照英文版(*Natural Right and History*, Chicago: The University of Chicago Press, 1953),有所改动,不再另注。
② 梅尼克,《历史主义的兴起》,陆月宏译,南京:译林出版社,2009,页1。
③ 胡塞尔,《历史主义与世界观哲学》,载于《哲学作为严格的科学》,倪梁康译,北京:商务印书馆,1999。

胡塞尔的批判也没有真正摆脱与历史主义关系密切的现代哲学视野。他把历史主义的产生归咎于"黑格尔的形而上学历史哲学"所引发的反动，认为它是"后代人随着对黑格尔哲学之信念的丧失"而失去对一种"绝对哲学的总体信任"的结果（同上，页6）。而按照施特劳斯的考察，历史主义的根源远在黑格尔之前。或许正是因为对历史主义的认识不够充分，才导致胡塞尔声称"最宽泛意义上的历史对于哲学家而言"也具有巨大的价值，"对共同精神（common spirit）的发现与对自然的发现同样重要"，甚至"与对自然的深刻洞察相比，对普遍精神生活的洞察为哲学家提供了一个更原初，因此也就更基本的研究材料"。[1] 他似乎忘记了，在西方哲学的源头古希腊那里，历史的地位远低于哲学。若以哲学性为标准，历史甚至还排在诗的后面。[2]

一、早期现代哲学的历史转向

施特劳斯在"自然正当与历史方法"的开头部分提到,[3] 现代

---

[1] 胡塞尔，《历史主义与世界观哲学》，前揭，页53。此处据英文版（*Phenomenology and the Crisis of Philosophy*，Quentin Lauer 英译，New York：Harper & Row, Publishers, Inc., 1965，页129）有改动。

[2] 施特劳斯，《什么是政治哲学》，李世祥等译，北京：华夏出版社，2011，页48。

[3] 《施特劳斯、韦伯与科学的政治研究》的作者贝纳加（Nasser Behnegar），曾在芝加哥大学社会思想委员会写过一篇名为 Leo Strauss's Critique of Historicism（PhD Dissertation, University of Chicago, December 1993）的博士论文，可谓对《自然权利与历史》第一章（对第二章也从历史主义的角度予以疏解）至今为止最为详细的解读。然而，作者基本上只是按照段落顺序逐一分析，对全章整体上的意图和结构少有涉及，甚至未能注意到第一章与第六章"柏克"部分的明显关联，因此他对历史主义出现的原因及发展过程，缺少一个合理的解释。而施特劳斯本人的确在他的著作中给出了这一解释。

思想到底在哪一点上发生了与曾经统治着早期哲学的"非历史"（unhistorical）方法的决裂，尚难判断，因为我们对历史主义的理解还不充分。为方便起见，他在这一章中的分析从历史学派的出现讲起。与此相一致，他在这一章结尾，把历史主义的兴起等同于历史学派的出现，而历史学派的出现在他看来是现代自然权利论陷入危机的结果。然而，施特劳斯同时也表明，在一种更深刻的意义上，历史学派不过是"原先处于地下的运动浮出表面"的结果（页14）。换言之，历史主义的根源远在历史学派之前，也不仅仅止于18世纪陷入危机的现代自然权利论。在几乎作于同时的《政治哲学与历史》一文中，施特劳斯明确地说，现代哲学尤其是政治哲学反对古典的斗争，从一开始就以对历史的前所未有的重视为特征；[1] 一个对历史主义的充分讨论，相当于对整个现代哲学的批判性分析（同上，页50）。

施特劳斯的生前挚友，雅各比·克莱恩，曾被施特劳斯称为"我们这一代人中的胡塞尔"。[2] 对于现代哲学与"历史"问题的内在关联，克莱恩在《现象学与科学史》一文中，有一段更直白、更透彻的表述，这一表述对我们理解施特劳斯在历史主义问题上的看法很有帮助。施特劳斯本人在《政治哲学与历史》中，以脚注的形式提到了这篇文章。

> 我们不该忽视以下事实："历史意识"的发展，紧跟着现代科学的发展。关于自然的"新科学"在关于历史的新科学（*Scienza Nuova*）中，有其补充（维柯）。现代的历史既不是重大事件的编年史，也不是对过去那些值得纪念的事迹的教诲性

---

[1] 施特劳斯，《什么是政治哲学》，前揭，页48。
[2] 《回归古典政治哲学——施特劳斯通信集》，前揭，页219。

或道德化或赞美式的报道，而是对人（仍受制于一种超越任何个体生活，甚至超越了所有民族或国家生活的"发展"）作为一种特别地历史存在的发现和描述。现代的历史不仅仅是如古代史那样，一种对"事实"的解读和戏剧性的说明，而且也是对历史"运动"本身的一种解读。在这一意义上，它是数学式物理学的孪生兄弟。它们都是统治着我们现实生活的主导性力量，规定着我们思维的视域，决定着我们实践的范围。最近几十年的历史主义只是那种普遍的历史倾向的一种极端的后果。①

由此可见，无论如何，历史主义绝不单单是众多哲学流派中的一种，而是或多或少地影响了今日所有思想的一种最强大的原动力（agent）。假如我们可以谈论一个时代的精神的话，我们可以充满信心地宣称，我们时代的精神就是历史主义。②

---

① Jacob Klein，《现象学与科学历史》（Phenomenology and the History of Science），收于 *Philosophical Essays in Memory of Edmund Husserl*，Harvard University Press，1940，页149。施特劳斯在《政治哲学与历史》一文中，以脚注的形式提到了这篇文章，但把文章标题搞错了，误作 Phenomenology and Science，参施特劳斯，《什么是政治哲学》，前揭，页63。结合施特劳斯的相关论述，我们似乎可以得出如下结论：正如前苏格拉底的自然哲学需要修昔底德的历史学作为补充一样，现代数学式的物理学（physics，据词根亦可理解为"自然学"），也需要某种现代的历史学作为补充。更一般地说，一种缺乏积极（positive）的道德和政治意涵的自然观，必然求助于"历史"来获得某种方向和标准。参施特劳斯《修昔底德：政治史的意义》："前苏格拉底哲学求索一种对整全的理解，这种理解不同于对整全的诸部分的理解。正因为如此，前苏格拉底哲学并不知道对人事本身作一种相对独立的研究。所以，前苏格拉底哲学需要修昔底德史书之类的东西作为其补充……"《古典政治理性主义的重生》，北京：华夏出版社，2011，页161。

② 参见施特劳斯，《什么是政治哲学》，前揭，页48。

既然"历史"问题与现代思想潮流共始终，在施特劳斯精心勘定的现代政治哲学的源头那里，便应该能够发现"历史主义"的蛛丝马迹。带着这一问题意识，反观《自然权利与历史》章四的"霍布斯"部分，就会注意到，施特劳斯明确地把海德格尔的激进历史主义与霍布斯的政治哲学联系了起来（页179-180）。

激进历史主义声称，一切人类思想都依赖于命运，人的选择在根本上没有什么客观的依据。因为一切理解或知识都以某种对宇宙整全的理解作为基础和参照，而这种对整全的理解之对与错，无法通过推理来证明。所以，整全永远是神秘的，人性无法从整全那里获得合理的支持（页28-29）。换言之，人与整全之间是割裂的，世界对人来说终究是异己的存在，而人对世界来说则永远是陌生人。人类的这种凄凉结局被激进历史主义认定为人之为人的宿命，而在施特劳斯看来并非如此，它毋宁是现代哲学误入歧途的结果，其中，霍布斯的"功劳"尤其巨大。人与整全之间的隔绝是霍布斯在现代思想中种下的恶果。霍布斯修改了智慧的定义，此前以理解整全为宗旨的智慧，被霍布斯修正为"人有意识的建构"：人只能理解为他所创造的东西（页176-178）。霍布斯眼中的宇宙同样是神秘而不可理解的，但他从中看到的是希望而不是绝望：正因为宇宙终归不可理解，所以无视整全、专注于"人为的建构"，才是正当的和明智的。霍布斯几乎是号召人们不要去理会什么整全，想想人自身能够创造什么、能够怎么改造自然就够了，"经验以及对于人类所能控制领域内前所未闻的进步的合理预期"（页179），使得霍布斯根本没有考虑隔绝于整全之后的人类将会如何"绝望"。

总之，霍布斯那里的"有意识的建构"最终被海德格尔语境中的历史之无计划的运作所取代。"但是'历史'（History）局限了我们的视野，正如有意识的建构局限了霍布斯的视野"（同上），两者都使人遗忘了整全。由于这种视野的局限和对整全的遗忘，以海德格尔为代表的激进历史主义宣称，那个为一切自然正当奠定基础的最高原则本身，"与整全的可能原因或诸原因毫无关系，而是历史（History）神秘莫测的领地。它属于而且仅属于人类，与人类历史相始终，绝非永恒"（页180）。①

那么，肇始于霍布斯的这种划时代的转变背后，到底是何考虑呢？《自然权利与历史》第五章的"霍布斯"一节，一上来就讨论霍布斯与西方两种政治哲学传统（可大致概括为理想主义和享乐主义）之间的精神纠葛，②并指出霍布斯试图通过综合两种传统，另立一种新传统。至于霍布斯为什么执意要"开拓创新"，原文只用一个自然段作了简要说明：

> 霍布斯和他那些最杰出的同代人，因意识到传统哲学的彻底失败而不知所措（overwhelmed）或沾沾自喜（elated）。瞥一眼今天的和过去的那些争议就足以让他们相信，哲学或对智慧的寻求，并没有成功地把自身转变为智慧。这个迟来的转化就

---

① 施特劳斯对海德格尔哲学的这一概括呼应了他在第一章中的以下说法："最彻底的确立历史主义的努力在以下的断言中达到了顶峰：如果没有人类的话，还可能有 entia［在者］，但是不可能有 esse［在］；也就是说，在没有 esse［在］的情况下，仍然可以有 entia［在者］"（施特劳斯，《自然权利与历史》，前揭，页33）。

② 严格地说，古典传统只能在与享乐主义相对的意义上可以被称作"理想主义"。现代意义上的"理想"，就其脱离对"自然"的意识来说，是非古典和反古典的。参施特劳斯对斯宾诺莎的评论："'人的目的不是自然的，而是理性的，是人想出来（figuring out）的结果，是人塑出来的关于人的理念，以作为人性的榜样。'他因此决定性地为现代的'理想'（ideal）概念作了准备，这种理想是人类心灵或人之规划的结果，不同于自然为人设定的一种目的。"（施特劳斯，《斯宾诺莎的宗教批判》[*Spinoza's Critique of Religion*] E. Sinclair 英译，Chicago：University of Chicago Press，1997，页16，中译参李永晶译本，北京：华夏出版社，2013）

要在今天变成现实。为了在传统失败的地方成功，就需要首先反思，智慧要成为现实需要哪些条件：也就是首先反思正确的方法。这些反思的目的就是为了保证智慧的实现。（页174）

霍布斯（1588—1679）的同时代人包括了培根（1561—1626）、笛卡尔（1596—1650）和斯宾诺莎（1632—1677）等人。"反思正确的方法"堪称培根和笛卡尔哲学的核心部分，单从他们著作的标题（如《新工具》《方法谈》）也能看出来。但最先向传统发起攻击并在传统之外发现"新大陆"的是意大利人马基雅维里。霍布斯及其同代人不过是马基雅维里事业的继承者。在著名的《君主论》第15章，马基雅维里首次发表了与传统决裂的宣言：

> 但既然我的意图是要写一些对于理解它的人是有用的东西，在我看来，更恰当的方式，是直奔关于此事的有效真理（effectual truth），而不是对它的想象。许多人曾经想象出一些从来没有人见过或者知道在实际上存在过的共和国和君主国；可是人们实际上怎样生活同人们应当怎样生活，其距离是如此之大，以致于一个人要是为了应该怎么办而把实际上是怎么回事置于脑后，那么他不但不能保存自己，反而会导致自我毁灭。①

---

① 马基雅维里，《君主论》，潘汉典译，商务印书馆，页73。引文据英文版（Niccolo Machiavelli, *The Prince*, Harvey C. Mansfield 英译, Chicago and London: The University of Chicago Press, 1998）有改动。施特劳斯认为是反神学动机导致了马基雅维里采取这一极端立场："当反神学激情导致一个思想家迈出激进的一步，来质疑沉思的至高地位（the supremacy of contemplation）之时，政治哲学与古典传统尤其是与亚里士多德决裂了，并呈现出史无前例的新特征。此处所说的思想家乃是马基雅维里。"（《马西利乌斯》[Marsilius of Padua]，收于 *History of Political Philosophy*, Leo Strauss 与 Cropsey 主编，第三版，Chicago: University of Chicago Press, 1987, 页201）

某种程度上说，马基雅维里的批判不乏中肯。古典哲学中的最佳政体，严格地说，从未真正存在过，也不大可能在未来成为现实。中世纪基督教父们心目中的"上帝之城"当然更不例外。然而，最佳政体的首要意义不在于能够实现，而在于确立一种自然而永恒的标准。所有现存政体只有参照这一标准，才能明确自身的缺陷和努力的方向。一味追求实效，必然导致标准被降低。标准被降低事实上意味着标准被扭曲，因为降低之后的标准已经不再"自然"。

为了追求实效，马基雅维里号召在人类事物中控制命运、征服自然，培根是这种观念的第一个伟大而公开的拥护者。在《学术的进展》一书中，培根表达了对马基雅维里的感激之情："我们非常感激马基雅维里和另外一些人，他们以其作品展示了人事实上怎么做，而不是应该怎么做。"[1] 斯宾诺莎也以实际行动表示了他对马基雅维里的拥护，其《政治论》的第一章第一节就是对上引马基雅维里第十五章第一段的改写和发挥：

> 哲学家总是把折腾我们的激情看作我们由于自己的过失而造成的缺陷或邪恶……并且一旦学会赞扬某些根本不存在的人性，和诋毁某些实际存在的人性，他们就自以为已经达到了智慧的顶峰。实际上，他们没有按照人们本来的面目来看待人，而是按照他们所希望的样子来想象人。结果，他们写出来的通常是讽刺作品，而不是伦理学著作；他们从来没有构思一个可在实践中应用的政治体系，而是生产出一些显而易见的幻想，或者是只能在乌托邦或诗人讴歌的黄金时代才能实行的模式，

---

[1] 培根，《学术的进展》（*The Advancement of Learning*），New York: Everyman's Library, 1958, 页 165。

而那里根本不需要这种东西。①

这种肇始于马基雅维里的、对传统哲学缺乏实践效果的怀疑和批判，至16世纪已渐成潮流。如何保证为传统哲学所阐发的那些道德戒律被履行，以切实改善人们的行为方式，随之成为哲学关注的中心问题。历史被认为在这方面最有用处。拥有"法国的普鲁塔克"之称的16世纪著名翻译家艾米奥特（Jacques Amyot）在为普鲁塔克的历史著作《希腊罗马名人传》所写的前言中说，在塑造社会行为方式上，历史的作用比之道德哲学著作要"优雅得多，有效得多，迅捷得多"，因为"例证儆戒比理性论证和精确的准则更具说服感召的效力"，"理性论证是普遍性的，侧重于事物的实证及其上升为理念；而例证儆戒则侧重于在实践和实施中的昭示殷鉴，因为它们不仅是在宣布应该做什么，而且在潜移默化地使人产生这样做的愿望"。② 历史在道德准则的施行运用问题上的优势还在于，它直接研究"人在现实中的本来面目"，而专注于人应该是什么样子的传统哲学则忽略了这一方面。对理性戒律的实践效果的怀疑伴随着对理性能力本身的怀疑，多数人不遵守理性戒律，就因为理性无力掌控激情和欲望。要研究如何促进道德准则被履行，对人的非理性的研究不可或缺。在这方面，诗人和史家尤为擅长。③ 总之，16世纪求助于历史来矫正人的不服从。

施特劳斯的早期著作，《霍布斯的政治哲学》，曾专辟一章，详

---

① 斯宾诺莎，《政治论》，冯炳昆译，北京：商务印书馆，1999，页4。
② 转引自施特劳斯，《霍布斯的政治哲学》，申彤译，南京：译林出版社，2001，页98，注8。本文对该书的引用，有些地方参照英文版（*The Political Philosophy of Hobbes: Its Basis and its Genesis*, E. Sinclair 英译, Chicago: University of Chicago Press, 1963）作了改动，不再另注。
③ 施特劳斯，《霍布斯的政治哲学》，前揭，页108–109。

细分析了这一潮流以及 16 世纪哲学兴趣向历史偏转的内在逻辑。那时的施特劳斯尚没有认识到马基雅维里作为现代政治哲学开创者的重要性，培根和博丹被看作对传统哲学不满而转向历史的代表性人物。培根怀疑传统哲学规范的实际效力，但不否认它们的正当性。他区分了两种知识，一种是关于准则和规范的哲学知识，另一种是关于运用准则的方法知识，第二种知识主要来自历史。（同上，页112）博丹比培根走得更远，对他来说，历史不仅能够提供施行运用准则和规范的知识，还能提供准则和规范本身。因此，施特劳斯判断，16 世纪倾向于用历史取代哲学（同上，页113）。

也正是在 16 世纪，对历史进行讲究方法的系统研究第一次成为必要。"历史学家们所提供的材料，将经历熟读精思，条分缕析，意在形成史鉴，以利人类行动之正确规范，正确导向。"这种新型的历史研究将"考察准则的施行与实现，以及实现准则的条件与结果"（同上，页100－101），以改变多数人不服从道德规范的尴尬状况，促进现实政治秩序发生实质性的改善。历史被认为能够教导人如何行动，即教人如何变得审慎（prudent）。个人不再只是从私人性的社会经验中学习审慎，而是借助历史从人类过往的全部经验中学习。最终，对于"人在特定情况下应该如何行动"这一问题，不是像亚里士多德所言，像一个明智的人那样去行动，人们被期待从历史中得到"应对特定情况的近乎充分的指导"（同上，页102）。这事实上等于取消了审慎的应有地位，一个饱读历史的人不再需要应用审慎去独立应对实践中的问题，只需随时从历史中获取行动指南就够了。

受 16 世纪历史转向的影响，霍布斯本人的思想发展经历了一个从哲学转向历史，又回归哲学的过程。这一去一回之间，哲学的性质发生了根本性的变化。"截止到他的思想返回哲学，霍布斯一直对历史怀有特殊的兴趣,而随着他的政治哲学阐发成形,他对历史,就考虑得越来越少了。"(同上,页114)因为霍布斯创立的新政治哲学,吸收了"历史",从根本上弥补了传统政治哲学过于高蹈、缺乏实效的不足,使得培根所追求的那种历史知识变得多余了。霍布斯如何做到这一点呢?"以审慎的道德(the morality of prudence)取代顺从驯服(the morality of obedience)的道德。"(同上,页117)简单地说,新的政治哲学不要求个人牺牲自身利益或压制欲望和激情来服从某种规范,而是引导人们如何为了更好地实现自身利益而明智地行动,即所谓启蒙。追求个人利益和遵守规范之间达成了最大限度的一致,故遵守规范的动机不是"服从"而是"利己"。[①] 通过降低道德的要求,使道德与多数人身上最强大的激情(自保)相协调,新政治哲学自信不会碰到传统规范在施行中所遭遇到的阻力,能够从根本上解决实效问题。

解决了实效问题的新政治哲学,虽然不再需要历史作为补充,与传统政治哲学相比,却无疑带有更多的历史色彩,并因此为18世纪以后现代精神再次转向历史埋下了伏笔。霍布斯的"自然状态"虽然并非历史事实,而是一个哲学上必要的建构,但它的确刻画了有关国家如何产生的某种典型的历史(typical history)。[②] 典型的历史排除了偶然、无意义的东西,把握住了永恒、必然的东西。由此,霍布斯也承认他的政治哲学之根本部分的主题,是一种历史、一种起源,而不是一个静态而完满的秩序。将霍布斯对国家起源的考察,

---

[①] 如何在实践层面上使利益的要求与道德的要求相和谐,乃追求实效的现代政治哲学的主要目标。参卢梭:"在这一研究中,我将努力把权利所许可的和利益所要求的结合在一起,以便使正义与功利二者不致有所分歧。"(《社会契约论》,何兆武译,北京:商务印书馆,2005,页3)

[②] 施特劳斯,《霍布斯的政治哲学》,前揭,页124。

与亚里士多德对城邦起源的论述相比较，就能看出问题所在。亚里士多德从一开始就认定城邦是一种理想的人类组织形式，对家庭和部落等次级共同体的理解和批判都以这种理想形式为参照。霍布斯理论中的自然状态虽然也是一种不完美状态，它的不完美却不是参照任何有关对理想国家的理解之后体现出来的，而是考察原初状态中的经验本身的结果。"检验标准不是事先确定和证明了的，而是自行产生出来，并证明自身。因此，霍布斯没有追随亚里士多德，而是开启了通往黑格尔的道路。"（同上，页125）霍布斯的政治哲学乃是一种历史性的政治哲学，"因为对他来说，秩序不是一成不变的、永恒的、从来就存在的，而是在一个过程终结时才产生；因为对他来说，秩序不是独立于人类意志，而是仅仅由人类意志来支撑"（同上，页126）。

16世纪的历史转向昙花一现，通由霍布斯的努力，哲学很快东山再起，重又将历史赶入次要地位。但对理性的贬低和对永恒秩序的否定却潜伏了下来，为18世纪以后历史重新占领哲学埋下了伏笔。

二、历史学派及其现代预设

从书名就能看出，对历史主义的批判性考察乃是《自然权利与历史》的核心主题之一。第一章"自然权利与历史方法"既是历史主义发展历程的一个撮要，也是总涉全书的一条线索。施特劳斯在首章最后指出，深入了解历史主义哲学与非历史主义哲学（古典哲学）之间的争论乃当务之急，它意味着首先以非历史主义的视角来理解古典哲学，再以对古典哲学的理解为基础，反观历史主义的起源。整个计划涵盖第三章到第六章的内容。施特劳斯还提示说，所谓"对历史的发现",[①] 可能只是"解决某一问题的虚假的权宜之计,而那一问题只有在大有疑问的前提下才会出现",这一问题的产生与18世纪现代自然权利论的危机有关,历史主义正是现代自然权利论遭逢危机的最终结果(页35)。

从施特劳斯的行文来看,最容易让人联想起"现代自然权利论"之危机的地方出现在第六章的"卢梭"部分,对历史的发现则始自柏克。霍布斯的政治哲学站在古典哲学的对立面上,否定人基于本性就是社会性的动物,同时,为求实效,他把自然正当奠基在人的激情而非理性之中。卢梭从霍布斯的前提出发,发现霍布斯所构思的"自然状态"并不自然,因为他错误地参照人在社会中的表现来确定自然人的特征(页274)。通过克服霍布斯理论中的自相矛盾,卢梭进一步抽空了"自然状态"中的人性内容。虚荣、骄傲,甚至理性,都被卢梭确定为社会人而不是自然人的特征。由此,"全部社会德性都来源于同情"(页276),而不是霍布斯所谓基于自保的理性盘算。自然状态中的人成了"次人"(subhuman),"所有专属于人性的东西都成了习得的(acquired),或者说最终依赖于人为或习俗"(页277)。霍布斯否定人有一个自然的目的,作为替代,他相信可以在人类起源的"自然状态"中找到某种不武断的标准,以作为个人与社会行动的指引。卢梭接过霍布斯的前提,对"自然状态"

[①] 需要指出的是,施特劳斯以大小写的形式在第一章中的 discovery of history 与此处的 discovery of History 之间作了区别。大写的"历史"一词,只出现在第五章的"霍布斯"与第六章的"柏克"部分,从两处的语境来看,前一处与海德格尔的哲学有关,后一处似乎暗指黑格尔的历史哲学。如此看来,"History"应该指形而上学化的历史,history 则指一般意义上的历史,即由偶然事件的前后相继构成的"真实"的历史。第一章中的 discovery of history 大概指的是柏克对一般意义上的历史的发现,此处则指黑格尔对形而上学化的"历史"的发现。对柏克来说,历史仍旧是"地方性的和偶然的"(页321)。

进行更加彻底的再认识和再定义，结果表明，作为人类起源的自然状态缺乏起码的人性内容，故无法提供个人与社会所必须的那个基本标准。基于此，施特劳斯给出了一段带有"危机"意味的论断："在卢梭的自然状态学说中，现代自然权利论达到了其关键阶段。通过对那一学说的透彻思考，卢梭面对着完全抛弃它的必然性。"（页280）如果自然状态中的人是非人，研究人性的恰当起点，就不该是自然状态，而是社会状态，要寻求真正的自然正当，便应该回到视人为社会性动物的古典政治哲学。

通过把人道解释为一个历史过程的偶然产物，卢梭也预示了作为另一种选择方案的"历史"，但卢梭没有采纳这一选项。因为只有首先假定历史的过程或结果本身便是有意义的，"历史"才能提供正当性的标准，卢梭不能接受这一前提，对他来说，就像对所有古典作家来说一样，历史过程受制于机运，本身没有任何意义。同时，由于对个体自由的高度关注，卢梭最终保留了已经不能提供任何正当性标准的自然状态（页282-288）。

> 卢梭接受并透彻地思考现代自然权利论之后所碰到的困难，本可能昭示出向着前现代的自然正当概念的回归。这种回归在最后关头似乎是由埃德蒙·柏克做出了尝试。（页301）

人们常说，柏克以历史的名义来攻击盛行于他那个时代的种种理论。我们后面会看到，此种解读并非完全没有道理。然而，为了看到它那有限的正确性，我们必须从以下事实出发：在柏克的后代看来是转向历史的（且不说是对历史的发现）①，其实首先乃是对于传统观念——即对理论的本质性局限的认识，

---

① 这里的 discovery of History，是站在后代的角度说的，所以原文用了大写。

这种局限使得理论与实践或审慎相区别——的回归。(页311)

由以上引文可见,施特劳斯倾向于把柏克的历史转向看作现代自然权利论陷入危机所引发的后果。其思路如下:卢梭的透彻思考导致"自然状态"学说及以此为基础的现代自然权利论陷入危机,向着传统政治哲学的回归重新成为一种严肃的选择。柏克作出了这一选择,回到了有关理论与实践之间正当关系的传统讨论,而这个返回最终成了转向历史。或者简单地说,现代自然权利论的危机意味着"自然状态"不再能提供任何正当性标准,柏克"无意"中选择了"历史"作为替代。①

理论与实践之间的本质区别,被源自霍布斯的教条主义弄得模糊不清了。② 这种教条主义认为,对于根本性的政治问题如政体问题,可以有一种普遍有效的解决方案,不必考虑具体时空的现实状况。这事实上承认理论就能够成为实践唯一而充分的指导,不需要政治家的实践智慧作为补充;一种最好的政体(此处定义"最好"的标准与古典学说相比已然大大降低)即一种特殊形式的民主政体不仅普遍有效,而且是唯一合法的政体,所有现存政体因此都面临被"革命"的危险。柏克清晰地意识到这种学说的偏颇与疯狂,试图恢

---

① 吉尔丁对卢梭所导致的"现代性的第一次危机"的解释较为宽泛,除了重点强调此处指明的这一点外,还加进了卢梭向古典城邦观念的回归,对启蒙进步观念的抗拒等要素。但当吉尔丁说"卢梭的继承者们试图从自然权利转向历史"时,他似乎忽略了柏克在这一过程中的地位和作用。柏克显然不能被不加任何限定地说成是"卢梭的继承者",而"从自然权利转向历史"也不能被直接认定是柏克的"意图"。参吉尔丁文章《现代性的第一次危机——施特劳斯论卢梭》,叶晓璐、洪涛译,载刘小枫主编《施特劳斯与古典政治哲学》,页479–489。

② 这种模糊事实上在马基雅维里那里就已有征兆,所谓的"实效真理",就意味着以政治实践的具体要求来限制和引导理论,最终把理论看成是在根本上服务于实践。

复更为灵活务实的古典教诲。但问题在于，柏克并没有真正摆脱现代哲学的影响，一边反对肇始于霍布斯的教条主义，另一边却吸收了霍布斯以来对理性和理论形而上学的怀疑。同样强调理论之本质局限的亚里士多德，始终把理论生活的最高地位当作毋庸置疑的前提。否定了这一前提的柏克，最终加入贬抑理论而青睐实践的现代潮流之中。与他的现代前辈们的思想旨趣相一致，柏克把最高形式的实践，即创立一个政治社会，看作不受反思引导的准自然的过程（页327），从而为"发现历史"提供了一个至关重要的因素。①

柏克历史转向最直接的后果便是"历史学派"的出现：为抵制"形而上学的法学"，柏克提出了"历史的法学"，"就这样为'历史学派'作好了铺垫"（页323）。"自然正当与历史方法"一章对历史主义起源的论述，就是从历史学派的出现讲起的。或许因为历史主义的影响遍布现代学术的方方面面，历史主义者们的表面说辞又纷繁多样甚至相互矛盾，②施特劳斯在第一章中，只是高度凝练地总结了历史主义内在逻辑上的演变历程，对历史主义代表性人物之间的思想传承，却鲜有提及。《施特劳斯早期文稿》有一处提到了"历史学派"，编者灿克在注释中说，历史学派包括"柏克对革命理性主义的批判，萨维尼的历史法学，兰克对普遍性的政治理论的批判"，其主要对手是黑格尔哲学。③马克思早年批判历史法学派的文章《历史法学派的哲学宣言》开头第一段也提到了"历史学派"：

---

① 有两个因素促成了对"历史"的发现，参施特劳斯：《自然权利与历史》，前揭，页322或本文第18页上的第二段独立引文。

② 施特劳斯，《什么是政治哲学》，前揭，页49。

③ Michael Zank 编，《施特劳斯早期著作：1921—1932》（*Leo Strauss: the Early Writings*, 1921-1932），Albany, N.Y.: State University of New York Press, 2002，页99。

人们通常认为，历史学派是对18世纪轻佻精神的一种反动。这种观点流传的广泛性和它的真实性恰好成反比。确切地说，18世纪只有一种产物，它的主要特征就是轻佻，而这种唯一轻佻的产物就是历史学派。[1]

可见对19世纪的德国学术界来说，历史学派是一个具有固定含义的术语，倘若不加强调，在德国它主要指的是以胡果、萨维尼等人为代表的历史法学派。根据上文提到的施特劳斯的说法，"历史法学派"的思想渊源可上溯至柏克。[2] 受历史法学派影响，后来又产生了历史的政治学和历史的经济学等等，[3] 它们的思想资源大体与历史法学派相当。[4]

"自然权利与历史方法"一章共34个自然段，分五个环节。第一环节包括1到5自然段，通过与习俗主义的对照，揭示出历史主义的基本定义：所有人类思想都是历史性的，人类理性无力把握永恒之物。第二环节包括6到12自然段，简要回顾历史学派从出现到

---

[1]《马克思恩格斯全集》第一卷（第二版），页229。
[2] 法国大革命对当时德国的思想转向影响至深，柏克作为批判法国大革命的"精神领袖"在德国的影响力不容低估。施特劳斯除了明确提到柏克对历史法学派的直接影响之外，还通过第320页的注97暗示了柏克的代表作《法国革命论》对德国转向历史主义的重要作用。《法国革命论》的德译者根茨后来成为德国政坛上的风云人物。阿伦特在《理解文集》中对他有专文讨论。另可参考伊格尔斯在《德国的历史观》（彭刚、顾杭译，南京：译林出版社，2006，页47）中的判断："然而，在从启蒙运动思想向历史主义转变的过程中，最重要的因素毫无疑问是1795至1815年间的政治事件对德国知识分子的影响。"
[3] 施特劳斯，《什么是政治哲学》，前揭，页49。
[4] 罗雪尔（1817—1894）第一个把萨维尼的历史方法搬到政治经济学领域，成为德国历史学派经济学的创始人。参罗雪尔，《历史方法的国民经济学讲义大纲》，朱绍文译，北京：商务印书馆，2009，页3。

失败的过程。13 到 22 自然段,构成第三环节,集中分析从历史学派的失败中得到的"历史经验"和历史主义的初步理论化及其内在矛盾。对激进历史主义的讨论构成第四环节,也就是 23 到 29 自然段。30 自然段至章末,交代施特劳斯本人对海德格尔式激进历史主义的基本评价和应对策略。这五个环节分别包括 5、7、10、7、5 个自然段,成严格对称结构。第三环节,处于全文中心位置,可见其分量之重。占据第三环节中心位置的第 17 自然段,同时也是全文的中心,故为重中之重。第二和第四环节遥相呼应,意味着历史学派和激进历史主义遥相呼应,因为二者颇多相似之处:它们分享着同一种宗旨,即为了使人在这个世界上获得完全的家园感而反对理论,并因此在不同的层面上完成了一个同样的过程,通往虚无主义的过程。在第 12 段末尾,施特劳斯说,"历史主义的顶峰就是虚无主义。要使得人们在这个世界上有完完全全的家园感的努力,结果却使得人们完完全全地无家可归了"(页19),而众所周知,对"扎根"和"在家"的向往和迷恋,同样贯穿海德格尔的哲学思考。[①] 激进历史

---

① 正如巴姆巴赫所见,"政治永远无法在海德格尔的意义上与哲学切断开来,因为哲学对于他而言总是对'在存在者中间的在家状态'和'在时间(在时代性的存在历史中)和空间(在某个提供出历史性天命之可能性的故土上)上的扎根状态的某种沉思'"。参 C. 巴姆巴赫,《海德格尔的根——尼采、国家社会主义和希腊人》,张志和译,上海:上海书店出版社,2007,页 43。除了海德格尔,施特劳斯认为科耶夫乃现代哲学立场的最佳代表,他对科耶夫的回应也可以看作对海德格尔的批评:"按照科耶夫的预设,无条件地忠实于属人的关注成为哲学理解的唯一源泉(the source):人必须绝对地以地球为家,必须绝对地成为地球的公民,如果不是这个可居住的地球之某一部分的公民的话。按照古典的预设,哲学要求一种对属人关注的根本性疏离,人绝不能绝对地以地球为家,他必须是整全的公民(a citizen of the whole)。"言外之意,现代哲人对家园感的追求以遗忘整全为代价,而哲学的本性正在于把握整全。参施特劳斯,《重述》(Restatement),载 *Interpretation*,Volume 36,Issue 1,Fall 2008,页 77 – 78。

主义可以看作"虚无主义"逐渐理论化、哲学化的结果。第三环节是对这个理论过程的一个高度浓缩的逻辑推演,暗示现代以来对理性和理论形而上学的批判对于从理论上"做实"虚无主义,起到了关键性的作用。

讨论激进历史主义的第四环节与回顾历史学派的第二环节恰相对应。这提示我们,两者应该具有某种不容忽略的相似性。且激进历史主义的结果也是虚无主义。可见,历史学派与海德格尔哲学分享着同一种宗旨,即为了使人在这个世界上获得完全的家园感而反对"理论",因此在不同的层面上完成了一个同样的过程,通往虚无主义的过程。

本章开头从历史主义最流行的意见讲起:自然正当据说是人类理性本身能够发现且被普遍承认的一种正义原则,而历史却告诉我们,根本不存在这样一种正当,"我们发现的不是假想的一致性,而是无数种有关正当或正义的观念"(页10)。历史似乎表明,没有任何正义原则是永恒不变的,故不存在所谓自然正当。以正义原则的多样性为由否定自然正当,恰恰也是前苏格拉底时期习俗主义者的普遍观点。"这个论点在漫长岁月中显示出了惊人的生命力,一种仿佛与其内在价值截然相反的生命力。"(页98)施特劳斯指出,假如自然正当是合乎理性的,那么就只有恰当地培植起理性的人才能够发现它,形形色色的正义观念可以被理解为形形色色的错误。而且"意识到存在着形形色色的正当观念,乃是寻求自然正当不可缺少(the)的动机"(页11)。意见可以被看作纯粹真理被污秽了的片断(页126),只有以这些"片断"之间的冲突为指引,向着真理的上升才有可能。

历史主义与习俗主义之间的相似只是表面现象。习俗主义以自然与习俗之间的区分为基础("这意味着自然较之习俗或社会的法令有着不可比拟的更高尊严"),奉自然为参照标准。历史主义则拒绝自然的规范性地位,"他们或者是把人及其产物(包括他们那变化不定的正义观念)看作与其他一切实在的事物同等地自然;或者是强调在自然的领域与自由或历史的领域之间的根深蒂固的二元论"(页12)。历史主义与习俗主义之间的上述差异表明,前者远比后者更为激进。习俗主义只是宣称正义观念缺少自然基础,因而并非永恒,历史主义则宣称人的一切观念都不是永恒的,而是历史的。倘若哲学就在于意识到自然与习俗之间的区分的话,习俗主义并不怀疑哲学的目的就是把握永恒或自然,而历史主义则否定了哲学的可能性。由此可见,现代人要通过哲学获得自由,不得不首先克服历史主义这一障碍,以回到习俗主义的起点——现代人处在第二洞穴之中。[①]

历史学派是历史主义的第一个代表。历史学派是作为对法国大革命及其背后的自然权利论的反对者而走上前台的,保守派是对他们的另一种称呼。[②] 18世纪的自然权利论者认为,正确的或理性的政治秩序可以在任何时空条件下成为现实,无论彼时彼地的历史条件如何差异悬殊。针对此类僵化的教条主义,历史学派声称,政治问题唯一正当的研究方法是"历史方法",即把某个国家的体制看作其历史的产物;正当的政治行动应该建立在这种历史的理解之上,而不是以革命派所推崇的"抽象原则"为基础。然而,"不管18世纪的政治哲学有多少缺陷,这些缺陷肯定没有使如下主张正当化:历史方法必须取代非历史的哲学方法"。[③]在这一意义上,历史学派事实上迈出了比自然权利论者更为激进的一步。

[①] 施特劳斯,《回归古典政治哲学——施特劳斯通信集》,朱雁冰、何鸿藻等译,北京:华夏出版社,2006,页11。
[②] 施米特,"革命家诉诸自然权利或人的权利,保守派则诉诸历史的权利",见氏著,《政治的浪漫派》,冯克利、刘锋译,上海人民出版社,2004,页110。
[③] 施特劳斯,《什么是政治哲学》,前揭,页51。

自然正当学说本身固然具有革命性，因为它超越现实秩序而指向一种完满的自然秩序——"阿里斯托芬表明，苏格拉底的基本前提可以诱使儿子毒打自己的父亲，亦即可以在实际上否弃最自然不过的权威时，就标示了这个真理"（页94）——但是自然正当学说的提倡者，不见得就是现实政治中的革命者，"现代之前的自然正当，并不赞同要将现存的秩序或者是此时此地现有的一切，轻率地诉诸自然的或理性的秩序"（页14）。古典政治哲人理所当然地在理论问题与实践问题之间作出区分，何为最好政体的问题属于理论问题，某个时代的某个国家应该以及如何建立何种政体，则属于实践问题：普遍性的理论无法成为实践的唯一指导，所有的政治决策都要求以政治家的实践智慧作为补充。因此，一个探究自然正当的政治哲人，也可以同时是一个地道的保守派，"就其政治哲学所达到的最终结论而言"，苏格拉底是一个极为保守的人（页94）。

面对着法国大革命史无前例的激进和疯狂，历史学派的创立者们（柏克、根茨、萨维尼等）不禁相信，接受任何普遍或抽象的原则都必然"在思想上带来翻天覆地、让人不得安宁的后果"（页15），以致引发政治秩序的动荡，苏格拉底所代表的这种可能性根本没有进入他们的视野。由此可见，理论与实践之间的古老区分，保守派们也并不明了。如果说柏克还在相当大的程度上保留了古典视野的话，柏克之后的历史学派却大多只是学到了在柏克那里初见端倪的"历史方法"。更何况，柏克本人所理解的有关理论与实践之关系的古典教诲，也已经混杂了现代哲人贬抑理性和理论生活的论调——他将当时的政治领袖缺乏审慎精神的缘由，归之于理论精神对实践领域的入侵，而不是看起来更符合实际的激情对理性的干扰（页310）；他拒绝用理智的美来理解感性的美，从而接受了现代以来"情感解放"的新趋势（页320）。

由此我们便可理解施特劳斯在"霍布斯"部分的一个判断：17世纪源于霍布斯的自然公法学说（即主要在于指导现实政治的自然法）作为一种教条主义，大大限制了政治家的地位和自由裁量权，19世纪的历史思想企图为政治家恢复其崇高地位，"然而由于那种历史思想完全听命于现代'现实主义'，它只是在其进程中破坏了政治的一切道德原则的同时，才成功地破坏了自然公法"（页196）。

> 那些创立了历史学派的声名显赫的保守派们在否认了普遍性规范的意义（如果说他们没有否认其存在的话）以后，实际上是将他们的对手的革命性努力持续下去甚而是更为加剧了。（页14）

这背后的深层原因在于，革命派与保守派奉行同一种自然观，即"自然的永远都是个人的，人人划一（the uniform）就是不自然的或者是习俗性的"（页15）。施特劳斯在第五、第六章详细地论述过个性或个人主义问题在现代的产生与发展。个人主义最先在霍布斯的政治哲学中成为必然的结论，① 因为他不得不"在断定自然权利的优先性的同时，强调个人在所有方面都先于公民社会：公民社会或主权者的一切权利都是由原本属于个人的权利派生出来的"（页187）。随着重心从自然义务转向自然权利，个人或自我就成了道德世界的中心和源泉。比之霍布斯的政治哲学，洛克的财产学说以一种更"先进"的方式表达了这一转变。根据洛克，"人而非自然，人的劳作而非自然的赐予，成了几乎一切有价值的东西的源泉"。"通过释放人的具有生产效力的贪欲，人们实际上从自然的束缚中被

---

① 古典时代也有强调个人优先于社会的流派，如伊壁鸠鲁，但那不能称作"个人主义"，因为对伊壁鸠鲁来说，重要的始终是作为标准和规范的"自然"，个人为自然所决定并受其引导。

解放了出来,并且个人也从先于一切同意或契约而存在的社会束缚中被解放了出来"(页253)。由于自然状态学说或现代自然权利论的危机,卢梭本来可以返回到人是社会性动物的古典观念,但他拒绝这么做,因为他关注的是个人,"亦即每一个人的彻底的独立性","他保留了自然状态的概念,是由于自然状态保障了个人的彻底独立。他保留了自然状态的概念,是由于他所关注的是这样一种在最大可能的程度上有利于个人独立的自然的标准"(页284-285)。柏克之所以对那种"最佳的社会秩序可以是或者应该是某个个人、某个睿智的'立法者'或创立者的成就的观点"感到厌恶(页320),也是出于对个性的关注:

> 在他看来,健全的社会或政治秩序一定不能"建立在中规中矩的计划或任何设计的统一性之上",因为此种"按部就班的"进展,此种"对人类设计的智慧的设定",与最大可能程度的"人身自由"无法相容;国家必须追求"最大量的纷繁各异的目标",必须尽可能少地"为了别人或整体而牺牲他们中的任何一个人"。它必须关注"个性",或者对"个人情感和个人利益"给予最大可能限度的考虑。(页329)

有趣的是,施米特也注意到个人主义乃是革命派与保守派的共同立场,只不过他对此感到惊讶:

> 法国大革命这一事件,被视为现代史的分水岭。对政治党派的区分,依据的就是他们对1789年观念的不同立场。自由派和保守派的区分基于这样的观点:自由主义发源于1789年,反对1789的保守主义则肇始于柏克和浪漫派。可是,这一重大事件的特征如此矛盾,第一批革命者和后来的反革命都被称为浪

漫派。1789年的观念与"个人主义"难解难分；而浪漫派的本质据说也是个人主义。①

古典哲学中也有一种"个人主义"，但与现代个人主义差异悬殊。当柏拉图说"个人绝对优越于社会或国家"的时候，他并非意指每一个个人，而是只有哲人。② 古典哲学认为，人只有在沉思生活中，才能达成真正的自由和充分的个体性。多数人不过是城邦意见的奴隶，处于昏暗无光的洞穴之中。"对于无限的主体自由的认知或者说每个个体之无限价值的认知，则是由基督教引入的"，如黑格尔所说，"此一观念正是通过基督教才得以突入这个世界。在基督教看来，个体本身作为上帝之爱的对象和目标是拥有无限价值的，并且注定了要作为心灵而生活在同上帝本身的绝对关系中，而且上帝的心灵也寓居于个体当中：也就是说，人潜在地已然注定了最高的自由"。③ 基督教勾销了哲学生活本身的至高地位，将某种经过特殊理解的道德生活，

---

① 施米特，《政治的浪漫派》，前揭，页29。此处译文据英文版（*Political Romanticism*, Guy Oakes 英译, Cambridge: The Mit Press, 1986）有改动。

② 施特劳斯，《论柏拉图政治哲学新说之一种》（On a New Interpretation of Plato's Political Philosophy），载于 *Social Research*, 13: 1/4 (1946)，页358；中译参彭磊译，收于《苏格拉底问题与现代性》（增订本），北京：华夏出版社，2016年。

③ 转引自唐格维，《施特劳斯思想传记》，林国荣译，长春：吉林出版集团，2011，页181。唐格维对个性问题的讨论，可参该书页148以及页170到182。另参 J. C. Murray："通过教诲人说他有一个不朽的灵魂，……，基督教把人从自然中解放出来。……它用他的唯一性、他个人的价值、他自身的尊严、所有人的平等、全人类的统一性来教诲人。"（John Courtney Murray,《我们拥有真理》[*We Hold These Truths: Catholic Reflectionsons on the American Proposition*], New York: Sheed and Ward, 1960, 页179）赵汀阳先生对于源自西方的个人主义问题也有着深刻的洞识，参其文章，《制造个人》，载《社会科学论坛》，2009年第1期，页105-114。

看作人类生活的最高范本，而就这种生活而言，人人皆可获得，故人们在至关重要的问题上是平等的。经卢梭、康德而形成的平等的道德主体观念，与此关系密切。

三、历史主义的哲学化

"历史主义的顶峰就是虚无主义。要使得人们在这个世界上有完完全全的家园感的努力，结果却使得人们完完全全地无家可归了。"（页19）——历史学派与海德格尔哲学的最终结局都是虚无主义。虚无主义乃是施特劳斯所谓现代性危机的本质。历史学派的失败造就了一种虚无主义情绪，为这种情绪所需要的哲学论证，则是由海德格尔完成的。激进历史主义之所以"激进"，就在于它以纯粹哲学的方式即整全式的思考，以对人类生存的内在一贯的分析，把虚无主义从理论上做实了。"自然权利与历史方法"第三、四节的主要目的，就是来考察历史学派的失败如何一步步演变成了激进历史主义。鉴于激进历史主义的最终成果就是海德格尔的生存哲学，这两节的主题也便是搞清楚，哪些思想资源最终成就了海德格尔的生存主义（existentialism）。

施特劳斯选择在全章的中心位置即第17自然段交代了激进历史主义最重要的一种思想资源，即"历史经验"。

> 在我们看来，那种被称作"历史经验"的东西只是在对必然进步的信仰（或者不可能回到过去的思想）和对多样性或唯一性的至高价值的信仰（或者所有时代或文明的同等权利）的共同影响下对思想史的概观。激进历史主义看起来不再需要那些信仰。但它从来没有考察过，它所参照的那种"经验"是否只是那些成问题的信仰的一种结果。（页23）

第16自然段详细地给出了历史主义对这个"历史经验"的解读。从此段之前的语境来看，这种解读乃是历史主义经过初步理论化，即吸收了休谟、康德等人对理性的批判之后的成果。那种从历史学派的失败中直接产生的"经验"，出现在第13自然段。对比两处表述，我们就会发现，它们在实质内容上，并没有值得注意的区别：

> a. ……，所有人类思想都依赖于独一无二的历史背景，这一历史背景承继此前多少有些不同的背景而来，对于此前的背景来说，它又是以某种根本不能预料的方式出现的。这就是说，人类思想是由不可预料的经验或决断来奠基的。（页20）
>
> b. 人类思想本质上所具有的局限性在于，它的局限性随着历史情景的变化而变化，而某一特定时代的思想所固有的局限性乃是任何人类的努力都无法克服的……既然人类思想的局限性本质上乃是不可知的，用社会的、经济的和别的条件（亦即用可知的或可加分析的现象）来思考它们就没有任何意义可言。人类思想的局限性乃是命中注定的。（页23）

施特劳斯以此告诉我们，"历史经验"作为历史主义者自以为是的重大发现，只不过来自历史学派的失败所造就的那种情绪。激进历史主义者从对整全的理解出发，借助"视域（horizon）"这一概念所揭示出来的东西——"所有人类思想都依赖于命运，依赖于某种思想无法掌握也无法预计其如何运作的东西"（页28-29）——依旧是换汤不换药，只不过更加"精致"而已。正如17自然段所指出的，激进历史主义由以出发的"历史经验"本身从未经过批判性地考察，也没有哲学论证的支撑，而只是来自两种可疑的预设，即进步信仰和对多样性或唯一性的迷拜。这两种预设的最初形式由历史学派借自18世纪的自然权利论。"对多样性或唯一性的至高价值的信仰"不过是18世纪个性崇拜的一种变体,而进步信仰与历史学派假定存在着历史演化的一般法则在性质上几乎等同。

> 历史学派假定有民族精神(folk minds)的存在,亦即他们假定民族或种族群体乃是自然的单位,或者他们假定存在着历史演化的一般法则,或者把这两种假定都融合起来。

不难看出,对所有时代或文明的平等价值之信仰只是对民族精神之信仰的一种变体。而在18世纪,相信历史演化的一般法则与进步信仰之间也难分彼此,几可互换使用。值得追问的倒是在对个性的信仰和对进步的信仰之间是什么关系。我们早已看到,施特劳斯把个性问题看作更加根本性的问题,而且激进历史主义已经不再持什么进步信仰或对历史法则的信任。从施特劳斯文章《论柯林伍德的历史哲学》中,我们发现了一点线索:对所有时代的平等性的信仰只是进步信仰的一种更加精致的形式,因为这种信仰把自身解读为超越所有早期思想的一种进步:每一个早期思想家都错误地"绝对化"了他们看待事物的特殊立场[1]。由此,可以正当地把个性问题当作一个基本要素,因为它包含了进步信仰。

历史学派失败前后的历史主义,问题意识有所转变。以历史学派为代表的历史主义,并不否认理论分析能够产生某种标准,以为行动提供指南,他们反对的只是18世纪的自然权利论所提供的那种僵化的、不切实际的标准,并打算找到一种恰到好处的标准。最终

---

[1] Leo Strauss,《论柯林伍德的历史哲学》(On Collingwood's Philosophy of History),*The Review of Metaphysics*,Vol. 5,No. 4(Jun.,1952),页574;中译参余慧元译文,《苏格拉底问题与现代性》(增订本),前揭。

因为没有找到任何标准而陷入虚无主义，对他们来说是意料之外的结果。历史学派之后的历史主义则压根否定客观标准的可能性。正是着眼于问题意识上的这种改变，施特劳斯才在开头说道："历史主义原本是在以下信念的庇护下出现在 19 世纪的：关于永恒的知识或至少是直觉乃是可能的。但它逐渐削弱了在其幼年曾经庇护过它的这种信念。"（页 14）

要证明客观的标准不可能，其实就是要论证理论依赖于行动，依赖于行动者的历史。后者已经包含在历史学派的失败所导致的"经验"——"人类思想是由不可预料的经验或决断来奠基的"（页 20）——之中。实际发生的历史，总是行动者的历史，说思想的根基立于瞬息万变的历史长河之中，无异于说，思想本质上依赖于行动者的决断。总是先有行动者的历史，才有思想者的反思，因此，思想依赖于行动，行动生活高于理论生活。海德格尔的激进历史主义最终声称人类思想依赖于命运，也导向类似的结论。

其实，论证理论对于行动的本质依赖性，毋宁说是海德格尔生存哲学的初衷。[1] 在《存在与时间》中，海德格尔就试图确立实践对

---

[1] 理论对实践（生活或生存）的依赖性乃后尼采时期德国思想的主题："表达了一战后德国对于现代文明的典型态度的口号，不是历史 VS 非历史的自然主义，而是生活或生存 VS 科学，作为任何一种理论事业的科学。"（施特劳斯，《德国战后哲学的现存问题》(Living Issues of German Postwar Philosophy), in H. Meier, *Leo Strauss and the Theological - Political Problem*, Cambridge: Cambridge University Press, 2006, 页 116）其实早在 20 世纪 20 年代对亚里士多德的现象学解释中，海德格尔在理论与实践问题上已经形成了不同于古典观念（理论生活与实践生活之间存在本质区别，而且前者高于后者）的独特看法。参 David K. O'Connor,《施特劳斯的亚里斯多德与海德格尔的政治学》(Leo Strauss's Aristotle and Matin Heidegger's Politics), 载 *Action and Contemplation: Studies in the Moral and Political Thought of Aristotle*, R. Barlett 和 S. Collins 编, Albany: SUNY Press, 1999, 页 162 - 207。

认识的优先性，他一再强调，对现成事物对象化的观看（认识）缘起于寻视着对上手之物的操劳（实践），是后者的一种残缺状态，只有先行越过以操劳为特征的"实践"，作为人另一种存在方式的"认识"活动才能发生。① 尽管这一努力在《存在与时间》中并不成功，但至少它模糊了理论与实践之间的区别，而这种模糊无疑偏向实践一边。海德格尔三十年代的校长就职演讲，更加直白地表露了这一点：

> 但对希腊人来说，"理论"究竟是什么？人们都说：理论是纯粹的"沉思"，这种沉思依附于事物的完整和要求。有人以希腊人为据，认为这种沉思的态度是为沉思而沉思。这种引经据典的做法纯属错误。因为，一方面，"理论"的产生并不是为了理论本身，而是单单来自一种想要接近如其所是的存在者并受它逼迫的激情。但另一方面，希腊人的全部努力，恰恰是把沉思的追问作为一种实现（energeia）、一种"实践存在"、一种人的方式，并且作为唯一最高的方式来理解和贯彻。他们的想法不是要使实践符合理论，恰恰相反：他们把理论理解为真正实践的最高实现。对希腊人来说，科学不是一个"文化财富"，而是民族－国家整体此在的最内在的决定性核心。②

---

① 海德格尔，《存在与时间》，陈嘉映、王庆节译，北京：生活·读书·新知三联书店，1987，页79、406。

② 海德格尔的就职演讲，《德国大学的自我主张》，吴增定、林国荣译，"中国现象学网"，http：//www. cnphenomenology. com/modules/article/view. article. php/1168/c0。可参权威英译本：Heidegger, Martin," The Self–Assertion of the German University and The Rectorate 1933/34：Facts and Thoughts"，*Review of Metaphysics*, 38：3 (1985：Mar.)，页 467–502。施特劳斯在给科耶夫的信中，曾提及与此段相关的部分，*On Tyranny：Revised and Expanded Edition, Including the Strauss–Kojève Correspondence*, V. Gourevitch 和 M. S. Roth 编, Chicago：University of Chicago Press, 1991，页 223 及编者注释 3。

历史主义不能满足于一种"历史经验",它的命题要有说服力需要有理论依据。历史至多能够证明一种观点战胜或取代了另一种观点,对两种观点以及这个替代本身的合理性,什么也没有说。基于上述问题意识的转化,历史主义的"经验"得以与批判理性和理性形而上学的现代趋势合流。由此,康德对理论形而上学和哲学伦理学(自然正当)的否定为激进历史主义贡献了至关重要的思想要素(页29)。海德格尔在《存在与时间》中的意图,显然直接关联着康德的批判哲学。《自然权利与历史》没有专论康德,但还是为我们理解康德哲学的基本旨趣留下了线索。就理论与实践的关系问题来说,比较有启发性的地方有两处,均以脚注的形式出现在"卢梭"部分,一处暗示康德的问题意识来自卢梭(页269,注23),另一处则指出康德对卢梭的解读是成问题的(页260,注4)。

在分析《论科学与艺术》时,施特劳斯提到卢梭的一个暂时性的结论:"理论科学并非本来要服务于德性,因此是不好的,要使它变好,就必须使它能够服务于德性。"(页269)附在这句话上的脚注提到了康德的道德哲学。康德之所以把道德或行动生活拔高到前所未有的地位,甚至连形而上学都要为它服务,乃是受到卢梭的启发。康德四十岁的时候写道:"我自以为爱好探求真理,我感到一种对知识的贪婪渴求,一种推动知识前进的不倦热情,以及对每个进步的心满意足。我一度认为,这一切足以给人类带来荣光,由此我鄙视那班一无所知的芸芸众生。是卢梭纠正了我。盲目的偏见消失了,我学会了尊重人,而且假如我不是相信这种见解能够有助于所有其他人去确立人权的话,我便应把自己看得比其他劳工还不如。"[①] 为

---

① 卡西尔,《卢梭·康德·歌德》,刘东译,北京:生活·读书·新知三联书店,1992,页2。

卢梭的新书《爱弥儿》所吸引,生活极富规律性的康德竟打破了持续多年的散步习惯。卢梭在《爱弥儿》中通过萨瓦代理本堂神父的"信仰告白",从道德的目的出发,证明了上帝存在、灵魂不朽和意志自由。康德后来通过他的理性批判,确立了一种形而上学,这种形而上学除了道德以外没有其他用途。康德所理解的形而上学恰恰也由三部分组成,即上帝存在、灵魂不死和意志自由。可以说,康德完成了卢梭的萨瓦牧师所努力追求的东西。萨瓦代理本堂神父所给出的形而上学不是基于知性,而是刻在人的心上,康德的结论则是以严格的哲学思辨(对理性的批判)为基础。康德将遵守道德律与人之为人的基本尊严联系起来(人被确立为"自由的道德主体"),显然也受到卢梭《社会契约论》的影响。《社会契约论》第八章提到,从自然状态到公民社会的过程,也是人从自然人变为道德人的过程,而自然人乃是"次人",这等于说,没有道德之前,人尚不是人,只有道德才能使人成为自己的主人。①

然而,从施特劳斯的角度观之,康德对卢梭的理解面临着很大的困难。《爱弥儿》中的萨瓦代理本堂神父毕竟不是卢梭本人,把两者等同看待,就像把莎士比亚戏剧中的人物等同于莎士比亚一样荒谬。更何况,不能认为卢梭在《社会契约论》中所提出的有关未来社会的方案,真正解决了困扰卢梭一生的根本性问题——自然人与道德人之间的矛盾。就在同一本书的开头,卢梭已经宣告"人生而是自由的,却无往不在枷锁之中":② 社会对人来说始终是一种枷

---

① 该段对卢梭与康德之间思想关联的分析,参照了施特劳斯讲"康德"的课堂录音,Leo Strauss,《康德讲稿》(Seminar in Kant, spring quarter 1967),http://leostrausscenter.uchicago.edu/course/kant-spring-quarter-1967。限于篇幅,该段的论述比较简略。

② 卢梭,《社会契约论》,何兆武译,北京:商务印书馆,2005,页4。

锁，真正的自由难以从社会中获得，所以康德心目中"自由的道德主体"违背了卢梭本人的看法：

> 卢梭至死都认为，即使是正当的社会也是一种形式的束缚。因此，他顶多把他对于个人与社会之间的冲突这一问题的解决方法，看作不过是一个能够容忍的近似的解决方法……因此，告别社会、权威、限制和责任，或者说返于自然，对他而言就是一种合理的可能性。（页260）

对理性和理性形而上学的批判本身会导向怀疑主义，但吸收了这些批判成果的历史主义并没有陷入怀疑主义，因为它沉浸在与怀疑主义完全不同的现代传统之中，"这种传统试图确定人类知识的范围，因此它承认，在某种界限内，真确的知识是可能的"（页21）。笛卡尔的"怀疑"并不是怀疑一切，而是通过怀疑屏蔽掉一切似是而非的东西，进而找到一种绝对可靠的知识。霍布斯试图"在极端怀疑论的基础上建立起绝对可靠的教条主义的大厦"（页174），只不过延续了笛卡尔的事业。总之，现代哲学虽然以"怀疑"开其端，但其意图绝不在于否定所有知识，而是确立一种绝对可靠的知识，一种能够经得起最极端的怀疑主义之挑战的知识，也就是一种"教条"式的知识。

历史主义自身面临着一个显而易见的矛盾。历史主义声称揭示了所有人类思想的历史性，但历史主义命题本身恰恰不能是"历史性"的，而是适用于所有的人类思想。以海德格尔的深刻和博学，最终也未能真正解决这一矛盾，只是掩盖和回避了它（页26）。海德格尔之所以能在一定程度上掩盖和回避这一矛盾，还得归功于尼采和黑格尔的工作。

尼采是在对19世纪历史主义的批判中为海德格尔做好准备的。

在早期文章《历史的用途与滥用》中，尼采指责历史主义的理论分析破坏了笼罩在生活或行动周围的"保护层"。真正属人的生活和行动，都要求一种献身精神，要求对某种观念的全身心的信仰。这种信仰只有在一种"绝对主义"的整全视域（horizon）的支撑下才有可能，否则将是肤浅和没有意义的。然而，历史主义通过把所有关于整全的视域都揭示为相对的，破坏了属人生活所必须的"绝对性"。① 要避免理论对生活的威胁，尼采面临两个选择，要么回归理论分析的隐微品质，恢复柏拉图式的高贵的谎言，要么否认理论本身的可能性，让理论依附于生活或命运。如果不是尼采本人，也是尼采的后继者海德格尔选择了第二条路。借用尼采的"视域"概念，海德格尔声称，所有的理解和认知都假定了一个参照系，一个整全的视域。对整全的某种程度上的把握，是所有理解的基础。这也就意味着对整全的把握无法被理性地证成，因为它是所有推理得以可能的条件。因此，"存在各种各样的此类整全性的观点，每一种都像其他任何一种同等正当：我们不得不在没有任何理性指导的情况下选择一种观点。选择一种是绝对必要的；中立性或者悬置判断是不可能的"（页28）。严格地说，个人根本没有选择的余地，因为每一时代的每一个社会都有自己独特的整全性视域，而我们又总是发现自己早已生活在一个社会之中，并接受了它的"意识形态"。②个人的视域乃是被历史地强加的，被一种个人无法控制的力量或命运强加的，人类思想最终依赖于命运。

由此，激进历史主义不再声称历史主义命题的客观性。它一方

---

① 尼采，《历史的用途与滥用》，陈涛、周辉荣译，刘北成校，上海：上海人民出版社，2000，页53-56。

② 此处借用马克思的术语，非海德格尔原话。

面承认其命题的效力是超历史的，另一面却认为其出身是历史性的。历史主义命题的发现被认为是一个历史事件，是人无法解释的历史事件，是命运的恩赐。简单地说，海德格尔把历史主义对人类所有思想之历史性的洞察归于一种特定的历史形势，"那种形势不仅是历史主义洞见的条件，也是它的源泉"（页28）。①

> 为了看清所有思想的历史品质，不需要超越历史：有一种得天独厚的时刻，历史进程中的绝对时刻，所有思想的本质特征变得一目了然的时刻。为使自己免于它自身的裁断，历史主义声称它仅仅是反映了历史现实的特征或忠实于事实；历史主义命题的自相矛盾，不该归咎于历史主义而当归咎于现实。（页29）

假定一个历史中的绝对时刻对激进历史主义来说是本质性的。海德格尔暗中追随着黑格尔的先例。区别在于，黑格尔把绝对时刻看作关于整全的根本之谜真相大白的时刻，信奉历史主义的海德格尔则把绝对时刻规定为"根本之谜的不可解决的品性变得昭然若揭的时刻或者人类心灵的根本错觉被消除的时刻"（页29）。

---

① "条件"（condition）与"源泉"（source）之间的区分事关古今之争的关键问题，施特劳斯在批评科耶夫的时候挑明了这一点："按照古典的预设，理解（understanding）的条件（conditions）与理解的源泉（resources），哲学生存（existence）与永续的条件（某种社会，等等）与哲学洞见的源泉之间，有着根本性的区别。按照科耶夫的预设，这种区别失去了其至关重要的意义：社会变迁或命运会影响存在（being）并因此影响真理，如果它不是与存在相等同的话。按照科耶夫的预设，无条件地忠实于属人的关注成为哲学理解的唯一源泉（the source）：人必须绝对地以地球为家，必须绝对地成为地球的公民，如果不是这个可居住的地球之某一部分的公民的话"（施特劳斯，《重述》，前揭，页77）。

施特劳斯在"柏克"部分最后明确提到了黑格尔"历史哲学"的诞生，它与柏克的历史转向关系密切。为了反对18世纪自然权利论对理论与实践之根本区别的模糊，抵御理论精神对实践领域的入侵，柏克试图恢复有关理论与实践之正当关系的古老教诲，但由于受到现代以来贬低理性和理论形而上学之思想潮流的影响，柏克在很大程度上偏离了更为"自然"的古典思路，其主要表现就是把最高形式的实践即"政治社会的奠定或形成"看作一个不受反思控制的准自然的过程，进而使得这个过程作为"准自然"之物，能够成为一个纯粹理论性的主题，就像一棵树的长成作为自然科学的研究主题那样。

> 政治理论变成对于实践的产物或现实之物的理解，而不再是对应然之物的寻求；政治理论不再是"在理论上是实践性的"（即不在现场的慎议，deliberative at a second remove），而是纯粹理论性的，就像形而上学（和物理学）在传统上被理解为纯理论性的一样。这就产生了一种新型的理论，一种新型的形而上学，其最高主题是人类行动及其产物而非整全，……。当形而上学像现在这样，把人类活动及其产物视作一切别的存在或过程所趋向的目标，形而上学就成了历史哲学。历史哲学首要地乃是有关人类实践并且从而必定是有关已经完成了的人类实践的理论，亦即沉思；它预先就假定有意义的人类行动，历史（History），已然完成。（页327）

不仅如此，为抵制18世纪自然权利论对英国政治制度的挑战，柏克在为英国宪法辩护的过程中，把"某种标种"（prescription）当作判断政体好坏的主要标准，拒绝"参照任何别的更为一般的或先天的权利"（页326）。这种对超越性标准的拒绝，等于承认标准即在过程之中，于是，柏克在为传统辩护的同时，无意中成了黑格尔所谓"现实的就是合理的"这一主张的先驱。

但柏克终归只是为黑格尔发现"历史（History）"提供了至关重要的因素。他本人依旧把历史看作偶然事件的前后相继，没有为历史设置一个"绝对时刻"。黑格尔历史哲学所需要的那种"绝对时刻"的观念，某种程度上来自卢梭：

> 良好秩序或合理之物，乃是那些其本身并不以良好秩序或合理之物为目标的力量所产生的结果。此项原理首先是用在行星系，而后又用在了"需求的体系"亦即经济学上。这一原理之运用于健全政治秩序的产生，乃是对历史之'发现'的两个最重要的因素中的一个。另一个同等重要的因素就是将同一个原理运用于对人道的理解，人道被理解为是通过偶然的因果关系获得的。（页322）

施特劳斯在"卢梭"部分详细论述过第二个因素（页278-280）。如上文所述，卢梭通过克服霍布斯理论中的自相矛盾，进一步抽空了"自然状态"中的人性内容，使得自然状态中的人成了"次人"，"所有专属于人性的东西都成了习得的（acquired），或者说最终依赖于人为或习俗"（页277）。卢梭于是不得不把人道解释为一个历史过程的机械因果关系的结果。由此，"'历史过程'被视作在某一个绝对的瞬间达到了顶点：在那个时刻，作为盲目命运产物的人，由于第一次以恰当的方式理解了在政治和道德方面何者为对或错，从而成为自己命运的明辨秋毫的主人"（页280、322）。

值得注意的是，施特劳斯在其早期著作《霍布斯的政治哲学：基础与起源》中，不是将卢梭或柏克，而是把霍布斯看作黑格尔历史哲学的先驱：

对他［按：霍布斯］来说，人类原始条件的不完美性，或自然状态的不完美性，不是通过考察国家作为完美的共同体这个业已澄清的（即使只是粗略地澄清）的观念而感知认识的。检验的标准，未经事先确立，未经事先论证，而需要自行产生，自行论证。所以，霍布斯没有追随仿效亚里士多德，而是开辟了通向黑格尔的道路。①

在《自然权利与历史》中，施特劳斯似乎对上述观点做出了修正。他认识到，霍布斯并没有把从自然状态到公民社会的过渡设想为一个机械的过程，这部分地是因为"他错误地认为，先于社会的人就已经是理性的存在者，是能够缔结契约的存在者"。于是，对霍布斯来说，从自然状态到公民社会的过渡，不需要一个历史过程，而是恰好与社会契约的缔结相对应（页279）。但即便如此，本章第一节末尾所引施特劳斯对霍布斯考察起源的方法所作的评论，依旧是有意义的。至少可以说，在由亚里士多德的方法向着黑格尔的方法过渡的过程中，霍布斯迈出了关键性的一步。

由前面的论述可知，在海德格尔否定理论客观性的论证中，从尼采那里获得的"视域"概念关系重大。"视域"某种程度上揭示了一种客观事实。早在海德格尔之前，"视域"已经是胡塞尔现象学的一个关键概念。伽达默尔的解释学所谓一切理解都以某种前理解为基础，也是对现象学视域概念的一种具体应用。值得注意的是，在海德格尔和伽达默尔那里，对"视域"的重视，都导向了对理论或解释之客观性的否定。施特劳斯在《自然权利与历史》第四章第7自然段，有意识地使用了"视域"概念，却没有落入同样的相对

---

① 施特劳斯，《霍布斯的政治哲学》，前揭，页125。

主义。施特劳斯不否认，所有的知识，"都以一个视域、一种知识在其中成为可能的完备的观点为先决条件"（页126），所以像海德格尔一样，认为对整全的某种把握，是所有理解的基础，这也就意味着对整全的把握无法被理性地证成，因为它是所有推理得以可能的条件。但施特劳斯没有像海德格尔那样，由此便认定"存在各种各样的此类整全性的观点，每一种都像其他任何一种一样正当"（页28），而是指出，各种整全性观点之间的冲突恰恰表明，在所有冲突性的观点之外，存在着一种关于整全的真正的知识。哲学就是要从这些冲突性的观点出发，通过辩证法来接近那种知识。至于能否最终获得这种知识，或者说"哲学是否能够合理地超越讨论或争辩的阶段而进入作出决断的阶段，对此人们并无把握"（页126）。但不能因此放弃把握整全的努力，所有对部分的理解都以对整全的理解为基础，放弃对整全的理解，就是任凭所有理解都停留在盲目和黑暗之中。哲学本质上就是一种西西弗斯式的事业，就是对人的无知的认识。① 然而，关于无知的知识，也是一种知识。对无知的认识，意味着对界限或必然性（necessity）的认识。把握了界限，就在某种程度上把握了行动的方向。简单地说，苏格拉底通过宣称他知道自己一无所知，表明他赞同海德格尔的结论即整全是不可理解（not intelligible）的，但他同时认为，知道整全不可理解，恰恰表明我们对整全已经有所理解（understanding）。因为对于那些绝对不可知的东西，我们根本无可言说。应该说，海德格尔像苏格拉底一样，都看到了一个足以"令人绝望"的事实。海德格尔由此真的绝望了，苏格拉底却并未绝望，而是坚持"乐观"。海德格尔的最大失误在于，他想当然地认为，苏格拉底的乐观是"盲目"的，是无视那个存在

---

① 施特劳斯,《什么是政治哲学》，前揭，页30。

之"深渊"的结果。就其揭示了哲学事业的"西西弗斯式"的本质来说,施特劳斯认为激进历史主义是有功的,它郑重表明,任何试图建立一种哲学体系的努力皆是虚妄,但它就此而否定哲学,就是"过犹不及"了,并因此证明了它自身还停留在现代哲学的视野之中,对哲学沉思的本来面目并不知情。

> 历史主义错误地把所有哲人(作为人他们倾向于犯错)不可避免的命运看成是对哲学之意图的驳斥。历史主义至多证明了我们的无知(这一点没有历史主义我们也意识到了),但没有从对我们的无知的洞见而意识到追求知识的紧迫,历史主义表现出令人惋惜或荒唐的自满;这表明,它也是被它所揭穿的诸多教条主义[按:或译独断论]中的一种。[1]

海德格尔没有摆脱霍布斯以来的教条主义,因为当他误把"所有哲人不可避免的命运看成是对哲学之意图的驳斥"时,就表明了他还在向哲学要求一种实实在在的结论、一种确定无疑的答案,一种教条。

在施特劳斯看来,历史主义从作为一种"隐患"(霍布斯)到发展成熟(海德格尔)的过程,也就是现代精神从教条主义走向存在主义的过程。为了保证实效,霍布斯更改了智慧的定义——"人只能理解为人所创造的东西"——从而决定性地奠定了教条主义的基础。为国家确立政体,这样一种本属于伟大领袖的实践事业,在霍布斯那里已经开始成为某种可以脱离政治家的实践智慧、在理论上就能永久解决的问题。柏克为抵制卢梭等人的教条主义,错误地将政治秩序的产生看作一个不受反思指导的准自然的过程。黑格尔在卢梭、柏克等人的基础上,把人类实践的整体看作已然终结,从

---

[1] 施特劳斯,《德国战后哲学的现存问题》,前揭,页133。

而走到教条主义的顶峰。基尔克果、尼采为反抗黑格尔主义，恢复实践的可能性，把生活或生存本身当成最高的东西，置理论于从属地位，事实上否定了一切客观性，否定了理论本身。

若从清明灵活的古典哲学来看，教条主义和生存主义是两个错误的极端：

> 在彼此反对的同时，它们也在关键之处彼此一致——它们都一样地忽视审慎（prudent），"这一下界的上帝"。没有关于"上界"的某些知识，没有真正的理论（theoria），我们就无法看清审慎和"这个下界"。（页327－328）

教条主义认为理论万能，故不需要审慎；生存主义认为理论无能，故"盲目"地冒险。① 只有一种适度的、真正的理论才能保证审慎。这种理论既不无原则地贬低理性，也清晰地认识到理性的局限。就对政治行动的指导来说，这种理论能够提供原则性地指引，却无法给出行动的方案，也不能保证行动的结果，这种理论便是古典的自然正当学说。

---

① 海德格尔投奔纳粹无疑是其盲目冒险的集中体现。施特劳斯之所以强调理解海德格尔思想的关键在于严肃地看待他投奔纳粹这一事实，也是因为海德格尔的冒险透露了现代哲学的根本缺陷，即因失落了"理论"的真谛而无力成全"审慎"这一美德。参见施特劳斯，《海德格尔式存在主义导言》，丁耘译，收于《古典政治理性主义的重生》，郭振华等译，北京：华夏出版社，2011，页72－96。英文有两个版本，一个题为《生存主义》（Existentialism，"Two Lectures by Leo Strauss"，载于 *Interpretation*，Vol. 22，Issue 3，Spring 1995，页302－19；另一个，《海德格尔式存在主义导言》（An Introduction to Heideggerian Existentialism，载 *The Rebirth of Classical Political Rationalism*，T. Pangle 编，Chicago：Universtiy of Chicago Press，1989，页27－46。中译参照了第二个版本，但第一个版本更忠实于施特劳斯原稿。

旧文新刊

《春秋》孟氏學

柳屺生 著
楊 謙 點校

敘 錄

昔孔子沒而微言絕，七十子喪而大義乖，故《春秋》分為五，而未聞有孟氏之學。孟子生於戰國，受業子思之門，深通五經，著書七篇。其言信微妙閎遠，靡不合于聖人。家賓叔公述《穀梁》大義，嘗取孟子之說，以彰古訓。[1]惜闕而未備，間嘗竊取其義，以孟子之學證《穀梁》，無不脗合，因略加詮次，離為八篇。昔戴子高取

---

[1] ［校注］指柳氏先祖興恩，本名興宗，字賓叔，撰《穀梁大義述》，阮元贊其扶翼孤經，為之作序。可參文廷海，《清代春秋穀梁學研究》，成都：巴蜀書社，2006，頁226－242。另參李紀祥、簡逸光，《清學史中的〈穀梁大義述〉》，載《經學研究集刊》第七期，2009年11月，頁21－30。

《公羊》以注《論語》，今取《穀梁》以說《孟子》，要亦師其意爾。

通論大義

孟子曰：王者之迹熄而《詩》亡，《詩》亡然後《春秋》作；晉之《乘》，楚之《檮杌》，魯之《春秋》，一也。其事則齊桓、晉文，其文則史；孔子曰："其義則丘竊取之矣。"（《離婁篇下》）

世衰道微，邪說暴行有作，臣弒其君者有之，子弒其父者有之，孔子懼，作《春秋》。《春秋》，天子之事也。是故孔子曰："知我者其惟春秋乎！罪我者其惟春秋乎！"……昔者禹抑洪水而天下平，周公兼夷狄，驅猛獸而百姓寧，孔子成《春秋》而亂臣賊子懼。（《滕文公篇下》）

謹按：《春秋》大義，在誅亂臣賊子，《春秋》之作，雖不能使天下無亂臣賊子，而能使亂臣賊子懼；蓋孔子有帝王之德，而無帝王之位，晚年知道不行，懲弒君弒父而作《春秋》，其義例謹嚴，筆則筆，削則削，雖游夏之徒，不能贊一辭。六經之中，義最宏遠者當推《春秋》；孔空言垂世，所以為萬世師表者，首在《春秋》一書，故孟子推孔子作《春秋》，比之禹抑洪水、周公兼夷狄、驅猛獸，以其有大義微言，足以治萬世之天下，故推尊如此之至也。

論王道

孟子曰："待文王而後興者，凡民也；若夫豪傑之士，雖無文王猶興。"（《盡心篇》）

滕文公為世子，將之楚，過宋而見孟子，孟子道性善，言必稱堯舜。世子自楚反，復見孟子，孟子曰："世子疑吾言乎？夫道一而已矣！成覸謂景公曰：'彼丈夫也，我丈夫也，吾何畏彼哉！'顏淵曰：'舜何人也？予何人也？有為者亦若是！'公明儀曰：'文王我師也，周公豈欺我哉！'今滕絕長補短，將五十里也，猶可以為善國。《書》曰：'若藥不瞑眩，厥疾不瘳。'"（《滕文公篇上》）

曹交問曰："人皆可以為堯舜，有諸？"孟子曰："然。""交聞文王十尺，湯九尺，今交九尺四寸以長，食粟而已，如何則可？"曰："奚有於是？亦為之而已矣；有人於此，力不能勝一匹雛，則為無力人矣；今日舉百鈞，則為有力人矣，則舉烏獲之任，是亦為烏獲而已矣，夫人豈以不勝為患哉？弗為耳！徐行後長者，謂之弟；疾行先長者，謂之不弟；夫徐行者，豈人所不能者，所不為也！堯舜之道，孝弟而已矣！子服堯之服，誦堯之言，行堯之行，是堯而已矣；子服桀之服，誦桀之言，行桀之行，是桀而已矣。"曰："交得見於鄒君，可以假館願留而受業於門。"曰："夫道若大路然，豈難知哉？人病不求耳！子歸而求之，有餘師。"（《告子下》）

謹案：徐邈《穀梁》序曰："孔子感隱桓之事，為作《春秋》，振王道於無王。"此即孟子"雖無文王猶興"之意也。堯、舜、文王雖不可再生，而人人皆可以為堯舜。堯舜之道，王道也，王道若大路然，當孔子之世，王道已絕於天下，孔子乃作新王法以振起之。《穀梁隱元年傳》曰："隱不正而成之，何也？將以惡桓也。"《桓元年傳》曰："元年有王，所以治桓也。"然則《春秋》之始於隱桓，為惡桓弒隱，而孔子以王法治之，大義昭然矣。

論伯統

其事則齊桓晉文。(《離婁篇下》)

齊宣王問曰:"齊桓、晉文之事,可得聞乎?"孟子對曰:"仲尼之徒無道桓文之事者,是以後世無傳焉,臣未之聞也。"(《梁惠王上》)

五霸,桓公為盛。葵丘之會,諸侯束牲載書,而不歃血;初命曰:"誅不孝,無易樹子,無以妾為妻。"再命曰:"尊賢育才,以彰有德。"三命曰:"敬老慈幼,無忘賓旅。"四命曰:"士無世官,官事無攝,取士必得,無專殺大夫。"五命曰:"無曲防,無遏糴,無有封而不告。"曰:"凡我同盟之人,既盟之後,言歸於好。"今之諸侯,皆犯此五禁;故曰:今之諸侯,五霸之罪人也。(《告子篇下》)

謹案:隱八年《穀梁傳》:"《誥誓》不及五帝,盟詛不及三王,交質子不及二伯。"二伯,言齊桓、晉文。桓、文之事,仲尼之徒雖不道,然春秋既因無正而成列國之局,其會盟侵伐之事,不可以無統繫,故張齊晉為二伯以挈之。齊桓創伯,始於莊十三年,莊至僖而晉文繼之。文之子孫主盟中夏者百有餘年,至定之四年盟皋鼬,而晉始失伯。春秋前後二百四十二年,而齊晉二伯之統,紀其年數,幾佔四之二,此百餘年,中國無一事,二伯之力為多,謂其事則齊桓、晉文,非虛語也。

論尊周

孟子曰:"天下有道,小德役大德,小賢役大賢;天下無道，小役大，弱役強。斯二者，天也，順天者存，逆天者亡。齊景公曰：'既不能令，又不受命，是絕物也。'涕出而女於吳。今也，小國師大國而恥受令焉，是猶弟子而恥受令於先師也。如恥之，莫若師文王。師文王，大國五年，小國七年，必為政於天下矣。"（《離婁篇上》）

孟子曰："伯夷辟紂，居北海之濱，聞文王作，興曰：'盍歸乎來！吾聞西伯，善養老者。'太公辟紂，居東海之濱，聞文王作，興曰：'盍歸乎來！吾聞西伯，善養老者。'二老者，天下之大老也，而歸之，是天下之父歸之也。天下之父歸之，其子焉往？諸侯有行文王之政者，七年之內，必為政于天下矣。"（《離婁篇下》）

北宮錡問曰："周室班爵祿也，如之何？"孟子曰："其詳不可得聞也。諸侯惡其害己也，而皆去其籍。然而軻也，嘗聞其略也。天子一位，公一位，侯一位，伯一位，子、男同一位，凡五等也。君一位，卿一位，大夫一位，上士一位，中士一位，下士一位，凡六等；天子之制地方千里，公侯皆方百里，伯七十里，子男五十里，凡四等。不能五十里，不達於天子，附於諸侯，曰附庸。天子之卿，受地視侯，大夫受地視伯，元士受地視子男。大國地方百里，君十卿祿，卿祿四大夫，大夫倍上士，上士倍中士，中士倍下士，下士與庶人在官者同祿，祿足以代其耕也。次國地方七十里，君十卿祿，卿祿三大夫，大夫倍上士，上士倍中士，中士倍下士，下士與庶人在官者同祿，祿足以代其耕也。小國地方五十里，君十卿祿，卿祿二大夫，大夫倍上士，上士倍中士，中士倍下士，下士與庶人在官者同祿，祿足以代其耕也。耕者之所獲，一夫百畝，百畝之糞，上農夫食九人，上次食八人，中食七人，中次食六人，下食五人，

庶人在官者，其祿以是為差。(《萬章篇下》)

謹案：《春秋》有尊周之說。《穀梁成元年傳》曰："為尊者，諱敵不諱敗；為親者，諱敗不諱敵；尊尊親親之義也。"尊尊謂尊周，周之所以尊，有廣狹二義：以周為列國文明之祖而尊之，則廣義也；以周為天下之共主，而尊之，此狹義也。然以孟子之義推之，則諸侯所以師文王者，師其仁政也，至於惡其制之害己而皆去其籍，則天下無所取法矣，故特錄而存之，亦所以見尊周之義。《穀梁僖八年傳》曰："朝服雖敝，必加於上，弁冕雖舊，必加於首，周室雖衰，必先諸侯。"即此義也。

論親魯

孟子曰："孔子之去魯，曰：'遲遲吾行也。'去父母國之道也。"(《盡心篇下》)

滕定公薨，世子謂然友曰："昔者孟子嘗與我言於宋，於心終不忘，今也不幸至於大故，吾欲使子問於孟子，然後行事。"然友之鄒，問於孟子。孟子曰："不亦善乎！親喪固所自盡也。曾子曰：'生，事之以禮；死，葬之以禮，祭之以禮，可謂孝矣。'諸侯之禮，吾未之學也；雖然，吾嘗聞之矣。三年之喪，齊疏之服，飦粥之食，自天子達于庶人，三代共之。"然友反命，定為三年之喪。父兄百官皆不欲，曰："吾宗國魯先君莫之行，吾先君亦莫之行也，至於子之身而反之，不可。"(《滕文公上》)

魯欲使慎子為將軍。孟子曰："不教民而用之，謂之殃民，殃民者，不容於堯舜之世。一戰勝齊，遂有南陽，然且不可。"

慎子勃然不悦曰："此則滑釐所不識也。"曰："吾明告子，天子之地方千里，不千里，不足以待諸侯。諸侯之地方百里，不百里不足以守宗廟之典籍。周公之封魯，為方百里也，地非不足，而儉於百里。太公之封於齊也，亦為方百里也，地非不足也，而儉於百里。今魯方百里者五，子以為有王者作，則魯在所損乎？在所益乎？徒取諸彼以與此，然且仁者不為，況於殺人以求之乎？君子之事君也，務引其君以當道，志於仁而已。"（《告子篇下》）

謹案：尊尊為尊周，前既明之矣；親親者何？親魯也；以魯為君子父母之國而親之，此狹義也；以魯為諸夏之宗國而親之，則廣義也；《春秋》諸稱"我"之文，如"葬我君"也，"執我行人"也，"伐我西鄙"也，皆親親之義最顯者；蓋魯於王者為近，若行王政，猶足以紹文王，故孟子之責慎子獨厚也！

論故宋

万章問曰："宋，小國也，今將行王政，齊楚惡而伐之，則如之何？"孟子曰："湯居亳，與葛為鄰。葛伯放而不祀，湯使人問之曰：'何為不祀？'曰：'無以供犧牲也。'湯使遺之牛羊。葛伯食之，又不以祀。湯又使人問之曰：'何為不祀？'曰：'無以供粢盛也。'湯使亳眾，往為之耕，老弱饋食。葛伯率其民，要其有酒食黍稻者奪之，不授者殺之。有童子以黍肉餉，殺而奪之。《書》曰：'葛伯仇餉。'此之謂也。為其殺是童子而征之，四海之內，皆曰：'非富天下也，為匹夫匹婦復讎也。''湯始征，自葛載。'十一征而無敵於天下。東面而征，四夷怨；

南面而征，北狄怨，曰：'奚為後我？'民之往之，若大旱之望雨也。歸市者弗止，芸者不變；誅其君，弔其民，如時雨降。民大悅。《書》曰：'徯我后，后來其無罰！''有攸不為臣，東征，綏厥士女，匪厥玄黃，紹我周王見休，惟臣附於大邑周。'其君子實玄黃於匪以迎其君子，其小人簞食壺漿以迎其小人，救民於水火之中，取其殘而已矣。《大誓》曰：'我武惟揚，侵于之疆，則取于殘，殺伐用張，于湯有光。'不行王政云爾，苟行王政，四海之內，皆舉首而望之，欲以為君。齊楚雖大，何畏焉？"《滕文公篇下》

謹案：《穀梁桓二年傳》曰："其不稱名，蓋為祖諱也。孔子故宋也。"故宋亦有二義，以宋為君子之祖母而故之，此狹義也；以宋為王者之後而故之，則廣義也。此二義《穀梁》俱有明文。僖二十五年："宋殺其大夫。"《傳》曰："其不稱名姓，以其在祖之位，尊之也。"此以尊祖母為義者也。莊十一年："宋大水。"《傳》曰："外災不書，此何以書？王者之後也。"襄九年："宋災。"《傳》曰："外災不志，此其志何也？故宋也。"兩傳互文見義。故者，親故之故，言故宋，猶言親宋也。惟王者之後，何以可親？傳注皆無解，而孟子釋之最明。宋雖小國，苟行王政，四海之內，皆舉首而望之，此故宋之義也；引其先祖湯之仁政以勉之，而王者之後當親之義益明矣。

又案，公羊家文質三統之說，後儒最喜稱述之。實則《公羊》王魯，新周，故宋之說，詞雖廣而義反狹；《穀梁》尊周，親魯，故宋之說，意似私而理則公，其要仍在王政二字。周之所以尊，魯之所以親，皆以其為文王之後，可以行王政也；宋之所以故，以其為湯之後，亦可以行王政也；《穀梁》行王道，于此而益信；其說得孟子釋之而益明，此孟子所以為魯學大師與！

論重眾

左右皆曰賢，未可也；諸大夫皆曰賢，未可也；國人皆曰賢，然後察之；見賢焉，然後用之。左右皆曰不可，勿聽；諸大夫皆曰不可，勿聽；國人皆曰不可，然後察之；見不可焉，然後去之。左右皆曰可殺，勿聽；諸大夫皆曰可殺，勿聽；國人皆曰可殺，然後察之；見可殺焉，然後殺之。故曰，國人殺之也。如此，然後可以為民父母。（《梁惠王篇下》）

謹案：《穀梁》有重眾之說。桓十三年："及齊侯，宋公、衛侯、燕人戰。齊師，宋師，衛師，燕師敗績。"《傳》曰："戰稱人，敗稱師，重眾也。"此特揭《春秋》重眾之指也。而孟子亦有此義，曰賢，曰不可，曰可殺，皆由國人，以見其為眾所共，不出於私也。

論貴民

孟子曰："民為貴，社稷次之，君為輕；是故得乎丘民而為天子，得乎天子為諸侯，得乎諸侯為大夫。諸侯危社稷則變置，犧牲既成，粢盛既潔，祭祀以時，然而旱乾水溢，則變置社稷。"（《盡心篇下》）

梁惠王曰："寡人願安承教。"孟子對曰："殺人以梃與刃，有以異乎？"曰："無以異也。""以刃與政，有以異乎？"曰："無以異也。"曰："庖有肥肉，廄有肥馬，民有飢色，野有餓莩，此率獸而食人也。獸相食，且人惡之。為民父母行政，不免於率獸而食人，惡在其為民父母也？仲尼曰：'始作俑者，其無後乎！'為其象人而用之也！如之何其使斯民飢而死也？"（《梁惠王篇上》）

謹案：《春秋》義之最精者，莫若貴民，而《左氏》《公羊》皆無其說，惟《穀梁》有之。桓十四年："宋人以齊人、蔡人、衛人、陳人伐鄭。"《傳》曰："以者，不以者也；民者，君之本也，使人以其死，非正也。"《春秋》所志，本無民事而傳則屢以民為言，如僖之"勤雨""喜雨"，則以為有志乎民；文之"不憂雨"，則以為無志乎民；若是此類，皆所以申明《春秋》貴民之義也。前既言《春秋》明王道，此又言貴民何也？不知王道貴民乃一事，孟子曰"保民而王"，明王道即所以保民也；《左氏》《公羊》皆不明王道，而述霸制，故亦不明貴民之義；而《穀梁》亦以言民為君之本，遂湮沒不彰者二千餘年；直至今日，民主政體，始成其意，他日民族、民權、民生諸問題解決之日，或亦魯學光盛之時乎！

朱子對於古籍訓釋之見解

胡楚生

朱子之學,精深博大,方面極多;在宋代理學家中,實兼具漢學之長。綜計朱子一生,著書數十餘種,就以古籍的注釋而言,如《周易本義》《詩集傳》《四書章句集注》《楚辭集注》等,都是極為重要的著述。

朱子雖然擁有許多注解古籍的經驗,但是對於古籍訓釋的方法卻沒有寫成一套完整的理論流傳下來,僅只在他的文集和《語類》中保存著一些零星的意見。不過,由於朱子對於古籍訓釋的見解都是從實際工作經驗中得來,因此朱子對於這一方面的意見仍然值得我們加以珍視。

朱子對於古籍的訓解注釋,最基本的目標便是要發明古籍的"本義"(原來的意義),因此小自一字的音讀訓解,大至義理的闡揚發揮,便都是在"以本義為歸"這一前提下所進行的工作。

以下，就從朱子的文集和《語類》中，① 勾稽出一些朱子對於古籍訓釋方面的條例，寫在後面。

一、重視字書韻書、名物訓詁

古代的書籍，流傳後世，因為年代久遠，其中許多古字古義、名物典制，往往使後人不易瞭解，因此在尋求古籍本義的目標下，朱子對於古代的一些字書韻書也並不加以忽視。因為透過這些字書韻書，才易於掌握古籍中的古字古義、名物典制。朱子在《書〈中庸〉後》一文中說："學者之于經，未有不得於辭而能通其意者。"又在《語類卷・七十二》中說："某尋常解經，只要依訓詁說字。"又在《答楊元範書》中說："字書音韻是經中淺事，故先儒得其大者多不留意，然不知此等處不理會，即枉費了無限辭說牽補，而卒不得其本義，亦甚害事也。"這是朱子重視字義訓詁的地方，因為字書音韻雖是淺事，有時卻能影響到對古籍本義的探求。朱子既以探求古籍本義為目標，所以雖是一字一畫一音一義也不輕易放過，這是讀書究學最基本的功夫。所以朱子對於初學之士，也勉勵他們重視這種基本的功夫。他在《答黃直卿書中》說："近日看得後生，且是教他依本子認得訓詁文義分明為急，今人多是躐等妄作，誑誤後生，其實都曉不得也。"就是這個道理。

朱子既然重視名物訓詁的解釋，因此對於漢魏以來的一些字書韻書自然也就十分重視了。他在《語孟集義序》中說："漢魏諸儒

---

① 《朱文公文集》，據四部叢刊本；《朱子語類》，據正中書局影印黎靖德編輯本。此外，亦參稽張伯行《續〈近思錄〉》，王懋竑《朱子年譜》，陳澧《東塾讀書記》及錢賓四先生《朱子新學案》。

正音讀，通訓詁，考制度，辨名物，其功博矣。學者苟不先涉其流，則亦何以用力於此。"在字書之中，朱子尤其看重《說文》，因為《說文》畢竟是認識古字本義的首要之書。像《論語》首章"學而時習"，《朱子集注》說："習，鳥數飛也，學之不已，如鳥數飛也。"《語類·卷二十七》又記載弟子問習字之義："問習，鳥數飛也之義。曰：此是《說文》習字從羽，月令鷹乃學習，只是飛來飛去。"朱子便是根據《說文》以解釋習字的本義。又如《論語·顏淵篇》："非禮勿視。"《語類·卷四十一》記朱子說："非禮勿視，說文謂勿字似旗腳，此旗一麾，三軍盡退，工夫只在勿字上，才見非禮來，則以勿字禁止之。"又如《論語·鄉黨篇》："朝，與下大夫言，侃侃如也，與上大夫言，誾誾如也。"《集注》說："許氏《說文》：侃侃，剛直也；誾誾，和悅而諍也。"《語類·卷三十八》也記："問先生解侃侃誾誾四字，不與古注同，古注以侃侃為和樂，誾誾為中正。曰：《說文》以侃為剛直；《後漢書》中，亦云侃然正色，誾誾和悅而諍，此意思甚好。"這都是朱子引《說文》以說古籍本義的例子。同時，在宋代由於無法取得較好的《說文》，朱子甚至想要謀刊《說文》以供學者參考。他在《答呂伯恭書》中說："向議欲刊《說文》，不知韓丈有意否，因贊成之為佳。"又說："《說文》此亦無好本，已作書與劉子和言之矣。"由朱子汲汲地謀刊《說文》，可知他對《說文》一書的重視。

除了《說文》，朱子也重視一些其他的字書韻書。在《語類·卷一百四十》中，朱子說："《玉篇》偏旁多誤改者，如者考老是也。"在《與黃商伯書》中，他說："向見楊伯起有《切韻》書，只三四十板，而聲形略備，亦嘗傳得，而為人借失之，敢煩為借抄一本。"《語類·卷六十一》嘗記："或問二女果，趙氏以果為侍，有所據否。曰：某嘗推究，此《廣韻》，從女從果者，亦曰侍也。"在

《與魏應仲書》中,朱子說:"參與《釋文》,正其音讀。"《文集》又有歐陽希遜問:"《論語》《孟子》比字,舊音毗志反,《集注》皆作必二反。"朱子答書說:"記得比字是用賈昌朝《羣經音辨》改定。"朱子不僅重視《說文》,同時對於《玉篇》《切韻》《廣韻》《經典釋文》《羣經音辨》一類的字書韻書,也給予了相當的重視。因為正音讀、求本義、辨名物,畢竟是瞭解古籍的最基本的工夫。

二、尊重古注傳疏、兼采近時之說

學問的研究是由累積而成。對先秦的古籍,漢魏時代的學者們已經作出了許多注釋的工作。這些學者由於距離古籍撰者的時代比較接近,他們的所見所聞、所釋的名物制度,較之後人也許更為近真,更能得其本義。因此後人對於古籍的研究,理應立足在這些學者的成果上,繼續向前推進才是。然而在唐宋時期疑古的風氣已經興起,所謂"春秋三傳束高閣,獨抱遺經究終始"[①] 的那種態度彌漫一時,人們競相提倡的是舍傳而求經,傳已不信,何況注疏?這樣未免是把前人辛勤所得的成果一筆勾銷,總是有欠公允的。即使前人有所錯誤,但尊重前人研究的成果作為自己的參考,總是不妨。朱子卻不然,他雖然也處在這種風氣之下,卻知道尊重古注。他在《答張敬夫書》中說:"秦漢諸儒,解釋文義,雖未盡當,然所得亦多。"《答朱公晦書》中說:"先儒訓詁,直是不草草。"在《論語要義目錄序》中說:"其文義名物之詳,當求之注疏,有不可略者。"在《答余正父書》中說:"今所編禮書內,有古經闕略者,須以注疏補之,不可專任古經,而直廢傳注。"

---

① 韓愈寄盧仝詩,載《韓昌黎集·卷五》。

朱子也很嚴厲地批評當時一般學者的棄卻注疏專持高論。他在《答胡寬夫書》中說："學者之患，在於好談高妙，而自己腳根卻不點地，正所謂道在邇而求諸遠，事在易而求諸難也。"在《語類·卷一百二十九》中，他說："祖宗以來，學者但守注疏，其後便論道，如二蘇直是要論道，但注疏如何棄得。"在《語類·卷五十七》中，他說："今世為學之士，不讀正當底書，不看正當注疏。"在《語類·卷五十六》中，他說："而今人多說章句之學為陋，某看見人多因章句看不成句，卻壞了道理。"因此，朱子勸人讀書，便是先看注疏；在學校貢舉私義之中，他說："漢世專門之學，近世議者深斥之。今百工曲藝，莫不有師，至於學者尊其所聞，則斥為專門而深惡之，不識其何說也。今欲正之，莫若討論諸經之說，各立家法，而皆以注疏為主。"在《答張敬夫孟子說疑義書》中，他說："近看得《周禮》《儀禮》一過，注疏見成，卻覺得不甚費力也。"在《語類·卷八十七》中記載："問《禮記》，古注外無以加否。曰：鄭注自好，看注看疏自可了。"這都是朱子尊重古注的意見。

由於重視古注，自然便也連帶地尊重漢魏的一些學者。在《語類·卷八十七》中，他說："鄭康成是個好人，考禮名數大有功，事事都理會得。如漢律令，亦皆有注，盡有許多精力。東漢諸儒煞好，盧植也好（陳淳錄）。康成也可謂大儒（黃義剛錄）。"又說："《禮記》有王肅注煞好。"又說："人只是讀書不多，令人所疑，古人都有說了，只是不曾讀得鄭康成注。"朱子特別推崇鄭玄，謂之為大儒，在許多地方，他都表示了這種態度。在《語類·卷十七》中，朱子說："《淇澳》之詩一段，瑟兮僩兮者，恂慄也……恂字，鄭氏讀為峻，某始者言此，只是恂恂如也之恂，何必如此？及讀《莊子》，見所謂'木處則惴慄恂懼'，然後知鄭氏之音為當。"在《語類·卷五》中，朱子說："漢儒解'天命之謂性'，云'木神仁''金神義'等語,卻有意思,非苟言者,學者要體會親切。"在《答呂伯恭書》中,朱子說:"近看《中庸》古注,極有好處,如說篇首一句,便以五行五常言之,後來雜佛老而言之者,說能如是之愨實邪。"在《語類·卷六十四》中,朱子說:"如至誠無息一段,諸儒說多不同,卻是古注是。"又說:"至誠無息一段,鄭氏曰'言至誠之德,著于四方是也',諸家多將做進德次第說,只一個至誠已該了,豈複更有許多節次,不須說入裡面來,古注有不可易處。"這都是對於鄭玄特別推崇的例子。要之,朱子對於漢魏儒者、漢魏古注,都保持著相當重視的態度,在基本上也是因為漢儒的古注更為近真,更能接近古籍的本義而已。因此朱子本身所注釋的古籍在名物訓詁方面,《詩經》多采毛鄭,《楚辭》多取王逸,《論語》多承於何晏《集解》,便是基於這種理由①。

對於古籍訓釋,朱子雖然重視漢魏古注,同時也並不忽略彼時近人之說。他在《論語訓蒙口義序》中說:"本之注疏,以通其訓詁;參之《釋文》,以正其音讀;然後會之于諸老先生之說,以發其精微。"會于諸老先生之說,諸老先生指張載、二程等人。朱子注解四書,所引宋以前注釋,有董仲舒、司馬遷、揚雄、馬融、鄭玄、服虔、孔安國、趙岐、王肅、何晏、皇侃、陸德明、趙伯循、韓愈、丁公著等十五家;所引宋人之注,凡四十一家②,不僅宋代大儒如周敦頤、張載、程顥、程頤、蘇軾等人,即使名業較次的如何叔京、王勉、范淩等人,苟有一善可取,也都不加遺漏,這也最足見出朱子廣大無偏的心胸和態度。

---

① 清人潘衍桐有《論語集注訓詁考》之作,專門尋出朱子集注訓義的承襲漢儒之處,可資參看。
② 詳陳鐵凡先生《四書章句集注考源》,載《孔孟學報》第四期。

三、注文宜平易明瞭

訓釋古籍的原則，本來是以已知釋未知，以易曉釋難識，所以疏通注解，不過是要使讀者易於明瞭而已，因此注文理應平通易曉，這是不爭的事實。但是在許多古籍的注解中，往往會發現有時注文比正文還更艱深。例如《莊子・養生主》的起頭兩句"吾生也有涯，而知也無涯"，本來並不十分難懂，可是郭象的注卻說：

> 夫舉重攜輕而神氣自若，此力之所限也，而尚名好勝者，雖複絕脊，猶未足以慊其願，此知之無涯也。故知之為名，生於失當而滅於冥極，冥極者，任其至分而無毫銖之加。是故雖負萬鈞，苟當其所能，則忽然不知重之在身，雖應萬機，泯然不覺事之在己，此養生之主也。

看了郭注，可能反會迷糊起來，雖然郭氏的注，不專就莊子此兩句話而言，乃是發揮《養生主》一篇的大義，但是在正文一開始的時候，就這樣文辭艱深地長篇大論，未免會將讀者嚇得望而卻步！這種態度，朱子是不會贊同的。

朱子在《語類・卷四十六》中說："解經當取易曉底語句解難曉底，不當反取難曉底解易曉者。"又在《語類・卷十一》中說："今之談經者，往往有四者之病：本卑也，而抗之使高；本淺也，而鑿之使深；本近也，而推之使遠；本明也，而必使至於晦。"這種現象，我們只要把朱子的《四書集注》與清儒的論語、孟子正義對比一下，就非常明顯了。所以，朱子在《語類・卷十六》中說："大率說經使人難曉，不是道理有錯處時，便是語言有病，不是語言有病，便是移了這步位。"不論是道理有錯、語言有病、移了步位，那都是遠離了古籍的"本義",都是朱子所反對的。

朱子在《語類・卷一百三十五》中說:"漢儒注書,只注難曉處,不全注盡本文,其辭甚簡。"又在《語類・卷一百零五》中說:"某解經書,如訓詁一二字等,多有不必解處。"又在《語類・卷十九》中說:"聖人言語,本是明白,不須解說,只為學者看不出,所以做出注解與學者,省一半力。"古籍的注解,既是為省讀者之力而寫出來的,如果注釋比正文更難瞭解,那又何必多所注釋呢?因此,朱子對於一些注文不甚清晰明瞭的作品——無論是古人或並世之人所作——都會加以抨擊的。他在《語類・卷五十一》中說:"解書難得分曉,趙岐《孟子》,拙而不明;王弼《周易》,巧而不明。"又說:"趙岐《孟子》,做得絮氣悶人。"又在《語類・卷九十二》中說:"古來人解書,最有一個韋昭無理會。"又在《語類・卷七十二》中說:"聖人說得很淺,伊人說得太深。"又在《語類・卷八十》中說:"程先生《詩傳》,取義太多,詩人平易,恐不如此。"又《語類・卷五十五》記載:"問胡文定《春秋解》,曰:說得太深。"所以古籍之有注解基本上是協助讀者瞭解古籍的本義,如果不能達到此一目的,那麼這種注解無寧說是沒有價值了。

四、不可令注腳成文

由於朱子主張注文要平易明瞭使人易於知曉,對於注釋古書使用長篇大段的文字去解說道理,也是朱子所不贊成的。因為朱子認為道理都在正文之內,注釋不過去協助讀者瞭解正文而已,瞭解了正文,自然懂得正文內的道理。如果注解的文字長篇大論,必然易使讀者把重點放在注文之上,而忽略了正文,甚至舍正文而不讀了,所以朱子是反對注腳成文的。

他在《記解經》一文中說：

> 凡解釋文字，不可令注腳成文，成文則注與經各為一事，人唯看注疏而忘經，不然，即須合作一翻理會，須只是漢儒毛孔之疏，略釋訓詁名物，及文義理致尤難明者，而其昌明處，更不須貼句相續，乃為得體，蓋如此，則讀者看注，即知非經外之文，卻須將注再就經上體會，自然思慮歸一，功力不分，而其玩索之味，亦益深長矣。

又在《答張敬夫書》中說："漢儒可謂善說經者，不過只說訓詁，使人以此訓詁玩索經文，訓詁經文，不相離異，只作一道看了，真是意味深長也。"

又在《語類·卷十九》中說："某集注論語，只是發明其辭，使人玩索經文，理皆在經文內。"朱子以為道理都在正文之內，人們以訓詁玩索經文，不相離異，便可自正文中探索到許多道理。這是教人讀書自得的方法，能自得，才能居安資深，左右逢源，所以才意味深長。這不能說他沒有相當的道理。黃以周曾說："好學深思之士，閱宋後書而唯恐臥、日夜讀漢注而不知倦者，何也？譬如花盛放而姿色竭，一覽無餘，萼半函而生氣饒，耐人靜玩而有味也。"[①] 便是同樣的道理。

注解古籍，長篇大論地說道理，不僅是使讀者減卻了玩索的工夫，同時也容易走失掉古籍的"本義"。朱子在《答張敬夫書》中說：

> 平日解經，最為守章句者，然亦多是推衍文義，自做一片文字，非唯屋下架屋，說得意味淡薄，且使人看者將注與經作兩項工夫做了，下稍看得支離，至於本旨，全不相照。

---

① 見黃氏《儆季雜著文鈔·卷四·示諸生書》。

又在《語類·卷一百零三》中說："蓋經解不必做文字，止合解釋得文字通，則理自明，意自足，今多去上做文字，少間，說來說去，只說得他自一片道理，經意卻磋過了。"長篇大段地說道理雖或自有新解，但在朱子看來，也許這正是逐末舍本，與古籍的本旨全不相照，經意反而都蹉跎過去了。

由於朱子主張訓釋古籍，不可令注腳成文，因此對於一些借著注釋古籍來長篇大段說道理的學者，他也是常常作出嚴厲的批評的。即使是朱子平素極為尊重的程伊川，也並不例外，在《語類·卷十一》中，朱子說："傳注唯古注不作文卻好看，疏亦然。今人解書，且圖要作文，又加辨說，百般生疑，故其文雖可讀，而經意殊遠。《程子易傳》亦作文，說了又說，故今人觀者更不看本經，唯讀傳，亦非所以使人思也。"又在《語類·卷六十六》中說："《程易》發明道理，大義極精，只于《易》文義都有強說不通處。"又在《語類·卷六十七》中說："《詩》《書》略看訓詁，解釋文義，令通而已，卻只玩味本文，其道理只在本文，下面小字，盡說如何會過得他，若《易傳》卻可脫去本文。"

《程子易傳》，顧亭林嘗推崇他說：

　　昔之說《易》者，無慮數千百家，如僕之孤陋，而所見及寫錄唐宋之書，亦有數十家，有明之人之書不與焉，然未見有過於《程傳》者。①

對於《程子易傳》這樣一本說理精到的書，朱子竟也表示不滿，主要便是由於《易傳》長篇大段地作文，以致使人不看本經，減少了玩索的工夫。同時《易傳》之所以有強說不通處，那也是因為它可

---

　　① 見《亭林文集·卷三·與友人論易書》。

以脫去本文自己存在，目的並不在於解釋《易經》的本義。朱子在《程子易傳》之後，別注《易經》，書名稱為《本義》，其實也正是針對程子這一缺點而發的。

五、不可以己意解釋古籍

在訓釋古籍時，較之"註腳成文"這一缺點更為嚴重的，便是訓釋者往往以自己的意思去解釋古籍。學者讀古人之書，而有新的見解，因而抒發己意，剏立新說，朱子並不反對；朱子卻反對依附著古籍的註解去說己意，剏新解。朱子以為，為古籍作註解，只該發明古籍的本義，如果要另立新說，自可以離開古籍，獨自發揮，這本是離則雙美、合則兩傷的事；但是歷來許多學者，卻往往借著註解古籍之名，以行其抒發一己心意之實。所謂借他人酒杯，澆自己塊壘了。朱子在《語類·卷六十七》中說："自晉以來解經者，卻改變得不同，王弼、郭象輩是也；漢人解經，依經演繹，晉人則不然，舍經而自作文。"又在《語類·卷一百二十五》中說："莊老二書，解註者甚多，竟無一人說得他本義出，只據他臆說。"對於歷來註解老莊二書的某些學者，朱子的這種批評，確實是中肯不過的。老莊之書，歷來學者的註釋，祖尚虛玄者有之，歸宗儒理者有之，參以釋典者有之，說以丹鼎者有之，但是到底那一種解釋才是老莊的本來面目（本義）呢？就以最得莊生之旨的郭象註來說吧，宗杲引其弟子無著說："曾見郭象註莊子，識云者，卻是莊子註郭象。"[①]就發明本義而言，理應是郭象註莊子，但是，如果註釋者藉訓釋古

[①] 見《大慧普覺禪師語錄·卷二十二》，載日本《大正新修大藏經·第四十七卷》。

書去抒發一己主觀的心意,那麼,因而產生莊子注郭象的現象,那也是無足為怪的。以己意說經,從來解老莊周易的學者,也最多此病。朱子在《語類·卷一百零五》中說:"伊川解經,是據他一時所見道理如此說,未必便是聖人本旨。"又在《語類·卷六十七》中說:"伊川見得個大道理,卻將經來合他這道理,不是解易。"又說:"伊川易傳,又自是程氏之易也。"這確是痛快淋漓地道破了那些以己意說經者的真相。

朱子並非主張訓釋古籍不必闡發書中的道理,朱子主張注釋古書所要闡發的是古書中的道理而不是注釋者自己心中主觀的道理。也因此,朱子鼓勵學者讀書要自尋義理,《語類·卷一百三十七》記朱子說:"漢初諸儒專治訓詁,如教人,亦只言某字訓某字,自尋義理而已。"注釋古書,專治訓詁,古籍中難解者既已明瞭,則讀者自能通讀古籍,進而用功,自能于書中義理,默識而心通,得到真實受用,所以朱子在《語類·卷七十二》中說:"某尋常解經,只要依訓詁說字。"又在《語類·卷五十二》中說:"大抵某之解經,只是順聖賢語意,看其血脈貫通處為之解釋,不敢自以己意說道理。"不以己意說古書的道理,正是朱子訓釋古籍,尋求本義的原則。

六、會通大義,以定確詁

黃宗羲曾經說過:

大凡學有宗旨,是其人之得力處,亦是學者之入門處,天下之義理無窮,苟非定之以一二字,如何約之使其在我?故講學而無宗旨,即有嘉言,是無頭緒之亂絲也,學者不能得其人之宗旨，即讀其書，亦猶張騫初至大夏，不能得月氏要領也。①

因此，訓釋古籍如果對於古人書中關係緊要的一些詞語不能畫定其界說、確定其詁義，自然也就很難掌握古人學術的宗旨了。朱子注釋古籍，在這一方面也特別措意，他在《答吳晦叔書》中說："大凡理會義理，須先剖析得名義界分，各有歸著。"因此，剖析重要詞語的名義，一一為之確立界說，定其詁義，這也是朱子注釋古籍的極高理想。

古籍積字成句，積句成章，積章成篇，積篇而後成書，因此人們由逐字之義以瞭解一句之義，由逐句之義以瞭解一章之義，由逐章之義以瞭解全篇全書之義，這是瞭解古籍的基本方式。此外，對於古籍中某些重要的詞語，人們要為之定界說、立確詁，則可能要會通全文的大義，由一句一章一篇甚至一書的大義去探索一字一詞的正確意義。像朱子在《論語集注》首篇中所釋的"仁者，愛之理，心之德也"、"禮者，天理之節文，人事之儀則也"、"盡己之謂忠，以實之謂信"，他為仁禮忠信所下的界說、所定的確詁，必然是會通了《論語》一書全文的大義，精思明辨，而後才作出的解釋。

朱子在《語類·卷一百零五》中說："某釋經，每一一字，真是稱輕等重，方敢寫出。"如果是替關係古人宗旨的重要詞語定界說、立確詁，那麼又怎能不如此慎重之至呢？朱子在《語類·卷五十九》中說："解經不可隨便亂說，當觀前後文字。"觀前後文字，便正是由一句一章一篇之義去楷定一字一詞之義。朱子在《語類·

① 見黃氏《明儒學案·凡例》。

卷五十二》中說："大抵某之解經，只是順聖賢語意，看其血脈貫通處為之解釋，不敢自以己意說道理。"順聖賢語意，看血脈貫通處，正是由上下文的大義處去解釋詞義。朱子在《學校貢舉私議》中說："故治經者，必因先儒已成之說而推之，借曰未必盡是，亦當究其所以得失之故，而後可以反求諸心，而正其謬。"又說："此漢之諸儒所以專門名家，各守師說，而不敢輕有變焉者，但其守之太拘，而不能精思明辨，以求真是，則為病耳。"朱子對於古籍訓釋，雖兼采先儒成說，卻必究其得失之故，這仍是遠取諸物的向外工夫。此外，朱子還要向內"反求諸心"、"精思明辨"，甚至就自己行事的經歷上，作親切的體會，然後才能"正其錯謬"、"求其真是"，以闡發古籍中所蘊含的真理。

例如朱子在《語類·卷六十二》中解《中庸》的"庸"字說：

　　唯其平常，故不可易，如飲食之有五穀，衣服之有布帛。若是奇羞異味，錦綺組繡，不久便須厭了。庸固是定理，若直解為定理，卻不見得平常意思。今以平常言，然定理自在其中矣。（公晦）問中庸二字，舊說依程子不偏不易之語，今說得是不偏不倚無過不及而平常之理，似以不偏不倚無過不及說中，乃是精密切至之語，而以平常說庸，恰似不黏著。曰："此其所以黏著，蓋緣處得極精極密，只是如此平常，若有些子詫異，便不是極精極密，便不是中庸。"

對於"庸"字的意義，朱子的這種解釋若非貫通了《中庸》全書的大義，是無法說得出來的。又如朱子在《語類·卷六十一》中解《孟子·盡心篇》"養心莫善於寡欲"說："緊要在寡字多字，看那事又要，這事又要，便是多欲。"又說："欲是好欲，不是不好底欲，不好底欲，不當言寡。"又說：

    只是眼前底事，才多欲，便將本心都紛雜了。且如秀才要讀書，要讀這一件，又要讀那一件，又要學寫字，又要學作詩，這心一起都出外去。所以伊川教人直是都不去他用其心……人只有一個心，如何分做許多去，若只管去閒處用了心，到得合用處，於這本來底，都不得力……只是要得寡欲，存這心，最是難。

  對於孟子這一句話的意義，訓釋的人，如果不在人情事理上切己體察得道理通透，而只在字面上作注腳覓古義，又如何能解釋得似此深刻呢？

七、不可添字為釋

  增字解經，是先儒訓釋古籍時的大忌。訓釋古籍，本來不免以多字訓一字，只要是就本義演繹，也並無礙於訓釋。但所謂增字解經，卻是增添一個或數個無關本義，甚至是歪曲本義的文字去解釋古籍的意義。王引之在《經義述聞》之中，專門列有"增字解經"一條，他說："經典之文，自有本訓，得其本訓，則文義適相符合，不煩言而已解，失其本訓，而曲為之說，則扞格不安，乃於文句之間，增字以足之，多方遷說，而後得申其說，此強經以就我，而究非經之本義也。"他所舉出的例子，像《易繫辭傳》："聖人以此洗心。"洗與先通，先猶導也，言聖人以此導其心思，而韓康伯卻解為："洗濯萬物之心。"是於心上增萬物二字為釋了。又如《尚書·皋陶謨》："烝民乃粒。"粒讀為立，立，定也，言眾民乃安定，而鄭康成卻解為："眾民乃複粒食。"是於粒下增食字為釋了。又如《詩·終風》："終風且暴。"終猶既也，言既風且暴，而毛傳卻解為："終日風為終風。"是於終下增日字為釋了。

增字就是添字，添字解書，最重要的，是會違失掉古籍的"本義"，這自然也是朱子所不允許的。《語類・卷八十一》記朱子說："解書之法，只是不要添字。"《語類・卷十一》又記："解書，須先還他的成句，次還他文義，添無緊要字卻不妨，添重字不得，今人所添者，恰是重字。"所謂重字，便正是緊要而無關本義，甚或歪曲本義的字。由於漢字有著多音多義的特徵，每一漢字，除了有它造字時的一個本義之外，也可能有它在古籍中實際應用時的許多意義，有時，同一個字其意義的解釋可能相去極為遙遠。如果注釋古籍，不以本義為歸，甚至有意去曲解古籍涵義的話，那麼以漢字多音多義的特徵而言，何愁找不到符合人們所要曲解的那一目標的釋義呢？歷來許多對於古籍意義的爭辯，不少都與添字解書有著相當密切的關係。

朱子訓釋古籍，首要的目標，便是以本義為歸，以古人的面貌還諸古人，而不是先有主觀的見解，然後不惜削足適履，多方遷就，多方曲解，強古人以就己意。《語類・卷二十五》記朱子說："問二程解《論語》"為力不同科"，添了字方解得，恐未穩，曰：便如此。"《語類・卷六十七》又說："且如解《易》，只是添虛字去迎過意來便得。今人解《易》，乃去添他實字，卻是借他做己意說了。又恐或者一說有以破之，其勢不得不支離更為一語以護吝之，說千說萬，與《易》全不相干。"訓釋古籍，添虛字，使文句通暢而不走失其本義，這是正常的方法，所謂"迎過意來"，朱子說得好："自家虛心在這裡，看他書道理如何來，自家便迎接將去。"又說："譬如有一客來，自家去迎他，他來則接之，不來則已。若必去捉他來，則不可。"又說："而今人讀書，都是去捉他。"而增添了實字，尤其是與本義無關，甚至歪曲本義的實字，正是去把古籍捉將過來。

如此，便容易走失掉古籍的本義，所以說來說去，無論發揮了多少道理，卻與古籍的本義完全無關，因為，那不過是將古籍來做己意相說罷了。

添字為釋，其事雖小，關係卻大，朱子在王引之以前約六百年，① 已能見得道理如許真切，不能不說這是他的目光銳利了。

八、於所不知、要當闕疑

孔子曾說："知之為知之，不知為不知，是知也。"又說："多聞闕疑，慎言其餘，則寡尤。"又說："君子于其所不知，蓋闕如也。"訓釋古籍，也最怕是不肯闕疑，強不知以為知，這樣不僅是釋義多謬，容易誤導讀者，時間一久，後人想要予以糾正，求其真解，也就更加困難了。

朱子於此，也嘗加以措心。他在《語類·卷十一》中說："經書有不可解處，只得闕，若一向去解，便有不通而謬處。"又在《語類·卷七十九》中說："若說不行而必強立一說，雖若可觀，只恐道理不如此。"本不知而強以為知，說來說去，便也只說得自己意思，與古籍本義仍不相干，因此，朱子對於一些古籍的訓釋，便是抱著"不知為不知"的闕疑態度去看待的。他在《答曾泰之書》中說："所喻《鄉黨》卒章疑義，此等處，且嘗闕之。"又在《語類·卷八十三》中說："所喻煞有不可曉處。"又在《語類·卷七十二》中說："易解得處少，難解處多。"又在《語類·卷七十八》中說："《尚書》有不必解者，有須著意解者，有須略解，有難解，有不可

---

① 朱子生於南宋高宗建炎四年（西元1130年），王引之生於清乾隆三十一年（西元1766年），二人相距636年。

解者。"又說："讀《尚書》，可通則通，不可通，姑置之。"又在《語類·卷七十九》中說："讀《尚書》有一個法，半截曉得，半截曉不得，曉得底看，曉不得底且闕之，不可強通，強通則穿鑿。"在訓釋古籍方面，於所不知，則加闕疑，畢竟也是一種好習慣。學者們不強不知以為知，雖或不能盡知，卻不害其為知；尤有甚者，是無自欺之弊——談學術先辨心術，這無寧是更重要的。

在前述八條之中，有些是漢儒所擅長的工夫，如一至四條；有些卻是宋儒所擅長的工夫，如第六條；而朱子卻能兼具於身。因此對於古籍訓釋方面，即使在今天，朱子的一些意見，也仍然是值得我們去參考的。

评 论

"汉译世界学术名著"的前生今世

——纪念"蓝皮书"诞生60周年

刘训练

商务印书馆的"汉译世界学术名著丛书"（以下简称"汉译名著"）是中国现代出版史和中外文化交流史上的一项伟大工程，至今仍在赓续，新品不断，滋养着一代又一代的中国智识人。在追溯它的起源与历史时，人们往往会把它与1930年代商务印书馆汇编的"汉译世界名著"（其中收入了不少世界文学名著）联系在一起，但实际上它们并无直接的传承关系；准确地说，它发源于1950年代一次较大规模的编译出版规划，许多出版界的前辈都曾忆及这些往事。

然而，由于年代久远、人事变迁、资料散失、记忆模糊等原因，很多关于"汉译名著"的来历以及相关细节的回顾要么语焉不详，要么相互出入很大，让人莫衷一是，乃至以讹传讹。笔者不揣浅陋，以手头收藏的几份文件资料为依据，参照零散史料中的各种记叙，尝试着对1950年代以来相关出版部门几次重大的译著选题规划并最终汇成"汉译名著"的过程作一完整说明,以期补充、订正和延展先前诸位前辈先贤的回忆与记叙。吾生也晚,吾识也短,错误及不当之处,权当抛砖引玉,祈请方家和知情者指正与赐教。

"十二年规划"的起草与修订(1956—1957)

许多出版界的老前辈在谈到"汉译名著"的缘起时,都曾提到过一份包含了1614种书目的所谓"十二年规划"(或"外国名著选译十二年规划")。

比如,曾任商务印书馆副总编辑的胡企林先生回忆说:

> 事实上,在1953年陈原同志担任人民出版社副总编辑兼三联书店编辑部主任时,就按照中宣部的部署开始进行世界学术名著的选译工作。他组织制定《外国名著选译十二年(1956—1968)规划总目录》,共收书1614种。

商务印书馆原资深编辑陈应年先生、徐式谷先生也称:

> 1956年在中央宣传部和文化部的领导下,人民出版社在学术界和翻译界的配合下,主持编制了一份《外国名著选译十二年规划总目录(1956—1968)》,选列了1614种书目。[①]

[①] 胡企林,《〈汉译世界学术名著丛书〉出版前后》,《光明日报》2008年10月3日;陈应年、徐式谷,《哲学社会科学翻译的回顾与现状》,《中国翻译》,1992年第2期,页5。类似的说法,参见高崧、陈应年,《〈汉译世界学术名著丛书〉评介》,《中国图书评论》第2辑,辽宁人民出版社,1986,页108;王涛等编,《商务印书馆一百一十年(1897—2007)》,北京:商务印书馆,2009,页50、119、284。此外,沈昌文先生也有类似的回忆,参见邹凯编写,《守望家园》,北京:生活·读书·新知三联书店,2008,页78-79。

然而，我们检索查证后却发现，所谓的"十二年规划"并不是相关文件材料的正式名称，而是一种俗称；它收录的总目也不是1614种，而是1303种（至于"十二年规划"这一俗称和1614种总目的由来，以及规划的起止年份，详见下文）。它的正式名称应该是《1956年—1967年哲学、社会科学重要著作选译目录（草稿）》[原件图1，以下简称"选译目录"（草稿）]，由人民出版社、生活·读书·新知三联书店、世界知识社（三联书店和世界知识社先后于1951年、1952年并入人民出版社；正如下文将要指出的，实际上它出自人民出版社"生活·读书·新知三联书店编辑部"）在1956年8月编印。此件为一式两份，一份左上角标注

图1

"留供参考",另一份左上角标注"请提示意见后退回"。因为此件的封面为蓝色,所以,它还有个俗称即"蓝皮书",①只是与后来所谓的"灰皮书"、"黄皮书"不同,它不是规模庞大的系列丛书,②而只是一本64页的文献题录小册子。在书目方面,这个"选译目录"(草稿)列出的书目包括六大类:哲学、政治学、经济学、历史学、国际关系和地理学;其中哲学书目490种,政治学书目220种,经济学书目168种,历史学书目196种,国际关系书目161种,地理学书目68种,共计1303种。③

这份"选译目录"(草稿)(所谓的"十二年规划""蓝皮书")的产生背景与大致情况是这样的:大约1953年年底,中共中央宣传部副部长胡乔木在一次会议上建议恢复三联书店编辑部,暂时设在人民出版社内,作为一个编辑室建制,但拥有自己独立的选题计划。其后,三联书店编辑部成立,编辑部主任由人民出版社副总编辑陈原兼任。三联书店编辑部的一个重要任务是组织翻译世界学术名著,此事由三联书店牵头,九个中央一级出版社共同进行,制订翻译名

---

① 关于"蓝皮书"的俗称,参见陈原,《一段插曲——关于五十年代的"三联书店编辑部"》,《界外人语》,北京:商务印书馆,2000,页214;《陈翰伯文集》,北京:商务印书馆,2000,页214、426;沈昌文,《也无风雨也无晴》,北京:海豚出版社,2014,页55页。

② 关于灰皮书,参见郑异凡主编,《灰皮书:回忆与研究》,桂林:漓江出版社,2015;沈展云,《灰皮书,黄皮书》,广州:花城出版社,2007。

③ 著名出版史学家、商务印书馆的"老人"汪家熔先生的《商务印书馆的通联刊物》一文也确认了"十二年规划"便是"选译目录"(草稿):"1956年党中央提出'双百方针',召开知识分子问题会议后,在中宣部指导下,人民出版社、三联书店、世界知识社参照社科界远景规划,制定了《[外国]哲学社会科学重要著作[12年规划]选译目录草稿》,计收录哲学、政治学、经济学、历史学、国际关系和地理学六类图书一千三百零三种"(《商务印书馆一百一十年(1897—2007)》,页496)。

著规划。①

这项规划的制定是在中宣部和文化部的部署下开展的，规划由陈原主持，具体起草工作则由曾任三联书店副经理兼编审部主任的史枚承担（沈昌文先生在其回忆录中称自己也曾参与其事）。为此，他们参照有关科学部门的远景规划，多次访问专家学者、开座谈会，广泛征求意见，动员学术界和翻译界各方面力量参与，最终由陈原定稿，形成"选译目录"（草稿），并于1956年8月编印成册，在全国范围内再次征求意见。

此后，《读书杂志》1957年第8期刊载了一则题为"人民出版社等修订12年哲学、社会科学重要著作选译目录"的消息（以下简称"消息"），这则消息提到：

> 人民、三联、世界知识等出版社在今年春季重新修订了去年编制的"哲学、社会科学重要著作选译目录（1956—1967）"（初稿）。选译目录共选书1632种（某些选目在目录定稿时已经出版），计哲学520种，经济学290种，社会主义各派学说186种，政治学144种，国际关系72种，历史学356种，地理学64种。

对照"选译目录"（草稿）中的数据和信息，我们可以推断出，出版部门收到各方面的反馈之后，在1957年春对1956年8月的

---

① 陈原，《一段插曲——关于五十年代的"三联书店编辑部"》，《界外人语》，页214；陈原，《在商务印书馆七年规划座谈会上的发言》，《陈原出版文集》，北京：中国书籍出版社，1995，页356。汪家熔先生在一份材料（根据陈原先生在1994年商务印书馆规划会议上的讲话录音）中还提到了时任中宣部副部长周扬和文化部党组书记钱俊瑞的相关指示，参见汪家熔，《忆商务印书馆的陈翰伯时期》，《商务印书馆一百年（1897—1997）》，北京：商务印书馆，1998，页689。

"选译目录"（草稿）做了修订：重新划分类别，"社会主义各派学说"从"政治学"中独立出来；调整书目，总书目由 1303 种增加到了 1632 种。

那么，1957 年的"修订稿"仅仅是出版部门对"选译目录"（草稿）反馈的文案整理，① 还是有正式印行呢？1956 年的"选译目录"（草稿）存世量较大，相关文件和工具书都有记载，而且国内多家图书馆有编目，但 1957 年的"修订稿"却并未见到任何相关记载或实物。不过，笔者手头持有一份人民出版社、三联书店、世界知识出版社、商务印书馆、中华书局、人民文学出版社、科学出版社、法律出版社、上海人民出版社、湖北人民出版社在 1957 年 9 月编印的《哲学、社会科学重要著作第一、二期选译目录》[原件图 2，以下简称"第一、二期选译目录"]。这份材料的"说明"指出：我们编制了 1956 年至 1962 年"哲学、社会科学重要著作选译目录"，分哲学、经济学、社会主义各派学说、政治学、国际关系、历史学、地理学七大类，入选书目 1630 余种。比照各类信息，我们会发现这样一些变化。首先，出版主体由三家（当时三联书店和世界知识出版社都还是人民出版社的副牌）变成了十家（当时商务印书馆、中华书局尚未正式独立），这一点恰恰在《读书杂志》刊载的"消息"中有印证（"选译目录将由……[上述十家出版社]协商分工，共同进行组稿和出版工作"）；其次，选书类别由六类变成了七类而与"消息"中一致，而且，1630 余种总目与"消息"中的 1632 种基本一致；再次，不太好理解的是，规划年份由 1956—1967 变成

---

① 《读书杂志》的"消息"指出："人民出版社在起草和修订这份目录的过程中，曾参考了有关科学部门的远景计划，研究了一些书刊资料，请教过五十多位专家、学者，访问了沪、宁、汉、穗等地将近三百位翻译工作者和有翻译能力的人士，收到将近三百份对目录草稿书面意见。"

了1956—1962，我们不清楚到底是规划年份真的发生了变化，还仅仅是印刷错误（笔者倾向于后者）。

图 2

同时，这份材料的"说明"指出："目录经过最后整理后，将印供各方参考。"根据这个表述以及上述对比，并考虑到它的印行时间（1957年9月）与"消息"刊发的时间（1957年8月）如此之接近，我们有理由相信：这个"第一、二期选译目录"就是"消息"中所谓的1957年的"修订稿"。当然，这份"修订稿"并没有像1956年的"选译目录"（草稿）那样集中汇编印行，而是以"哲学、社会科学重要著作第 X 期选译目录"的形式陆续印行，"第一、二期选译目录"原件除封面、目录外共计30页，第一期书目是336种，第二期书目是242种，合计578种。后面是否还有第三期、第四期，我们不得而知；但根据从1958年开始相关出版工作集中转移到商务印书馆这个情况来看，应该是没有继续下去。

与1956年的"选译目录"（草稿）中仅仅标注"有旧译""已约译""校后重印""已出书""已出""即出"等不同，1957年的"第一、二期选译目录"更像一个具体的工作方案（它确实带有一个"翻译哲学、社会科学重要著作征稿简则"[①]），尤其是第一期，明确标注了拟出版机构和已约定的译者（第二期只标注了拟出版机构）。另外，从"第一、二期选译目录"还可以看出，到1957年9月，"选译目录"中的一些著作已经在三联书店、世界知识出版社、人民出版社出版，而1958年正式复馆前的商务印书馆也重印了《心血运行论》《理想国》等旧译本。此后，其他参与的出版社也陆续推出了一些规划译著，但数量很少。[②]

重编"选译目录"（1962）

1957年，陈原调任文化部出版局副局长，"反右"运动开始，三联书店编辑部停止活动。同时，商务印书馆从高等教育出版社中

---

① 后来为商务印书馆承担多种译著的职业译者陈先太先生回忆说："1958年我从中苏友协得到了人民出版社、商务印书馆等十家出版社所编制的《哲学社会科学重要著作选译目录》，我从目录中选择了梅叶《遗书》这个选题向人民出版社联系，该社随即复信嘱我试稿，试稿后同意由我翻译。不久，整个外国哲学社会科学重要著作选译任务改为完全由商务印书馆负责，《遗书》约稿关系转到该馆。"参见陈太先，《译坛驰骋三十五年》，《湖南人民革命大学校友回忆录》，第一辑，1996（内部印刷），页255-256。

② 例如，卢梭的《民约论》（《社会契约论》，北京：法律出版社，1958年）；韦伯夫妇的《资本主义文明的衰亡》（上海：上海人民出版社，1958）、哈耶克（海耶克）的《物价与生产》（上海：上海人民出版社，1958）、汤因比的《历史研究》（上海：上海人民出版社，1962），泰纳的《艺术哲学》（北京：人民文学出版社，1963）等。

分出,恢复独立建制。1958年正式复馆后,文化部确定商务印书馆的出版任务为"以翻译外国的哲学、社会科学方面的学术著作为主"。这样,上述外国哲学社会科学重要著作的翻译和出版工作便转交给了商务印书馆(包括此前三联书店等已经推出的一些经典译著后来也在商务印书馆重版)。

许多材料都提到,陈翰伯先生自1958年4月开始担任商务印书馆总编辑(1959年开始担任总经理兼总编辑)[1]后便着手拟订相关规划,然而其具体情形却说法不一。

陈应年先生、徐式谷先生称:

> 1958年商务印书馆恢复挂牌以后,此项翻译出版工作主要交由商务印书馆负责。于是该馆又对原来制定的规划做了整理和调整,编印了一份《哲学社会科学重要著作选译目录》,选目中的种数仍在1600种上下。[2]

胡企林先生自1958年便进入商务印书馆,参与了历次翻译出版世界学术名著长期规划的拟订和执行,他说:

> 1958年商务恢复独立建制后,即成为专门承担此项译事的

---

[1] 陈翰伯先生在其自述《从小读者到老编辑》中提到,在他到任前,中宣部副部长周扬曾对他说过商务印书馆是搞"洋务"的(即翻译政治、学术书籍)这样的话。参见《陈翰伯文集》,页426。而他在一份交代材料中写道:"1958年2月,周扬在古籍规划小组的会上讲话,大谈其继承古代文化问题。此次所谈都是关于中华书局的事。关于商务,周扬说了两三句,大意是要出外国的经、史、子、集,搞洋务等语。"参见《关于出书任务和出书方针》,《陈翰伯文集》,页214。

[2] 陈应年、徐式谷,《哲学社会科学翻译的回顾与现状》,《中国翻译》,1992年第2期,页5。

专业出版社。在总编辑兼总经理陈翰伯同志的亲自主持下，当年就拟订了"哲学社会科学重要著作选译书目"，共选书1614种。①

商务印书馆原副总编辑王新善先生也提到，1984年为了制定"七年选题规划"，他们收集整理了多种材料，其中包括"商务印书馆1958年和1963年拟订的哲学、社会科学重要著作规划草案"。②

笔者手头持有的这份商务印书馆编印的《哲学社会科学重要著作选译目录》〔原件图3，简称"选译目录"〕的"说明"明确指出：

> 本目录是根据人民出版社1956年所编的《外国名著选译十二年规划总目录》编印的，计有哲学、经济学、社会主义各派学说、政治法律、国际关系、历史学等六类（原有的地理学部分未予列入），共选出1614种……人民出版社原来编制的总目录只开列中文译名，没有注明作者和书籍的原文名称，我们这次编制时，补注作者和原书的外文名称，选译的书目亦略有制整，增减相抵，与原目总数大体相符。

---

① 胡企林，《学术文化事业的一项基本建设——商务的汉译世界学术名著出版工作》，《商务印书馆一百年（1897—1997）》，页254。他在《积累文化，传播知识——"汉译世界学术名著"编辑出版工作回顾》（《编辑之友》1988年第1期）一文中也曾指出："商务印书馆在1958年就拟定了'哲学社会科学重要著作选译书目'，共收哲学、经济学、社会主义各流派学说，以及政治学、法学、历史学、国际关系等各类著作1114种，并积极组译出版。"商务印书馆原总经理林尔蔚先生在《外国学术著作翻译出版概况》（《出版工作》1984年第10期）一文中也持这种说法。

② 王新善，《组织和制订七年选题规划情况简介》，《出版工作》1985年第1期，页15。

哲学社会科学重要著作选译目录

商务印书馆

图 3

因此,"选译目录"的信息量大大增加,篇幅也由原来的64页扩充为169页。

由此,我们可以解释前面悬而未决的"十二年规划"这个俗称以及1614种总目的由来。许多老人依据这份"选译目录"的"说明"来反推1956年的"选译目录"(草稿):《外国名著选译十二年规划总目录》("十二年规划")这份材料事实上并不存在,它不过是对《1956年—1967年哲学、社会科学重要著作选译目录(草稿)》的俗称;1614种的总目应是调整重编后的总目,而不是1956年的规划草稿的总目。此外,很多老人提到的规划年份"1956—1968"应该是对"十二年"的一个误推,所有的正式材料原件包括《读书杂志》刊发的"消息"都没有指向1968年,除了"第一、二期选译目录"的"说明"可能由于印刷错误而指向1962年之外,都限定于1967年。①

由于此件没有印刷时间,我们有必要对上述几位前辈的记叙略作点评。陈、徐两位先生没有说明其编印时间,胡先生认为其编印时间是1958年,王先生所说的"1958年规划草案"要么是指这份材料,要么是指另外一份规划草案。

我们认为,另外存在一份独立的"1958年规划草案"的可能性极小,因为刚刚正式恢复独立建制的商务印书馆百废待兴,困难重重,很难想象他们在1958年当年就能拟订出翻译出版规划来!② 重编后的"选译目录"也不可能是在1958年印制的,因为书目中出现了几处1961年的版本信息(其中最晚近的是三联书店1961年11月出版的考茨基《取得政权的道路》),而且在手工检索时代,要补注如此之多作者和原书的外文名称是一项非常浩繁的工作,绝不可能在当年完成。考虑到1963年5月商务印书馆编制了更为详尽的"十年规划"(详见下文),而编印这个《哲学社会科学重要著作选译目录》很可能就是为编制"十年规划"做准备之用,因此,这个重编后的"选译目录"最有可能是1962年印制的。③

---

① 事实上,所谓的"十二年规划"也是参照了当时的科技发展"十二年规划"(即《1956—1967年全国科学技术发展远景规划》),所以,其下限应该是1967年而不是1968年。

② 《商务印书馆110年大事记》记载:"1959年,拟订翻译外国学术著作长期规划。"这里应该理解为"开始着手拟订翻译外国学术著作长期规划。"

③ 高崧、陈应年两位先生合作的《〈汉译世界学术名著丛书〉评介》一文可以大致证实笔者的推断:"这样,在一九六二年就制定出一份《哲学社会科学重要著作选译书目》,列有各类著作一千一百一十四种。"(《中国图书评论》第2辑,页109)但需要修正的是,其准确名称应该是《哲学社会科学重要著作选译目录》,书目总数应该是1614种,而且1962年应该是最后的印刷时间。

为了重编这份"选译目录",进而为商务印书馆拟订翻译出版规划,陈翰伯以及其他编辑做了大量的工作。"十二年规划"是陈翰伯他们开展相关工作的基础。汪家熔先生回忆说:

> 编辑部一开始就由几位骨干拿了这 1600 种书目(因为封面是蓝色的,我们通称它为"蓝皮书")到处找人讨教,哪些先出,为什么,请谁译最合适。然后编出了第一份自己的选题。那"蓝皮书"原来仅是中文,也不知版本,不便于工作,同时由二位编辑到北图、北大等图书馆进行将大书单"还原"成原文的工作。出力最多的是由中华书局调来的沈迈行先生。①

陈翰伯自己的说法是:为了补课,他带领大家读"洋"四史:世界通史、西方哲学史、经济学说史、政治思想史;到北京大学、中国人民大学向有关专家学者求教;参加各种相关会议,比如文科教材会议,"我在这个会议上又拜访了很多人,向他们求教,请他们提选题,出主意";安排马清槐、陈兆福等人查对"蓝皮书"上书目的原文书名,"想不到这样一件看起来简单的事,做起来,工作量也不小"。此外,他还曾设想仿照 1958 年 2 月成立的"古籍整理出版规划小组",成立一个外国学术著作翻译出版规划领导小组,这个设想得到了周扬的支持,但最终没有实现。②

关于陈翰伯四处走访、寻求学术界和翻译界支持的情况,汪家熔有深刻的印象。他在回忆中依据陈翰伯的工作笔记详尽地谈到了他 1959 年 4 月在上海出席的各种活动(访问上海学术界和出版界人士、请上海市委宣传部帮助召开座谈会、参加经济学界的会议,等

---

① 汪家熔,《忆商务印书馆的陈翰伯时期》,前揭,页 695。
② 陈翰伯,《从小读者到老编辑》,《陈翰伯文集》,页 426-427。

等），以及 1962 年计划对北京大学相关专业学者 24 人的访问（实际访问了 21 位）。此外，他还提到了陈翰伯为商务积极引进编辑人员、提高编辑业务素质等方面采取的举措。①

　　这里有一个细节需要特别澄清一下。陈翰伯先生的学生和亲密助手、曾任商务印书馆副总编辑的高崧先生在一篇文章中说，陈翰伯因翻译规划小组的事情去找中国科学院哲学社会科学部副主任潘梓年（兼哲学研究所所长）和张友渔（兼法学研究所所长），"这二位答允给陈翰伯以协助，并且从他们手里弄到一份外国学术著作翻译规划的书目"。② 笔者以为，这个说法不可靠。首先，如我们之前所说，"蓝皮书"的存世量极大，并非十分罕见的材料，更何况其主持者陈原与陈翰伯非常熟识，完全不需要舍近求远；③ 其次，陈翰伯在他相关的回忆中从未提及此事，他提到了"蓝皮书"，④ 也提到曾

----

　　① 汪家熔，《忆商务印书馆的陈翰伯时期》，前揭，页 694－697。其他措施如，从 1962 年 2 月起，开始编辑出版《外国哲学社会科学译书消息》（习惯上称《译书消息》），到 1966 年 5 月，共计刊出 34 期。参见汪家熔，《商务印书馆的通联刊物》，前揭，页 496。

　　② 高崧，《青春办报，皓首出书——纪念陈翰伯从事新闻出版工作五十年》，《陈翰伯文集》，页 493。有其他人据此复述的材料，如《当代中国的出版事业》一书在"《汉译世界学术名著丛书》的奠基者"中提到：陈翰伯到商务后从抓规划入手，"他从当时的中国科学院哲学社会科学部的负责人张友渔和潘梓年那里得到一份外国学术著作翻译规划的庞大书目"（《当代中国的出版事业》，中册，北京：当代中国出版社，1993，页 235）；又如王一方，《陈翰伯同志出版生活回顾》，《中国出版年鉴 2002》，中国出版年鉴社，2002。

　　③ 陈原先生在《记陈翰伯》一文中提到，1958 年陈翰伯主持商务期间，他们几乎每天都通电话，参见《陈翰伯文集》，页 502。

　　④ 他在一份交代材料中写道："1958 年 1－2 月间，我到商务了解情况，得知商务根据 1956 年三联书店的一本规划（蓝皮书）已在翻译出版外国古今学术著作。当时已出十余种，大都是旧书重印。"参见《关于出书任务和出书方针》，《陈翰伯文集》，页 214。

经寻求潘梓年和张友渔的帮助,但那主要是后来为了成立翻译规划小组的事情,结果只是"有些有关的会议让我参加"。①

拟订"两年至七年规划"(1961)与"十年规划"(1963)

陈翰伯在组织完善、重编"选译目录"的同时,也就商务印书馆近期和长期的出版工作做了具体的规划,其中近期的规划便是所谓的"两年至七年规划",而长期的规划便是所谓的"十年规划"。

虽然非常奇怪的是,很少有人提到商务印书馆的"两年至七年规划",但我们不仅可以检索到它的实物照片,而且更重要的是,我们还发现了中央宣传部出版处对该规划(草案)的详细批示意见。

实物照片显示,该材料的正式名称是《商务印书馆两年至七年(1961—1967)翻译和出版外国哲学、社会科学重要著作规划(草案)》[原件图4(孔夫子旧书网实物照片),以下简称"两年至七年规划"(草案)],印制时间为1961年2月,并特别注明为"密件"(这也许可以解释为何很少有人提到它)。陈先太先生在他的回忆中提到:

> 该馆第一个七年计划,列举要译述的哲学著作172种,经济学著作110种,社会主义各派学说54种,政治学著作48种,国际关系著作46种,历史著作128种,地理著作25种,包罗

---

① 陈翰伯,《从小读者到老编辑》,前揭,页426-427。我们注意到,在1961年1月中国科学院哲学社会科学部学部委员会第三次扩大会议上,最后确实讨论了翻译外国哲学社会科学重要著作规划的问题,参见《新建设》1961年第1期的报道。

之广,品种之齐,令人叹为观止。①

图4

从各方面推测,他所说的"七年计划"就是指"两年至七年规划"(草案)。

这份规划草案得到了当时上级主管部门中央宣传部出版处的批示,② 意见指出:"作为一个比较长时期的七年规划考虑,为了适应

---

① 陈太先,《译坛驰骋三十五年》,前揭,页252。
② 中央宣传部出版处对该规划(草案)的批示意见,收入袁亮主编,《中华人民共和国出版史料1961年》,北京:中国书籍出版社,2007,页346–349。此处原编者特别指出,"后请商务印书馆提供规划原件,经他们多方查找,仍未找到,只好存缺"。也可参见袁亮,《老中宣部重视外国著作翻译出版工作》,《亲历新中国出版六十年》,开封:河南大学出版社,2009。

我国文化的发展和学术研究的需要，还有不足之处，即以哲学著作的规划为例。"第一，有些重要人物及其代表著作没有列入规划，比如（以下译名引者调整为现在通行译名），司各特、奥卡姆的威廉、蒙田、特勒肖、宗教异端、宗教改革家等。第二，已列入的重要人物的重要著作也有遗漏，比如，亚里士多德的《物理学》、布鲁诺的《论无限、宇宙和诸世界》和《对话集》（《论原因、本原与太一》）、伽森狄的《对笛卡尔〈沉思〉的诘难》和《哲学体系》、斯宾诺莎的《知性改进论》、霍布斯的《论人》和《论物体》、托兰德的《基督教并不神秘》、伏尔泰的《形而上学论》《牛顿哲学原理》和《论灵魂》、黑格尔的《自然哲学》。第三，有些有代表性的人物的著作，可以考虑出全集或选集，比如，柏拉图全集、康德全集、黑格尔全集，狄德罗和伏尔泰的文集或选集。① 第四，对西欧主要国家之外的思想家的著作关注不够，比如，西班牙的瓦尔德和斐微斯的著作、尼德兰的伊拉斯谟的《愚人颂》，东欧各国、东方各国以及北美著名思想家的著作更无介绍。"意见"同时建议，这些著作"应尽可能按原文版本编译"，"如原文版本实在不易找到或就原文版本翻译有困难，也可借鉴俄文版本，或主要按俄文版本翻译"。

比照后来的"十年规划"和具体出版情况，可以说，这里的四条意见和可以先按俄文版转译的建议在不同程度上都被吸纳和实施。比如，柏拉图、亚里士多德、黑格尔选列了全集，康德等人选列了选集。当然，出版一定规模的全集或文集，不要说在当时，即使到了1980—1990年代也很难付诸实施，商务印书馆汇编较大规模的思想家的全集和文集是21世纪乃至非常晚近的事情了。

---

① 1962年周扬也给陈翰伯提出过类似建议，参见《关于出书任务和出书方针》，《陈翰伯文集》，页216。

总之，这个"两年至七年规划"（草案）是商务印书馆复馆以来第一个真正意义上的翻译和出版外国学术著作的选题规划，带有一定的试验性和试探性，它与同时期紧锣密鼓地进行的重编"选译目录"工作共同为1963年"十年规划"的编制、拟订做好了铺垫。

1963年5月编印的《商务印书馆翻译和出版外国哲学社会科学重要著作十年（1963—1972）规划（草案）》［原件图5，以下简称"十年规划"］选列了各学科书目共计1378种，其中哲学类439种，经济类218种，社会主义各流派98种，政法类174种，社会学23种，文学史（文科教材）25种，语言学27种，历史类288种，地理学87种。①

图 5

---

① 陈应年、陈兆福合作的《商务印书馆与20世纪西方哲学理论东渐述要》一文称，"经调查研究，到1963年，该馆又广泛征求中国科学院哲学社会科学部各研究所和各综合大学教师、研究人员的建议，经修订和调整，拟订了一份《翻译和出版外国哲学社会科学重要著作十年规划（1963—1972）》。当时承担这项翻译出版任务的主要是商务印书馆和三联书店、人民出版社、世界知识出版社、法律出版社及上海人民出版社等"（《商务印书馆一百一十年（1897—2007）》，页284）。这个说法是把"十年规划"与之前的"十二年规划"弄混淆了。

与1962年重编后的"选译目录"相比,"十年规划"在大的学科类别上有这样一些变化:增加了社会学、文学史(这部分书目由"教育部文科教材办公室选定")、语言学;又恢复了"十二年规划"中的地理学,取消了国际关系(这大概是因为此类图书大多不属于学术名著或学说史范畴,主要交由世界知识出版社出版),但将其中的国际法部分整合进政治学、法律学;此外,将"社会主义各派学说"改名为"社会主义各流派"。其下小的门类、名目更是多有变化,但基本经典著作的目录变化不是很大。

与1961年"两年至七年规划"(草案)这个只有18页的"密件"相比,"十年规划"的体量更大,共有154页,因此,不能将其视为"两年至七年规划"(草案)的完善和扩充,而更应该视为重编后的"选译目录"的具体操作和执行方案,它详尽地备注了这些书目的旧译、出版、交稿和约稿情况。事实上,陈翰伯他们在拟订规划的同时,就已经积极开展约稿工作,想尽办法物色译者,统筹安排出版。① 可以说,"十年规划"是陈翰伯先生在商务印书馆领导和谋划翻译和出版外国重要学术著作工作的重要成果,为商务印书馆在选题规划方面积累了丰富的经验,为今后的出版工作奠定了坚实的基础。

关于"十年规划"的制定及其落实执行,陈翰伯是这样回忆的:在重编"蓝皮书"的基础上,"我又组织编辑部高崧、骆静兰和胡企林几位同志从学科上对书目作一番遴选,把16世纪到19世纪上半叶,西方资产阶级上升时期的一些哲学、社会科学重要著作,作为优先组译的书目,其中多以马克思主义三个来源有关的著作作为重点,就这样,我们自己的翻译出版规划,总算弄出来了,以后不

---

① 关于这些规划中的具体书目以及预约或承担翻译任务的译者情况,笔者将另文专论,此处不赘。

断修订补充，几年之中都是根据这个规划进行工作。我们要介绍的这些书，主要都是马克思主义以前的学术著作，一般谓之古典著作，在60年代那个政治气候下，出这类书，还算可以，还有一些是近现代的资产阶级著作，印这些书，就不无风险。我们在两个方面做点'保险'工作，一是在译本前加上批判性序言，一是把好发行关，采取自办发行或由书店内部发行"。① 此外，商务印书馆资料室还在1963年编印了《商务印书馆解放前出版外国哲学社会科学著作中译本目录》，"备供编辑选题工作参考"。

完成这个"十年规划"之后不久，从1964年开始，陈翰伯便被调去文化部（但并未从商务印书馆去职），再到1966年"文革"爆发，之间政治运动不断，相关出版工作几乎无从开展。即便如此，用汪家熔先生的话说，"虽然从1958—1966年初8年时间，去除'四清'等，实际工作时间不多。但这几年出书还是不少"。按照他的统计，陈翰伯主持期间外国哲学、社会科学翻译著作，属于名著范围的395种（同一书名的多卷集不论册数多少概算1种）：哲学及哲学史著作118种，经济学著作也是118种，政治学93种，历史著作66种，地理著作和语言学著作未计在内。② 这样

---

① 陈翰伯，《从小读者到老编辑》，前揭，页427；参见《关于出书任务和出书方针》，前揭，页215。也参见高崧的回忆："在50年代末60年代初，动辄批大、洋、古，批封、资、修，这些马克思主义前期的书，不是封就是资，既是洋又是古，部头又是大大的，其中还出过一些当代资产阶级的学术著作译本，那就更犯忌，能不叫人提心吊胆吗？陈翰的就商务出书方针，不时向中央宣传部请示汇报，周扬给吃定心丸，说古典书是文化遗产，出当代著作是知己知彼的需要，都可以出，方针没问题。"（《青春办报，皓首出书——纪念陈翰伯从事新闻出版工作五十年》，《陈翰伯文集》，页494页）关于发行与序言问题，参见《陈翰伯文集》，页495。

② 汪家熔，《忆商务印书馆的陈翰伯时期》，前揭，页701-702。当然，这些著作也包括了商务印书馆老旧译本的修订再版和1958年后由三联书店转过来的一些品种。

的成绩非常惊人,要知道,这个时期的商务印书馆不但面临各个方面的困难和政治压力,而且还承担了其他一些重要的出版任务。正是有了这一基础,后面的"汉译名著"丛书才能够在很短的时间诞生。

"汉译世界学术名著"的创设(1981—1982)与延续(1984年至今)

1977年陈原被任命为"中华书局·商务印书馆"总经理兼总编辑,1979年两家分立、恢复建制后,他被任命为商务印书馆总编辑兼总经理(其时陈翰伯任国家出版事业管理局代局长)。

陈原上任后所做的大事之一就是接续自己多年前在三联书店编辑部未竟的事业,组织出版"汉译世界学术名著"。从1981年开始到1982年1月,商务印书馆在纪念成立85周年时,丛书整体推出了第一辑50种,按哲学、政治(法律·社会主义各流派·社会学)、经济、历史(地理)、语言学(从1984年第三辑开始正式收录)五类,分别以橙、绿、蓝、黄和赭五色在书脊标明,出版后即获得广泛好评,风行一时。

对此,胡企林先生回忆说:

> 他从翰伯同志任职商务时期已译印的数以百计的学术著作中初步选定第一辑书目,并通过各种方式就此书目广泛征求专家、学者们的意见,才最后确定下来。他不仅逐一审定序跋和出版说明,提出有的要修订或重写,而且亲自过问封面设计和版面设计工作。他强调封面要庄严大方,标识新颖(如以蒲公英的图案表明出书的旨趣),具有商务自己的风格,还就扉页、环衬、书眉、勒口、外文版权、排版格式等提出了不少具体意见,所有这些,使这套丛书能以较高的质量面市,受到读者赞扬。

胡先生还提到，"考虑到外国学术著作名目繁多，层出不穷，'丛书'碍难多收，他想另出一套'当代世界学术名著丛书'，选认真选译的，出到一定的种数再打出这套丛书的招牌"。①

1981—1982，"汉译世界学术名著丛书"第一辑50种出版，据笔者初步统计，在这50种译著中，1957—1966初版的占了33种；其后，分别在1983年、1984年、1986年和1989年先后推出了第二至五辑，在这五辑230种中，1957—1966初版的占了95种。而且，1970—1980陆续刊行并收入"汉译名著"的很多译稿事实上也都来自商务印书馆此前积压的旧稿（陈翰伯时代所谓的"水库"）。

为了保障"汉译名著"的可持续性，商务印书馆还进行了新的选题规划，其中最为重要的便是1984年的"商务印书馆七年（1984—1990）选题规划"。②

笔者手头持有的1984年11月编印的《商务印书馆七年（1984—1990）选题规划（草案）》［原件图6，以下简称"七年选题规划"（草案）］印制规格同"十年规划"非常相似。此外，笔者手头还有

---

① 胡企林，《奇才的风格》，《商务印书馆一百一十年（1897—2007）》，页120、121。

② 胡企林先生在一些材料中还提到所谓商务印书馆"八年规划"（1978—1985），此件未见其他任何记载，但笔者检索到"孔夫子旧书网"曾经出售过两份有实物照的材料，一份为《中华书局·商务印书馆三至八年（1978—1985）出版规划书目》（草稿），此件共计34页，其"说明"明确指出，"以古籍整理为主"；一份为《商务印书馆翻译出版外国经济著作八年（1978—1985）规划》（草案），收入书目182种。根据陈翰伯在1978年1月国家出版局直属出版社规划动员会上的讲话摘录"动员起来，订好出书规划"（《陈翰伯文集》，页47-54）来看，这两份材料应该编印于1978年（此时商务印书馆与中华书局仍在合营）。

一份油印的"商务印书馆七年（1984—1990）选题规划草案"〔原件图7〕，此件应该是"草案"之前的草案，出自负责政治法律部分的规划人之手，这表明，"七年选题规划"（草案）的形成经过了反复的修改和完善。

图 6

与"选译目录"和"十年规划"力求书目的完整性和系统性不同的是，"七年选题规划"作为具体工作方案的性质更加明显，所列书目都是剔除了已经出版的，在哲学（283 种）、政治法律（185 种）、经济（259 种）、历史（234 种）、地理（113 种）五类学科之外，还单列了"外国历史小丛书"以及汉语工具书和外语工具书若干种。针对性也更强，"本规划在古典学术著作方面着重补缺，力求近期内填平补齐，当代学术著作有定评的也尽可能予以收入"。甚至有的书名前还标注了符号：○为名著，△为重要著作，想来不是所有的学术著作都可以收入"汉译名著"的。

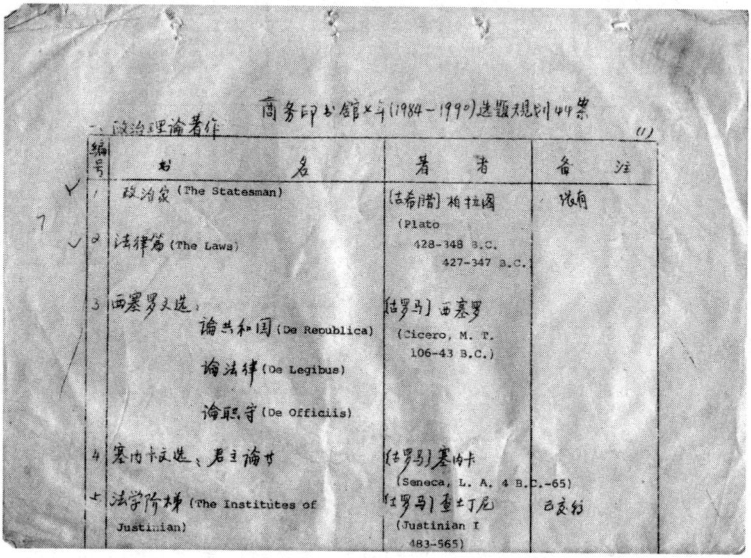
商务印书馆七年（1984－1990）选题规划草案

一、政治理论著作 (1)

编号	书名	著者	备注
1	政治家 (The Statesman)	[古希腊] 柏拉图 (Plato 428-348 B.C. 427-347 B.C.)	现有
2	法律篇 (The Laws)		
3	西塞罗文选：论共和国 (De Republica) 论法律 (De Legibus) 论职守 (De Officiis)	[古罗马] 西塞罗 (Cicero, M. T. 106-43 B.C.)	
4	塞内卡文选：君主论等	[古罗马] 塞内卡 (Seneca, L. A. 4 B.C.-65)	
5	法学阶梯 (The Institutes of Justinian)	[古罗马] 查士丁尼 (Justinian I 483-565)	已交约

图 7

为了制订这份选题规划，商务印书馆不但做了大量的准备工作，而且还在1984年11月专门召开了一次较大规模的会议。[①] 虽然这次选题规划会议是在改革开放之后的新时期召开的，然而，其时的舆论气候却并不十分友善。在1983年的“清除精神污染运动”中，商务印书馆和“汉译名著”受到了一些批评，被指责说西方译著导致青年“思想混乱”。为此，在1984年已经调离了商务印书馆的陈原以顾问的身份出席了会议，并在会前积极寻求胡乔木的支持，将自己打算在规划会议上的关于介绍西方学术名著方面的意见请胡乔木

① 参见王新善，《组织和制订七年选题规划情况简介》，《出版工作》1985年第1期；王新善，《〈商务七年（1984—1990）选题规划〉回顾》，《商务印书馆馆史资料》2012年2月新一期。

过目，得到其首肯。① 当1989年"汉译名著"再次遭到质疑和责难时，陈原等人又争取到胡乔木的支持，收到了其关于召开1989年规划会议的贺信，"祝贺汉译世界学术名著丛书在编辑出版方面所取得的重要成就"，称这是"对我国学术文化有基本建设意义的重大工程"，再次帮助商务印书馆渡过难关。②

1984年的选题规划会议之后，商务印书馆还分别在1989年、1994年等召开过几次涉及"汉译名著"的选题规划会议，但那都是后话了；更何况，1980年代中期以后，中国翻译和出版外国学术著作进入一个全新的时代，全国规划的时代一去不复返了。如今，"汉译名著"丛书已经出版14辑，总数达到600种（其中有个别品种因故尚未出齐），还有了所谓"珍藏本"、"分科本"等各种名目，甚至有关同志还豪壮地提出了力争到2020年出版2000种的目标，我们拭目以待吧。

俱往矣，数风流人物，不看今朝！回顾"汉译名著"的前生今世，我们不应该忘记：它的最初渊源和最终实现都与陈原先生直接

---

① 参见陈原，《在商务印书馆七年规划座谈会上的发言》，前揭，页349；陈原：《胡乔木同志与商务印书馆》，《我所知道的胡乔木》，北京：当代中国出版社，2012，页222-224。参加那次会议的时任中宣部出版局局长的许力以先生回忆说："这年3月14日，胡乔木同志向小平同志汇报工作，小平同志提出要系统翻译出版外国学术名著，这次讲话的传达，引起出版界和知识界极大的震动。陈原代表商务印书馆连续召开学者和翻译家的会议，讨论商务重新制定规划，贯彻小平同志的指示精神。"（许力以，《痛思陈原》，《20世纪中国著名编辑出版家研究资料汇辑》第10辑，开封：河南大学出版社，2005，页196）但我们在陈原的这两篇重要回忆文章中都没有发现他提及此事，邓小平的指示确有其事（《邓小平年谱》有记载），不过，胡乔木似乎当时并没有向陈原传达。

② 参见陈原，《胡乔木同志与商务印书馆》；宋木文，《胡乔木对新时期出版工作的历史性贡献》，《我所知道的胡乔木》，北京：当代中国出版社，2012。

相关——从三联到商务，前后相隔二十多年，而其中骨干性的工作则由陈翰伯先生在非常艰难的形势与条件下主持和推动的——前后不过八年！出版界的"二陈"（两位老前辈曾被戏称为出版界的"CC"）是名副其实的"汉译世界学术名著丛书"之父，让我们铭记这两位老出版家的不朽之功以及所有译者与编辑们为此付出的艰辛劳动！

图书在版编目（CIP）数据

道伯与比较古典学/娄林主编. --北京：华夏出版社，2016.12
（经典与解释）
ISBN 978-7-5080-9060-3

Ⅰ.①道… Ⅱ.①娄… Ⅲ.①道伯（1909-1999）-比较文学-古典文学研究 Ⅳ.①I109.2

中国版本图书馆CIP数据核字(2016)第303978号

道伯与比较古典学

主　　编	娄　林
责任编辑	马涛红
责任印制	刘　洋
出版发行	华夏出版社
经　　销	新华书店
印　　刷	三河市少明印务有限公司
装　　订	三河市少明印务有限公司
版　　次	2016年12月北京第1版　2016年12月北京第1次印刷
开　　本	880×1230　1/32
印　　张	9.375
字　　数	220千字
定　　价	49.00元

华夏出版社 地址：北京市东直门外香河园北里4号　邮编：100028
网址：www.hxph.com.cn　电话：(010)64663331(转)
若发现本版图书有印装质量问题，请与我社营销中心联系调换。

西方传统：经典与解释
Classici et Commentarii
HERMES
刘小枫○主编

古今丛编

孟德斯鸠的自由主义哲学——《论法的精神》疏证
[美]潘戈 著

莫尔及其乌托邦
[德]考茨基 著

试论古今革命
[法]夏多布里昂 著

托兰德与激进启蒙
刘小枫 编

图书馆里的古今之战
[英]斯威夫特 著

但丁：皈依的诗学
[美]弗里切罗 著

在西方的目光下
[英]康拉德 著

大学与博雅教育
董成龙 编

探究哲学与信仰——基尔克果与苏格拉底
[美]郝岚 著

民主的本性——托克维尔的政治哲学
[法]马南 著

梅尔维尔的政治哲学——《切雷诺》及其解读
李小均 编/译

席勒美学的哲学背景
[美]维塞尔 著

果戈里与鬼
[俄]梅列日科夫斯基 著

自传性反思
[德]沃格林 著

黑格尔与普世秩序
[美]希克斯 等著

新的方式与制度——马基雅维利的《论李维》研究
[美]曼斯菲尔德 著

科耶夫的新拉丁帝国
[法]科耶夫 等著

《利维坦》附录
[英]霍布斯 著

巨人与侏儒
[美]布鲁姆 著

或此或彼（上、下）
[丹麦]基尔克果 著

海德格尔式的现代神学
刘小枫 选编

双重束缚
[美]基拉尔 著

古今之争中的核心问题
——施米特的学说与施特劳斯的论题
[德]迈尔 著

论永恒的智慧
[德]苏索 著

宗教经验种种
[美]詹姆斯 著

尼采反卢梭
[美]凯斯·安塞尔-皮尔逊 著

舍勒思想评述
[美]弗林斯 著

诗与哲学之争
[美]罗森 著

神圣与世俗
[罗]伊利亚德 著

论古人的智慧
[英]培根 著

但丁的圣约书
[美]霍金斯 著

古典学丛编

雅典谐剧与逻各斯
——《云》中的修辞、谐剧性及语言暴力
[美]奥里根 著

莱园哲人伊壁鸠鲁
罗晓颖 选编

《劳作与时日》笺释
吴雅凌 撰

希腊古风时期的真理大师
[法]德蒂安 著

古罗马的教育
[英]葛怀恩 著

古典学与现代性
刘小枫 编

表演文化与雅典民主政制
[英]戈尔德希尔、奥斯本 编

西方古典文献学发凡
刘小枫 编

古典语文学常谈
[德]克拉夫特 著

古希腊文学常谈
[英]多佛 等著

撒路斯特与政治史学
刘小枫 编

希罗多德的王霸之辨
吴小锋 编/译

第二代智术师——罗马帝国早期的文化现象
[英]安德森 著

英雄诗系笺释
[古希腊]荷马 著

统治的热望
——修昔底德笔下的阿尔喀比亚德和帝国政治
[美]福特 著

论埃及神学与哲学——伊希斯与俄赛里斯
[古希腊]普鲁塔克 著

凯撒的剑与笔
李世祥 编/译

伊壁鸠鲁主义的政治哲学
[意]詹姆斯·尼古拉斯 著

修昔底德笔下的人性
[加]欧文 著

修昔底德笔下的演说
[美]斯塔特 著

古希腊政治理论
[美]格雷纳 著

神谱笺释
吴雅凌 撰

赫西俄德：神话之艺
[法]居代·德·拉孔波 等著

赫拉克勒斯之盾笺释
罗逍然 译笺

《埃涅阿斯纪》章义
王承教 选编

维吉尔的帝国
[美]阿德勒 著

塔西佗的政治史学
曾维术 编

古希腊诗歌丛编

诗歌与城邦
[美]费拉格、纳吉 主编

阿尔戈英雄纪（上、下）
[古希腊]阿波罗尼俄斯 著

俄耳甫斯教祷歌
吴雅凌 编译

俄耳甫斯教辑语
吴雅凌 编译

古希腊肃剧注疏集
希腊肃剧与政治哲学
[美]阿伦斯多夫 著

古希腊礼法
希腊人的正义观
[英]哈夫洛克 著

廊下派集
廊下派的城邦观
[英]斯科菲尔德 著

希伯莱圣经历代注疏
希腊化世界中的犹太人
[英]威廉逊 著

第一亚当和第二亚当
[德]朋霍费尔 著

新约历代经解
属灵的寓意
[古罗马]俄里根 著

基督教与古典传统
无执之道——埃克哈特神学思想研究
[德]文森 著

恐惧与战栗
[丹麦]基尔克果 著

托尔斯泰与陀思妥耶夫斯基
[俄]梅列日科夫斯基 著

论宗教大法官的传说
[俄]罗赞诺夫 著

海德格尔与有限性思想（重订版）
刘小枫 选编

上帝国的信息
[德]拉加茨 著

基督教理论与现代
[德]特洛尔奇 著

亚历山大的克雷芒
[意]塞尔瓦托·利拉 著

中世纪的心灵之旅——波纳文图拉神学著作选
[意]圣·波纳文图拉 著

德意志古典传统丛编

穆佐书简
[奥]里尔克 著

纪念苏格拉底——哈曼文选
刘新利 选编

夜颂中的革命和宗教——诺瓦利斯选集卷一
[德]诺瓦利斯 著

大革命与诗话小说——诺瓦利斯选集卷二
[德]诺瓦利斯 著

黑格尔的观念论
[美]皮平 著

浪漫派风格——施莱格尔批评文集
[德]施莱格尔 著

美国宪政与古典传统

美国1787年宪法讲疏
[美]阿纳斯塔普罗 著

品达注疏集

幽暗的诱惑——品达、晦涩与古典传统
[美]汉密尔顿 著

阿里斯托芬集

《阿卡奈人》笺释
[古希腊]阿里斯托芬 著

色诺芬注疏集

居鲁士的教育
[古希腊]色诺芬 著

色诺芬的《会饮》
[古希腊]色诺芬 著

柏拉图注疏集

哲学的奥德赛——《王制》引论
[美]郝兰 著

爱欲与启蒙的迷醉——论柏拉图的《会饮》
[美]贝尔格 著

为哲学的写作技艺一辩——《斐德若》疏证
[美]伯格 著

柏拉图式的迷宫——《斐多》义疏
[美]伯格 著

人应该如何生活
[美]布鲁姆 著

情敌
[古希腊]柏拉图 著

哲学如何成为苏格拉底式的
[美]朗佩特 著

苏格拉底与希琵阿斯
王江涛 编译

理想国
[古希腊]柏拉图 著

谁来教育老师——《普罗塔戈拉》发微
刘小枫 编

立法者的神学——柏拉图《法义》卷十绎读
林志猛 编

柏拉图对话中的神
[德]薇依 著

厄庇诺米斯
[古希腊]柏拉图 著

智慧与幸福——柏拉图的《厄庇诺米斯》
程志敏 选编

论柏拉图对话
[德]施莱尔马赫 著

柏拉图《美诺》疏证
[美]克莱因 著

政治哲学的悖论——苏格拉底的哲学审判
[美]郝岚 著

神话诗人柏拉图
张文涛 选编

阿尔喀比亚德
[古希腊]柏拉图 著

叙拉古的雅典异乡人——柏拉图《书简七》探幽
彭磊 选编

阿威罗伊论《王制》
[阿拉伯]阿威罗伊 著

《王制》要义
刘小枫 选编

柏拉图的《会饮》
[古希腊]柏拉图 等著

苏格拉底的申辩
[古希腊]柏拉图 著

苏格拉底与政治共同体
[美]尼科尔斯 著

政制与美德——柏拉图《法义》疏解
[美]潘戈 著

《法义》导读
[法]卡斯代尔·布舒奇 著

论真理的本质
[德]海德格尔 著

哲人的无知
[德]费勃 著

米诺斯
[古希腊]柏拉图 著

亚里士多德注疏集

品格的技艺
[美]加佛 著

亚里士多德哲学的基本概念
[德]海德格尔 著

《政治学》疏证
[意]托马斯·阿奎那 著

尼各马可伦理学义疏
——亚里士多德与苏格拉底的对话
[美]伯格 著

哲学之诗——亚里士多德《诗学》解诂
[美]戴维斯 著

对亚里士多德的现象学解释
[德]海德格尔 著

城邦与自然——亚里士多德与现代性
刘小枫 编

论诗术中篇义疏
[阿拉伯]阿威罗伊 著

哲学的政治——亚里士多德《政治学》疏证
[美]戴维斯 著

莎士比亚绎读

莎士比亚的历史剧
[英]蒂利亚德 著

莎士比亚笔下的爱与友谊
[美]布鲁姆 著

莎士比亚戏剧与政治哲学
彭磊 选编

莎士比亚的政治盛典
[美]阿鲁里斯/苏利文 编

丹麦王子与马基雅维利
罗峰 选编

洛克集

上帝、洛克与平等
[美]沃尔德伦 著

卢梭集

论哲学生活的幸福
[德]迈尔 著

致博蒙书
[法]卢梭 著

政治制度论
[法]卢梭 著

哲学的自传——卢梭的《孤独漫步者的遐思》
[法]卢梭 著

文学与道德杂篇
[法]卢梭 著

设计论证——卢梭的《社会契约论》
[美]吉尔丁 著

卢梭的自然状态
[美]普拉特纳 等著

卢梭的榜样人生——作为政治哲学的《忏悔录》
[美]凯利 著

莱辛注疏集

汉堡剧评
[德]莱辛 著

关于悲剧的通信
[德]莱辛 著

《智者纳坦》研究版
[德]莱辛 等著

启蒙运动的内在问题——莱辛思想再释
[美]维塞尔 著

莱辛剧作七种
[德]莱辛 著

历史与启示——莱辛神学文选
[德]莱辛 著

论人类的教育——莱辛政治哲学文选
[德]莱辛 著

尼采注疏集

尼采引论
[德]施特格迈尔 著

尼采与基督教——尼采的《敌基督》论集
刘小枫 编

尼采眼中的苏格拉底
[美]丹豪瑟 著

尼采的使命——《善恶的彼岸》绎读
[美]朗佩特 著

尼采与现时代——解读培根、笛卡尔与尼采
[美]朗佩特 著

动物与超人之间的绳索
[德]A.彼珀 著

施特劳斯集

苏格拉底问题与现代性[增订本]
——施特劳斯演讲与论文集:卷二
[美]列奥·施特劳斯 著

政治哲学与启示宗教的挑战
[德]迈尔 著

霍布斯的宗教批判
[美]列奥·施特劳斯 著

斯宾诺莎的宗教批判
[美]列奥·施特劳斯 著

门德尔松与莱辛
[美]列奥·施特劳斯 著

哲学与律法——论迈蒙尼德及其先驱
[美]列奥·施特劳斯 著

迫害与写作艺术
[美]列奥·施特劳斯 著

柏拉图式政治哲学研究
[美]列奥·施特劳斯 著

阅读施特劳斯
[美]斯密什 著

《会饮》讲疏
[美]列奥·施特劳斯 著

柏拉图《法义》的论辩与情节
[美]列奥·施特劳斯 著

什么是政治哲学
[美]列奥·施特劳斯 著

古典政治理性主义的重生
[美]列奥·施特劳斯 著

施特劳斯与流亡政治学
[美]谢帕德 著

犹太哲人与启蒙——施特劳斯演讲与论文集：卷一
[美]列奥·施特劳斯 著

回归古典政治哲学——施特劳斯通信集
[美]列奥·施特劳斯 著

隐匿的对话——施米特与施特劳斯
[德]迈尔 著

苏格拉底与阿里斯托芬
[美]列奥·施特劳斯 著

驯服欲望——施特劳斯笔下的色诺芬撰述
[法]科耶夫 等著

论僭政（重订本）——色诺芬《希耶罗》义疏
[美]施特劳斯科耶夫 著

施米特集

施米特对自由主义的批判
[美]麦考米特 著

宪法专政——现代民主国家中的危机政府
[美]罗斯托 著

施米特对自由主义的批判
[美]约翰·麦考米克 著

伯纳德特集

古典诗学之路（重订版）
——相遇与反思：与伯纳德特聚谈
[美]伯格 编

弓与琴（重订版）——从柏拉图解读《奥德赛》
[美]伯纳德特 著

神圣的罪业
[美]伯纳德特 著

大学素质教育读本

古典诗文绎读 西学卷·古代编（上、下）

古典诗文绎读 西学卷·现代编（上、下）

中国传统：经典与解释
Classici et Commentarii

经典与解释
刘小枫 陈少明◎主编

《毛诗》郑王比义发微 / 史应勇 著

宋人经筵诗讲义四种 / [宋]张纲 等撰

道德真经藏室纂微篇 / [宋]陈景元 撰

道德真经四子古道集解 / [金]寇才质 撰

皇清经解提要 / [清]沈豫 撰

经学通论 / [清]皮锡瑞 著

药地炮庄 / [明]方以智 著

药地炮庄笺释·总论篇 / [明]方以智 著

青原志略 / [明]方以智 原编

冬灰录 / [明]方以智 著

冬炼三时传旧火 / 邢益海 编

松阳讲义 / [清]陆陇其 著

起凤书院答问 / [清]姚永朴 撰

周礼疑义辨证 / 陈衍 撰

《铎书》校注 / 孙尚扬 肖清和 等校注

韩愈志 / 钱基博 著

论语辑释 / 陈大齐 著

《庄子·天下篇》注疏四种 / 张丰乾 编

荀子的辩说 / 陈文洁 著

古学经子 / 王锦民 著

经学以自治 / 刘少虎 著

从公羊学论《春秋》的性质 / 阮芝生 撰

经典与解释辑刊（刘小枫 陈少明 主编）

1 柏拉图的哲学戏剧
2 经典与解释的张力
3 康德与启蒙
4 荷尔德林的新神话
5 古典传统与自由教育
6 卢梭的苏格拉底主义
7 赫尔墨斯的计谋
8 苏格拉底问题
9 美德可教吗
10 马基雅维利的喜剧
11 回想托克维尔
12 阅读的德性
13 色诺芬的品味
14 政治哲学中的摩西
15 诗学解诂
16 柏拉图的真伪
17 修昔底德的春秋笔法
18 血气与政治
19 索福克勒斯与雅典启蒙
20 犹太教中的柏拉图门徒
21 莎士比亚笔下的王者
22 政治哲学中的莎士比亚
23 政治生活的限度与满足
24 雅典民主的谐剧
25 维柯与古今之争
26 霍布斯的修辞
27 埃斯库罗斯的神义论
28 施莱尔马赫的柏拉图
29 奥林匹亚的荣耀
30 笛卡尔的精灵
31 柏拉图与天人政治
32 海德格尔的政治时刻
33 荷马笔下的伦理
34 格劳秀斯与国际正义
35 西塞罗的苏格拉底
36 基尔克果的苏格拉底
37 《理想国》的内与外
38 诗艺与政治
39 律法与政治哲学
40 古今之间的但丁
41 拉伯雷与赫尔墨斯秘学
42 柏拉图与古典乐教
43 孟德斯鸠论政制衰败
44 博丹论主权

刘小枫集

诗化哲学［重订本］
拯救与逍遥［修订本］
走向十字架上的真
这一代人的怕和爱［增订本］
现代性与现代中国：现代性社会理论绪论
沉重的肉身
圣灵降临的叙事［增订本］
罪与欠
西学断章
现代人及其敌人
儒教与民族国家
拣尽寒枝
施特劳斯的路标
重启古典诗学
共和与经纶
设计共和
古典学与古今之争
卢梭与我们
好智之罪：普罗米修斯神话通释
民主与爱欲：柏拉图《会饮》绎读
民主与教化：柏拉图《普罗塔戈拉》绎读
巫阳招魂：《诗术》绎读

编修［博雅读本］

凯若斯：古希腊语文读本［全二册］
古希腊语文学述要
雅努斯：古典拉丁语文读本
古典拉丁语文学述要
危微精一：政治法学原理九讲
琴瑟友之：钢琴与古典乐色十讲